いっそこの手で殺せたら

小倉日向

JN047610

双葉文庫

目次

本書は２０２２年７月、双葉社より
刊行された作品を文庫化したものです。

プロローグ

下着を脱いで、制服のスカートをめくり上げた少女。壁に手を突いて白い臀部《でんぶ》を差し出し、男を迎え入れている。

淫らがましい光景に、男は劣情を沸き立たせた。

ここは学校のトイレである。放課後ともなれば生徒がほとんど訪れない棟の、階段室に入り口がある。その奥の、最も広い個室だった。

校内で不埒《ふらち》な行為に及んでいるのを知られたら、立場が危ういのは少女よりも男のほうだ。教師の身で、女子生徒と許されない関係を結んでいるのだから。非難を浴び、社会的な地位を失うのは確実だった。

にもかかわらず、男は先のことなど恐れていなかった。バレるはずがないと信じ切っていたからである。教え子を慰み者にするのは初めてではなく、過去の成功体験が彼に自信を植えつけていた。

そのため、場所もはばからず、大胆に腰を振る。少女が呻《うめ》くと「気持ちいいぞ」と声をかけ、若い尻を撫《な》で回した。

彼女は、男が顧問を務める部のマネージャーだった。最初に犯したときには未経験で、純潔を奪われたこと以上に、信頼していた相手に犯されたのがショックだったらしい。行為を終えると、涙もこぼさず茫然《ぼうぜん》となっていた。

ふたりの関係はその後も続いた。三年生になって部活動を引退してからも、こうして呼び出しに応じている。

こいつもこれが好きなのだ。女の歓《よろこ》びに目覚め、男が欲しくなったのだ。

決めつけて、男はいっそう気ぜわしく腰を使った。長居はできないから、早く終わらせねばならない。

「生理はいつだい？」

問いかけに、少女は間を置いてから「もうすぐです」と答えた。

「じゃあ、中に出しても大丈夫だな」

返答はない。そうされるのだと諦《あきら》めていたのか。

面倒なことにならないよう、男は妊娠には注意を払ってきた。油断して孕《はら》ませた過去があり、結婚する羽目になったからだ。それが現在の妻である。

夫が過去に、女子生徒と不適切な関係を持っていたのを、妻は知らない。それから、結婚後も懲りずに続けていることも。家では良き夫、良き父で通っている。

妻子がいるとわかれば、少女たちは油断する。大人の男として信頼するし、子供の写真を見せると、いいパパなのだと親しみを感じてくれる。むしろ結婚したあとのほうが、女子生徒たちとの距離が縮まった。

おかげで、獲物が選《よ》り取《ど》り見取《みど》りであった。

この少女は、これまで落とした中でも三本の指に入る上玉《じょうだま》だ。もともと素直な子で、処女を奪われたあとも従順だった。唇を奪うたびに泣きそうな顔になるのも、かえって男の嗜虐《しぎゃく》心《しん》を煽《あお》った。

残念なことに、彼女はあと三ヶ月もすれば卒業してしまう。だからこそ、危険を冒してでも若い肉体を味わっているのだ。

ただ、大人になったらいい女になりそうだし、できれば末永く関係を続けたい。

もっぱら十代の少女たちを相手にしてきたのは、身近にいて、手に入りやすかったからである。抱けるのなら、相手の年齢は問わない。

むしろ、いたいけな蕾《つぼみ》を相手にしていると、大人の女と交わりたくなる。妻とセックスレスにならず、定期的に営《いとな》みを持っているのも、少女との戯《たわむ》れが刺激になっている部分が大きい。おかげで夫婦仲は良好で、家庭も円満が保たれていた。

それに、この行為は少女たち自身のためでもある。

在学中は真面目《まじめ》な子であっても、卒業すれば早々に男を知ることになる。どこの馬の骨ともわからぬ若僧と体験するよりは、女の扱いに慣れた大人の男から手解《てほど》きを受けたほうがいい。

「なあ、卒業しても忘れるなよ。おれもお前のことを忘れないからさ」

やはり彼女は答えない。けれど、女にしてもらったことを感謝しているはずだから、いずれ再会が果たせるのではないか。

男は、自らの行動を正当なものと見なしていた。後悔したことは一度としてなく、罪悪感も皆無《かいむ》だ。

それゆえ、かすかな嗚咽《おえつ》が聞こえても、快感を得ている証《あかし》だと信じて疑わなかった。

間もなく、頂上が近づいてくる。

「ああ、本当にいい。も、もういくぞ」

予告して抜き挿ししたのち、男は太い鼻息をこぼしながら射精した。

「うぅ——」

牡《おす》の体液を注ぎ込まれ、少女が身を硬くする。ふっくらした双丘《そうきゆう》に鳥肌が立ったことを、愉悦の極みにいた男は気がつかなかった。

第一章　妻

1

筒見芳晃《つつみよしあき》が仕事の打ち合わせから帰宅すると、娘の沙梨奈《さりな》がリビングでテレビを観ていた。

「おかえり」

彼女は四十インチの画面から一瞬だけ視線を外し、父親を迎えた。

「ただいま。ママは？」

「知らない」

まだ帰っていないらしい。芳晃は眉《まゆ》をひそめた。

沙梨奈は中学一年生で、すでに反抗期を迎えている。とは言え、その対象はもっぱら母親の絵梨《えり》だ。ふたりがぶつかるところを、彼は毎日のように目撃していた。

ところが、父親に対しては以前と変わらぬままだ。恐れられているわけではなく、彼女から話しかけてくるときには、決まって愛らしい笑顔を見せてくれる。

『理不尽だわ』

父親と母親で態度の異なる娘に、絵梨が不機嫌をあらわにしたことがある。彼女は文字通りに沙梨奈を溺愛《できあい》したし、甲斐甲斐《かいがい》しく世話を焼いてきたのだ。なのに、恩を仇《あだ》で返すような振る舞いをされ、我慢できなかったのだろう。

『そりゃ、あなたはいいわよ。沙梨奈のご機嫌を取るだけなんだもの。わたしはいつも憎まれ役で、だから沙梨奈はわたしにだけ反抗するのよ』

愚痴《ぐち》られても、芳晃は黙っていた。娘のご機嫌など取ったことはなく、反論ならいくらでもできたにもかかわらず。

絵梨とは十歳も離れている。結婚したのは、彼女が二十二歳のときだ。

そのため、納得し難いことを言われても、しょうがないと諦めてしまうことがままあった。これは、高校で教鞭《きょうべん》を執《と》っていた過去とも関係しているのか。絵梨は最初に担任した生徒よりも若く、もう三十代の半ばを過ぎているのに、子供っぽく感じられた。

いや、単なる印象ではない。彼女は未《いま》だに大人になりきれていないところがある。反抗期の娘と同じレベルで口論をし、ときに言い負かされることもあったのだから。

絵梨は家でじっとしているのを好まなかった。友達と会うとか服を買いに行くとか、何かと理由をつけては外出したがった。以前は週三日ほどパートタイマーをしていたのも、家計のためではなく気晴らしみたいなものであった。

沙梨奈が中学生になり、彼女は勤め先を変えた。休日以外は家を空けるようになったが、芳晃は反対しなかった。そのほうが好都合だったからだ。

彼は教職を辞して、在宅の仕事をしていた。３ＬＤＫの賃貸マンションは、家族三人で暮らすには充分でも、家に誰もいないほうが仕事に集中できる。

だからと言って、遅くなることまでは許していない。

（まだ帰ってないって、仕事が終わらないのか？）

芳晃はリビングの時計を見あげた。すでに午後七時近い。いつもなら絵梨はキッチンに立って、夕食の準備を終えている頃である。

帰りが遅くなるのは、今日が初めてではない。けれど、そのときは夫に連絡をして、沙梨奈や家のことを頼んだ。

（打ち合わせで出かけるって言っておいたから、頼んでも間に合わないと思ったのかな？）

だったら尚《なお》のこと、遅くならないようにするべきなのに。

芳晃は自室に入ると、絵梨の携帯に電話をかけた。ところが呼び出し音が鳴らず、電源が入っていないか電波の届かないところに云々《うんぬん》と、味気ないメッセージが流れるのみであった。

妻の勤め先は、電車で二十分ほどのところである。駅から近いと聞いているし、都内で電波が届かないなんてことはあるまい。あるいはバッテリーが切れたのか。

　芳晃はリビングに戻ると、沙梨奈に提案した。

「今夜は外で食べよう」

「え、ママは？」

「仕事で遅くなるんじゃないかな」

「ん……わかった」

　彼女はテレビを観ていたかったようであるが、素直に出かける準備をした。

「どこへ行くの？」

「どこったって、この近くだとあそこしかないだろ」

「ああ、おそば屋さんね」

　ちょっと不満げに口許《くちもと》を歪《ゆが》めたのは、洋食のほうがよかったからだろう。パスタとかピザとか、まだ子供だからそういうものを好むのだ。

　ここはいちおう二十三区内でも、西側のはずれに位置する静かな住宅街である。歩いて行ける距離にある食べ物屋は限られていた。

「宿題は終わったのか？」

　道すがら、父親らしく訊《たず》ねたのは、娘とふたりだけの照れくささを誤魔化《ごまか》すためもあった。

「帰ってからするよ」

答えたものの、テレビを観て、遅くなってから始めるに違いない。いつもそうなのだ。

そば屋までは、徒歩で五分とかからない。テーブルの他に座敷もある店内は、夕食どきということで席が半分以上埋まっている。芳晃たちは隅《すみ》っこのテーブル席に着いた。

「ええと、カレー南蛮《なんばん》をください」

メニューをざっと眺めたあと、沙梨奈は迷うことなく、いつもと同じものを頼んだ。

「おそばとおうどん、どちらになさいますか？」

「うどんでお願いします」

芳晃は天ざると、焼酎《しょうちゅう》のそば湯割りも頼んだ。連絡もせずに遅くなった妻への苛立《いらだ》ちもあって、飲みたくなったのである。

「お酒って美味《おい》しいの？」

先に出されたそば湯割りに口をつけたところで、沙梨奈が率直な質問をする。

「美味しくなかったら飲まないよ。どんな味か知りたかったら、二十歳《はたち》になったら自分で確かめればいいさ」

「でも、飲んで不味《まず》かったらソンだし、前もって知っておいたほうがいいじゃない」

十代らしい真っ直ぐな理屈に、芳晃は頬《ほお》を緩《ゆる》めた。

「今、パパが飲んでいるのは焼酎をそば湯で割ったものだけど、これを美味しいと思うようになったのは、三十歳を過ぎてからだね」

「じゃあ、それまでは不味かったの？」

「少なくとも、美味しいとは思わなかったな。ていうか、そもそも飲む気にすらならなかったよ。そばだって、美味しいものとそうでないものがわかるようになったのは、やっぱり三十歳よりもあとだったし」

「じゃあ、パパが最初に飲んだお酒って何?」

「ビールだね。それだって、最初は苦いだけだったけど、飲んでいるうちに美味しいと感じるようになったんだよ」

「つまり、慣れたってこと？」

「んー、それもあるかもしれないな」

娘の疑問に答えながら、芳晃は少し心配になってきた。

（この子は、酒を飲んでみたくなってるんだろうか）

中学生にもなれば、大人がすることに興味を抱くのは自然である。だが、できればもうしばらく、あどけない少女のままでいてもらいたい。父親としての偽《いつわ》らざる気持ちであった。

「お待たせいたしました。カレー南蛮うどんになります」

沙梨奈の注文したものが、先に運ばれてきた。

「さ、食べなさい」

「うん」

彼女は割り箸を手にすると、カレー南蛮につきもののネギを横によけた。

「好き嫌いをするんじゃないぞ」

親の務めとして注意すると、渋い顔を見せる。と、一転、甘えるような笑顔を見せ、

「パパが食べて」

おねだりの口調で言った。

「ネギもお酒と一緒だよ」

「え？」

「本当は美味しいってわかるのは、大人になってからなのさ」

これに、沙梨奈はきょとんとしたものの、父親の発言の意図を察したらしい。子供扱いされたことに頬をふくらませ、反論しようと口を開きかけたものの、

「あ、そっか」

何かを閃《ひらめ》いたふうに、満足げな笑みをこぼした。

「わたしはまだコドモだから、ネギを食べなくてもいいんだよね」

逆手に取った屁理屈に、芳晃はあきれた。それでも、自ら子供であると宣言した愛娘《まなむすめ》

に、安心したのも確かである。

「そう言えば、次の本はいつ出るの？」

だしが飛ばないように注意深く麺をすった沙梨奈が、思い出したように訊ねる。

「まだ決まってないよ。今日は打ち合わせをしてきただけで、これから内容を詰めなくちゃいけないんだ」

教育関係の本を書く仕事をしていると、彼女には説明してあった。以前は教職にあったことも話している。

「わたしも将来は、パパみたいな仕事がいいかなあ」

「パパみたいって、学校の先生か？」

「無理むり。そんなにアタマよくないもん」

「じゃあ、本を書く仕事？」

「んー、難しいのは書けないけど、お話を作るのは好きだし」

どうやら小説家をイメージしているようだ。

「だったら、本をたくさん読まなくちゃ。でないと、自分でも書けるようにならないよ」

「そうなの？　でも、本って読んでると眠くなっちゃうんだよね」

素直に打ち明けられ、芳晃は苦笑した。

「どうして本を書く仕事がいいんだ？」

質問に、またも子供っぽい答えが返される。

「だって、ずっと家にいられるじゃない。寝坊しても叱られないし」

宵《よい》っ張《ば》りで朝も起きてこない父親が羨《うらや》ましいらしい。芳晃はやれやれと肩をすくめた。

2

自宅に戻っても、絵梨はまだ帰っていなかった。

（おかしいな……）

携帯に電話をしても繋《つな》がらない。さっきは帰宅途中かもと考えたが、職場からここまで、それほど時間はかからないはずだ。もしかしたら、事件や事故に巻き込まれたのか。

沙梨奈は、母親の不在を気にする様子がない。口うるさい人間がいないのを幸いと、再びテレビの前に陣取った。宿題に取りかかるのは、まだ先になりそうだ。

芳晃が娘に注意をしなかったのは、不吉な予感を覚えたためである。おとなしくテレビを観ていてくれと願い、自室に入ってどうすべきかと考える。

勤務先に連絡して、帰宅したかどうか確認したかった。しかし、妻がどこでどんな仕事をしているのか、芳晃は知らない。友達の店を手伝うとしか聞いていないのだ。口振りからして、アルバイトに毛の生えた仕事という印象だった。

どういう友達なのか、どんな店なのか問い質《ただ》さなかったのは、妻の交友関係を詮索《せんさく》することに遠慮した部分もあった。普段はお喋《しゃべ》りな彼女が、仕事については自《みずか》ら話そうとしなかったし、女同士のことに首を突っ込むのもためらわれた。

知り合いに聞いたところ、夫婦だから互いのことをすべて話すわけではないらしい。パートナーの勤務先を知らない者もいたし、興味がないと言い放った妻帯者もいた。

芳晃は、絵梨がどこで何をしているのか、いちおう気になっていた。けれど、年齢差がネックになって、確認できなかったところがある。

教職時代、芳晃は生徒たちが夢中になっている流行《はや》りものとは距離を置いた。無理して話を合わせていると思われたくなかったし、大人として迎合できないという自負もあった。

それと似た感覚を、絵梨に対しても抱いていた。こちらがずっと年上であるがゆえに、鷹揚《おうよう》なところを見せたかったのだ。働き出して数ヶ月しか経っていないし、いずれ教えてくれるだろうと心配事を先送りにしていた。

女友達ではなく男のところにいたらとか、怪しい商売に関わっているのではないかといった疑念は持たなかった。妻を信じていたからである。

結婚して十四年経っても、彼女は新婚時代と変わらぬ愛情表現を示してくれる。すぐに手を握りたがるし、キスもせがむ。愛されているとわかるから、裏切られるはずがない。

それでも、職場の連絡先ぐらい確認しておくべきだった。悔やみながら、もう一度電話をかけても結果は同じ。芳晃はいても立ってもいられなくなった。

「ちょっとコンビニに行ってくる」

テレビを観ている沙梨奈に告げて、急いで出かける。向かった先は、最寄り駅近くの交番であった。直《ただ》ちに捜索してもらえないかもしれないが、事件や事故が起きていないかぐらいはわかるだろう。

普段はパトロール中の札が出ていて不在のことが多いのに、幸いにも警官の姿があった。

「すみません」

声をかけると、デスクにいた警官が立ちあがる。おそらく二十代で、まだ初々《ういうい》しい。

「はい、何でしょうか？」

「実は、妻が帰宅しないんです。携帯も繋がらないものですから、事故にでも遭ったのではないかと心配で、こちらで何かわかればと思って参りました」

「そうですか、了解いたしました。とりあえずお話を伺いますので、こちらに坐《すわ》っていただけますか」

パイプ椅子《いす》を勧められ、芳晃は腰掛けた。そのうち帰ってくるでしょうなどと、冷たくあしらわれることも予想していたから、話を聞いてもらえそうでホッとする。

若い警官はノートを机上《きじょう》に広げ、ボールペンを手にした。

「まずは旦那さんのお名前とご住所を教えていただけますか」

芳晃は住所とマンション名、氏名を述べた。

「奥様のお名前は？」

「絵梨です。絵画の絵に、果物の梨で絵梨です」

警官はうなずきながらフルネームをメモした。

「普段は何時頃のお帰りなんですか？」

「中学生の子供がおりますので、夕方の六時前には必ず帰ります。遅くなるときもありましたが、その場合はちゃんと連絡を寄越《よこ》しました」

「六時……もう二時間は経ってますね」

腕時計を確認し、彼が眉をひそめる。事件性があるかどうか、判断に迷っている様子だ。

「奥様のお勤め先は？」

「杉並駅《すぎなみえき》の近くです」

「所轄は杉並警察署ですね。では、ちょっと確認します」

警官は机上の電話の受話器を取ると、壁に貼った番号表を見ながらプッシュした。相手はすぐに出たようである。

「こちら××署××駅前交番の宮永《みやなが》巡査です。たった今、奥様が仕事先から帰らないという男性が見えまして、事件か事故に遭った可能性がないか、調べていただけないかということなんですが――」

彼は芳晃の住所と氏名、絵梨の名前も伝えてから、送話口を手で塞《ふさ》いだ。

「すみません。奥様の年齢は？」

「三十六です」

「三十六歳です。杉並駅の近くで勤めているとのことですが……はい……はい――あ、特に事件や事故の報告は入っていないと」

芳晃は胸を撫で下ろした。最悪の事態は免《まぬが》れたようである。

宮永と名乗った警官は、さらに先方と言葉を交わし、一旦《いったん》受話器を置いた。

「いちおう各部署に問い合わせてみるとのことですので、しばらくお待ちいただけますか？」

「ああ、はい。わかりました」

うなずいて、居住まいを正した芳晃であったが、ふと胸騒ぎを覚えた。

（事件や事故でないとすると、何があったんだ？）

家出、失踪といった単語が頭に浮かぶ。だが、夫婦仲に問題はなかったし、絵梨は娘に反抗されて気に病むようなタイプではない。だとすると、他に何が考えられるだろう。

「奥様に、普段と変わった様子はありませんでしたか？」

宮永巡査の質問に、芳晃はギョッとした。胸の内を見透かされた気がしたのだ。

「いえ、特には……」

「仕事に出られる前のご様子はいかがでしたか？」

「それはちょっとわからないんです。私は在宅で仕事をしていまして、生活が不規則なものですから。今日も昼近くまで寝ていたので、起きたのは妻が出勤したあとでした」

丁寧《ていねい》に説明すると、若い警官がなるほどというふうにうなずく。

「奥様のお仕事は何ですか？」

「友達の店を手伝っていると聞いています」

詳しくは知らないことを匂わせると、「そうですか」と相槌《あいづち》を打たれる。芳晃は次第に肩身が狭くなってきた。それもこれも、絵梨が帰ってこないせいなのだ。

（まったく、何をやってるんだよ）

心配や不安が、苛立ちに取って代わる。実は友達と会って話し込んでいたなどと、気の抜けるような結果に終わるのではないかと思えてきた。

プルルルル――。

電話の着信音が大きく響き、心臓がとまりそうになる。宮永巡査はすぐさま受話器を取った。

「駅前交番の宮永です。はい……わかりました……はい。生活安全課の小柴《こしば》刑事ですね」

電話の応答に、芳晃は動悸《どうき》を乱した。

（刑事ってことは、やっぱり事件に――）

不安がぶり返す。何があったのか、受話器を奪って問い詰めたい衝動に駆られた。

「了解しました。では、そのように伝えます」

受話器を置いた宮永が、眉間《みけん》にシワを刻む。芳晃に向き直ると、

「奥様は、杉並警察署におられます」

どことなく機械的な口調で告げた。

「何か事件に巻き込まれたんですか？」

前のめり気味に確認すると、彼はノートに目を落とした。

「詳しくは、杉並警察署の生活安全課にお訊ねください。小柴が担当ですので、そちらから説明があると思います」

さっきまでと異なり、市民に寄り添う態度を示さない。いっそ余所余所《よそよそ》しいぐらいだ。

「杉並警察署の電話番号をお教えしましょうか？」

問いかけが、やけに遠くから聞こえる。芳晃は「お願いします」と、掠《かす》れ声で答えた。

宮永巡査はメモ用紙に警察署の電話番号と、「生活安全課　小柴」と書いて寄越した。

「こちらは代表番号ですので、生活安全課の小柴に繋いでもらってください。用件を伝えれば、可能な範囲で事情をお伝えできると思います」

可能な範囲とはどういうことなのか。事件の被害者であれば、そんな言い方はしないはずだ。

つまり、絵梨が何か罪を犯したというのか。

（いや、あいつに限って、そんなことをするはずがない）

模範的な人間とは言えずとも、ごくごく普通の市民である。悪事に手を染めるとは考えられない。仮に嫌疑をかけられたのだとしても、何かの間違いに決まっている。

「大丈夫ですか？」

芳晃はメモ用紙を手にしたまま、しばらく固まっていたようだ。宮永に声をかけられ、ようやく我に返る。

「あ――ああ、はい」

「それでは、奥様の件、あとはよろしいですね？」

「はい……ありがとうございました」

「気をつけてお帰りください」

芳晃は追い立てられるみたいに交番を出た。

（何をやったんだ、絵梨は？）

誤解で警察の世話になったのだとしても、何もせずにそんな目には遭うまい。行動に怪しいところがあったために、見咎《みとが》められたのではないか。

望みがあるとすれば、問い合わせ先が生活安全課という点である。警察組織に詳しくはないが、名前からして傷害や窃盗など、凶悪犯罪を扱うところではなさそうだ。

（きっと大したことじゃないのさ）

自らに言い聞かせ、芳晃は駅前の小さな広場に移動した。隅っこで携帯を取り出し、さっそく警察署に電話をかける。

『はい、杉並警察署です』

「あ——わ、私、筒見と申します。妻の筒見絵梨の件で、生活安全課の小柴さんにお伺いしたいのですが」

『承知しました。お繋ぎしますので、少々お待ちください』

慣れたふうに取り次がれ、芳晃は安堵《あんど》した。こんな問い合わせは日に何件もあるのだろう。

（そうさ。べつに特別なことじゃないんだ）

日常の中で起こった、些細《ささい》な出来事に過ぎない。保留のメロディを耳にしながら、いくらか気持ちが穏やかになる。

『はい。生活安全課、小柴です』

保留音が消え、担当者が出る。携帯を耳に当てなくても聞こえる大きな声であった。

「筒見と申しますが、筒見絵梨の件で」

『ああ、はいはい。お身内の方ですか？』

「筒見絵梨の夫です」

『ご主人ですか。筒見絵梨さんは、こちらで身柄を預かっております』

「預かるというのは、いったいどういう──」

『率直に申し上げれば、逮捕したということです』

　そうであってほしくなかった現実を突きつけられ、からだから力が抜ける。崩れそうになる膝《ひざ》を、芳晃はどうにか真っ直ぐに保った。

「……絵梨は何をしたんでしょうか？」

『まだ取調中でして、詳しくはお伝えできませんが、都の迷惑防止条例に違反した容疑がかかっております』

　そんなことでと言いそうになり、芳晃は口をつぐんだ。迷惑防止条例がどのような行為を禁止しているのか詳しく知らず、軽微《けいび》な行い《おこな》で逮捕されたように感じられたのである。

「あの……いつぐらいに釈放になりますか？」

『わかりません。容疑が固まって立件、起訴されれば、相応の期間になるでしょう』

「本人と面会はできないんですか？」

『取調のあいだは、弁護士しか接見できません。必要があれば弁護人を依頼してください』

　小柴という刑事は、声の大きさそのままに尊大な話しぶりだった。説明も曖昧《あいまい》だし、家族が逮捕された者の心情など、少しも慮《おもんばか》っていないふうである。

「弁護士というのは、どちらに依頼すればよろしいんですか？」

諍《いさか》いとは無縁の生活を送ってきたのだ。弁護士の世話になったことは一度として無く、どこに連絡すればいいのかなんて知らなかった。

『警察は、そこまでの面倒は見られません。ご自身でお探しください』

冷たくあしらわれて、さすがにイラッとする。

「では、弁護士を頼んで、小柴さんのところに行っていただけばいいんですか？」

『どう対処するかは、弁護士ならわかるはずですが』

「そうですか……」

『あとはよろしいですか？』

面倒くさそうに訊ねられ、芳晃は藁《わら》にも縋《すが》る思いで問いかけた。

「あの、せめて本人と電話で話すことはできませんか？」

『無理です』

きっぱりと返されるなり、情けなさが募《つの》る。

『では、これで失礼します』

電話が無情にも切られ、芳晃は著《いちじる》しい脱力感を覚えた。しばらくは何も考えられず、茫然とその場に立ち尽くした。

3

母親が逮捕されたなんて、娘に伝えられるわけがない。

「さっき、ママから電話があったよ」

芳晃は帰宅すると、リビングでテレビを観ていた沙梨奈に、平静を装《よそお》って告げた。

「ふうん」

彼女が興味なさげに相槌を打つ。普段反抗しているためか、少しも心配していないらしい。

「親戚のひとが倒れて、看病しなくちゃならなくなったんだって。急だったから、パパや沙梨奈に連絡できなかったそうだよ」

「え、親戚って、おじいちゃん？」

沙梨奈がテレビから目を離し、驚きをあらわに振り返る。祖父のことかと思ったようだ。

二年前にからだを悪くして入院し、彼女も見舞ったのである。

「そうじゃなくて、おじいちゃんのいとこって言ったかな。パパも会ったことがないひとで、家も関西のほうなんだって。だから、しばらく帰れないかもしれない」

「そうなの。それじゃ仕方ないね」

父親の作り話を、沙梨奈はあっさりと信じた。芳晃は在宅で仕事をしているし、家事はひととおりできる。何も心配はないらしい。

「家のことはパパがするけど、沙梨奈も自分のことは自分でやってくれよ」

「うん、わかった」

「テレビもそろそろ終わりにして、宿題をしなさい」

「はあい」

沙梨奈は返事をして、素直にテレビを消した。

部屋に向かった娘を見送り、芳晃は自室に入った。まずは弁護士を頼まなければならない。

(弁護士なら誰でもかまわないってわけじゃないんだよな)

刑事と民事があり、さらには相続や離婚など、各々《おのおの》得意とするものがあるのではないか。逮捕されたのなら刑事事件なのだろうし、そちらの専門家に依頼すべきだ。

(弁護士の費用って、どのぐらいかかるんだろう……)

そんなことも気にしながら、芳晃はパソコンを立ち上げた。ブラウザの検索バーに「弁護士　刑事事件」と入力すると、一千万件以上もヒットする。情報がネットにたくさんあるのは、必要としている人間が多い証だ。自分だけではないのだと、少しだけ気持ちが楽になった。

いくつかの弁護士事務所のサイトを閲覧し、芳晃は刑事事件の手続きのあらましを理解した。逮捕されると七十二時間以内に勾留《こうりゅう》が決定され、それで起訴されれば、いよいよ裁判になるという。

絵梨は大それた事件を起こせる人間ではない。何かの間違いか、せいぜい軽微な罪を犯したたけなのだ。担当の刑事は迷惑防止条例違反と言ったが、それこそひと様に迷惑をかけた程度のことだろう。

だとすれば、このまま帰りを待つという手もあるのではないか。しかし、どの弁護士のサイトにも、逮捕されたらすぐに私選弁護士を接見させ、不利な状況に陥《おちい》らないようアドバイスを受けるべきだと書かれてあった。

但《ただ》し、着手金だけで二、三十万円もかかるようだ。払えないわけではないものの、即座に決断するには高額である。

（そういえば、国選弁護人って制度があったよな）

無料で弁護をしてもらえるはずだと思いつつ調べれば、基本的には起訴されたあとか、勾留が決まってからつけられるものだという。資産の証明も必要で、収入によっては報酬を支払うことになるようだ。

（やっぱり私選の弁護士を頼むしかないのか）

早急に対処したほうがいいのは、間違いなさそうだ。すぐ出向いてもらえるよう、芳晃は杉並警察署に近い弁護士事務所を探した。

（とりあえずここか）

条件に当てはまる事務所のホームページを見つけ、さっそく電話をかける。

『はい、大滝《おおたき》法律事務所です』

呼び出し音が鳴って、直《ただ》ちに先方が出る。芳晃は心の準備が整わず、絶句してしまった。

『もしもし、どのようなご用件でしょうか？』

訊ねられ、ようやく「ああ、えと」と声が出る。

「実は、妻が逮捕されまして」

そう告げただけなのに、電話に出た男はすべてを了解したふうな口振りで『なるほど、わかりました』と答えた。おかげで、気持ちがすっと楽になる。

（こういう依頼は珍しくないんだな）

このまま引き受けてもらえそうな感じである。任せても大丈夫なようだ。

『私は弁護士の大滝亮一《りょういち》と申します。そちら様のお名前を教えていただけますでしょうか』

「はい。筒見芳晃です」

問われるままに住所と電話番号、妻の氏名と生年月日も伝える。経緯も簡単に説明した。

『そうすると、奥様はお仕事先で逮捕されたのでしょうか？』

「おそらくそうかと思います」

『奥様のお勤め先はご存知ですか？』

「いえ、そこまでは聞いていなくて。ただ、杉並駅の近くなのは確かです」

『わかりました。ところで、私共の事務所のことは、どこでお知りになりましたか？』

「あの、ホームページを拝見して」

『それでしたら、ある程度ご理解されていることと思いますが、こういう依頼をお引き受けする場合、着手金というものがかかりまして――』

弁護士費用を丁寧に説明される。日当や交通費などの実費も加わり、高額だという印象は変わらなかったが、はっきりと伝えてもらうことで信頼できた。

『とりあえずはそれだけお支払いいただくことになりますが、よろしいでしょうか？』

「はい。是非お願いします」

『では、これから杉並警察署のほうに行って、奥様と接見いたします。旦那様に依頼されてとお伝えしますが、よろしいですか？』

「かまいません」

『何か奥様に伝言などはありますか？』

「いえ、特には。とにかく、どういう事情でこういうことになったのかが知りたいので」

『そうですね。その点をちゃんと教えていただかないことには、私のほうもアドバイスも弁護もできませんので、伺ったことは旦那様にもお伝えします』

　大滝弁護士は話し振りもなめらかで、はきはきしている。最初からいい弁護士に当たったと、芳晃は幸運を噛《か》み締めた。

「お願いします。あ、それから、家のことは心配しなくてもいいと伝えてください」

『承知いたしました。奥様もきっとご安心なさるでしょう。では、接見が終わり次第ご連絡いたしますが、電話のほう、遅くなっても差し支《つか》えありませんか？』

「はい。何時でも大丈夫です」

『わかりました。では、後ほど』

　通話が終わり、芳晃は全身から力が抜けるのを覚えた。すべて片付いたわけではなくても、とりあえず道筋ができて安堵したのだ。

（……だけど、絵梨のやつ、何をやったんだ？）

　都の迷惑防止条例違反だと刑事は言った。そもそもどんなことをしたら罪になるのか、芳晃は知らない。弁護士からの報告を待つだけなのも落ち着かないし、調べることにした。

　検索したところ、条文はすぐに見つかった。全九条しかない。

　該当する行為は、ダフ屋やショバヤ、景品の買取り、粗暴な行為や痴漢、ストーカーの他、押売に客引き、ピンクビラの配布である。その名のとおり、迷惑としか表しようのないものばかりであった。

　第八条には罰則も書かれてあった。それによると常習を除けば、どんなに重くても一年以下の懲役または百万円以下の罰金で済む。仮に絵梨が裁判にかけられても、何年も刑務所に入ることにはならないわけだ。逮捕されるのは今回が初めてだし、そういう場合はだいたい執行猶予がつくのではないか。

逮捕という言葉を重く捉《とら》え、平和な日常をすべて奪われた気がしていた。けれど、そこまで深刻になる必要はないのかもしれない。

気持ちが落ち着いて、思考も前向きになる。もっとも、気になる点が無きにしも非《あら》ずだ。条例に定められた行為の中に、妻が関わりそうなものが見当たらなかったのである。

ダフ屋やショバヤなどするはずがない。粗暴な言動とも無縁だ。痴漢は論外で、押売も無理だろう。今どきピンクビラなんてものが存在するのかも疑問だった。

消去法で検討した結果、残ったのはストーカーと客引きであった。しかし、普段から過剰なほどの愛情表現を示してくれる妻が、他の男につきまとうなんてあり得ない。

(そうすると客引きか？　そっちもなさそうなんだけど)

夜の仕事ならともかく、昼間に働いていたのである。杉並駅の周辺は繁華街ではなく、オフィスと商業ビルが半々という感じだった。仮に、早い時間から開いている飲み屋があっても、昼間に客引きなどするだろうか。

(いや、飲み屋とは限らないのか)

だいぶ前のことになるが、芳晃は街中で声をかけられた。マッサージ店の客引きで、年齢の定かでない女性が、片言の日本語でイカガデスカと誘ってきたのだ。あれはそれほど遅い時刻ではなかった。

とは言え、絵梨にマッサージは無理だろう。少なくとも商売として成り立つ腕はない。

では、単なるマッサージではなく、性的なサービスを施《ほどこ》す風俗関係はどうか。勤め先のことを話そうとしないのは、夫や娘に言えないことをしているためかもしれない。

（まさか、絵梨にかぎって――）

胸の内で否定しても、他の可能性は見当たらなかった。

三十代の半ばでも、絵梨は童顔のため若く見られがちだ。それに、結婚したときには友人たちから、可愛い嫁さんをもらいやがってとやっかまれた。風俗嬢なら務まるだろう。

人妻を売りにする風俗店もあると聞く。浮気はしないと信じられても、愛情のない行為なら、お金のためと割り切って働くのではないか。

絵梨が性的に奔放というわけではない。夫婦仲こそ睦《むつ》まじくても、男として満足させられている自信がないため、もしやと疑ってしまうのだ。最後に抱いたのがいつだったか思い出せないぐらい、夫婦の営みから遠ざかっていた。

そうなると、否定したはずのストーカー行為もあり得る。後腐れのない男と関係を持ったつもりが、しつこくつきまとったせいで通報されたとか。

もしも誰かが芳晃の頭の中を覗いたら、どうしてそこまで悪いほうに考えられるのかと、あきれ返るに違いない。けれど、これは彼なりの自己防衛であった。

これまでの人生で、思い描いたとおりに何かが実現したことなどない。若い頃は将来について夢想することが多かったが、現実は厳しく、夢は夢で終わるのが常だった。

これは逆の意味でも真である。困難に直面したときには、あらかじめ最悪の結果を想定した。なぜなら、思ったとおりにはならないからだ。これは経験を通して身につけた知恵であった。

不吉な想像で胸を痛めながら、芳晃は弁護士からの連絡を待った。

4

大滝弁護士から電話がかかってきたのは、間もなく日付が変わるという時刻であった。

『弁護士の大滝です。結論から申し上げますと、奥様にお会いできませんでした』

案の定、予想したとおりにはならなかったものの、芳晃は言葉を失った。

(え、どういうことだ?)

弁護士と面会できないほど、重大な罪を犯したというのか。いや、都の迷惑防止条例に、そんな罪状はなかったはずだ。

『実はですね、奥様には別の弁護士がおりまして、私は接見できなかったんです』

「じゃあ、妻が雇ったんですか?」

『いえ。奥様のお勤め先に依頼されたとのことでした』

弁護士がすでについていたとわかり、芳晃は胸を撫で下ろした。

(勤め先が雇ったってことは、やっぱり仕事中に逮捕されたんだな)

条例に違反する行為も、命令されてしたのであれば、罪は軽いだろう。もしかしたら、店の責任者も逮捕され、すぐに弁護士を呼んだのかもしれない。

『そういうことですので、詳細についてはそちらの弁護士にお訊《き》きください。沼田《ぬまた》さんとおっしゃる方で、今夜か、あるいは明日にでもお電話があると思います。旦那さんが大変心配なさっているので、早めに連絡してほしいと伝えましたから』

「そうですか。ありがとうございます」

『弁護費用はお勤め先で負担されるようですし、私のぶんも、そちらのほうから支払っていただけるとのことです。筒見さんへの請求はございませんので、その点もご安心ください』

「わかりました。御足労《ごそくろう》をおかけしました」

『いえ、これが私共の仕事ですので。では、失礼いたします』

通話が終わり、芳晃はふうと息をついた。何があったのか未だにわからないものの、気持ちはだいぶ楽になった。

(弁護士がついているのなら、もう心配いらないな)

ただ、絵梨の勤め先と仕事内容が、好ましくないものなのは間違いあるまい。友達の店と言ったが、本当に友達かどうかも怪しい。それこそ風俗関係というのもあり得る。

(とにかく、今の仕事は辞めさせないと)

今後はどこで何をするのか、前もって話をさせよう。彼女も今回のことで懲りて、慎重に仕事を選ぶはずである。

そんなことを考えながら待ったものの、弁護士からの電話はなかった。

芳晃は深夜二時過ぎまで起きていたが、さすがに今夜はもうないかと、諦めてベッドに入った。普段なら明け方まで仕事をするのだが、気疲れが著しく、そんな気になれなかった。

目が覚めたのは朝の七時前だった。まだ眠く、二度寝しようとしたのであるが、

(——あ、まずい)

妻がおらず、娘を学校に行かせなければならないのを思い出して飛び起きた。

「沙梨奈、朝だぞ」

いちおう年頃であり、ドアを開けずに声をかける。部屋の中から「んー」と半分寝ぼけたみたいな返事があった。

キッチンに行き、買い置きの食パンを探す。幸いにも一枚だけ残っていた。

(忘れずに買っておかなくちゃいけないな)

絵梨がいないあいだ、家のことはすべて自分がやらねばならないのだ。

食パンをトースターに入れ、冷蔵庫から卵とベーコンを出す。スクランブルエッグをこしらえ、ベーコンもカリカリに焼いたところで沙梨奈が現れた。

「え？」

キッチンに立つ父親を認め、驚いたように目を丸くする。それでも、昨夜言われたことを思い出したか、「ああ」とうなずいた。

「おはよう、パパ」

「おはよう」

挨拶《あいさつ》を交わし、食卓に着いた娘の前に朝食を出す。

「ソースとケチャップ、どっちがいい？」

訊ねると、沙梨奈は「ケチャップ」と即答した。スクランブルエッグに赤い模様を描き、「いただきます」と両手を合わせる。

「牛乳飲むか？」

「うん」

芳晃は牛乳をカップに注ぎ、電子レンジで温めた。

「朝ごはんは、パパが作ったほうがいいな」

ホットミルクを受け取った中学生の少女が、甘えるような口調で言う。

「どうして？」

「ママは雑なんだもん。卵はいつも目玉焼きで、しかも半分ナマだし。牛乳だって、冷たいのをそのまま出してくるんだよ」

芳晃は朝食を摂《と》らないことが多い。そのため、妻が娘に何を食べさせているのか、よく知らなかった。ただ、普段の様子からして、本当にそうなんだろうと納得できた。

とは言え、あまり期待されては困る。甘やかすのも得策ではない。

「朝食ぐらい、自分で作れるようにならなくちゃいけないぞ」

父親らしく諭《さと》すと、「はーい」と返事をする。実行するには時間がかかりそうだ。

「あ、そうだ。保護者会の出欠の返事、今日までだったと思うけど」

沙梨奈に言われ、芳晃は「何だそれ」と訊き返した。

「ママにプリントを渡したよ」

学校からのたよりは、芳晃も目を通すようにしていた。かつて教職にあったから気になるのだ。しかし、保護者会の件は初耳だった。

たぶんあそこだろうと、リビングのテーブルを確認する。下の棚板《たないた》にプリントがあり、確認すると保護者会は来月であった。

（それまでには釈放されてるんだろうな……）

不安がぶり返す。弁護士がついても、万事うまくいくと約束されたわけではない。起訴された場合の有罪率は恐ろしいほど高く、無罪を勝ち取るのは至難の業《わざ》だと聞いたこともある。

（いや、そこまでにはならないさ。取調で誤解が解けて、釈放されるはずだ）

プリントの出欠票部分に氏名を記入し、出席に○を付ける。

「ほら、これ」

戻って切り取った出欠票を渡すと、沙梨奈は小首をかしげた。

「保護者会、パパが来るの？」

「どうして？」

「だって、パパの名前が書いてあるから」

「べつにどっちの名前でもいいだろう。あくまでも代表者ってことなんだから」

「そうなの？　でも、ママはいつも自分の名前を書いてたよ」

「ほら、ママが帰れなかったら、パパが保護者会へ行くことになるしさ」

言わなくてもいい弁明を口にするなり、娘が表情を曇らせる。

「……そんなに長く家にいないの？」

いくら反抗していても、母親の不在が月を跨《また》ぐまで長くなると考えたら、不安に駆られるのも無理はない。まずかったなと、芳晃は失言を悔やんだ。

「いや、そこまでにはならないか。心配しなくても大丈夫だよ」

明るく励ますと、沙梨奈は「うん」とうなずいた。

朝食を食べ終え、彼女は自分で食器を洗った。登校の準備をするため部屋に戻る。

芳晃はリビングで落ち着かない時間を過ごした。携帯を手に、弁護士からの電話を待つ。

(さすがに、こんな早い時間からはこないか……)

そうは思っても、万が一と考え、視線を携帯に向ける。

制服に着替えた沙梨奈が、部屋から出てきた。

「さっきの出欠票は持ったか?」

「持ったよ。じゃあ、行ってきます」

「行ってらっしゃい」

後ろ姿を見送って間もなく、玄関のドアが閉まる音が聞こえる。芳晃はふうと息をついた。

(おれ、緊張していたんだな)

中学生の娘とふたりっきりだったからではない。隠している事実が知られないよう、気を張っていたためだ。

ひとりになって楽になり、睡魔が襲ってくる。少し眠ろうかと思ったものの、そのせいで電話に出そびれたらまずい。起きて待っていたほうがいいと判断し、芳晃は脱衣所に向かった。洗濯機を回すためである。

動いていれば眠らずに済むし、気も紛《まぎ》れる。洗濯だけでなく掃除もするつもりだった。弁護士から電話が来たのは、すべての部屋に掃除機をかけ、洗濯物をベランダに干したあとのことだ。

「はい、筒見です」

『ああ、どうも。私、奥さんの弁護をする、弁護士の沼田と申します』

しゃがれた声からして、高齢のようである。

「お世話になります。あの、妻は――筒見絵梨の様子はいかがでしょうか?」

相手からの報告を待ちきれずに訊ねたものの、

『ええ、元気にしておられましたよ』

呑気《のんき》な返答に、芳晃は不安を覚えた。短いやり取りだけで、頼りにならなそうな印象を持ったのである。昨晩依頼した大滝弁護士のほうが、ずっと覇気《はき》があった。

「妻はいったい、何をしたんですか?」

質問しても、返ってきたのは要領を得ない説明だった。

『いや、何もしていないようですね。たまたま現場にいて巻き込まれたというか、誤解されたというのが奥様の言い分です』

「つまり誤認逮捕なんですか?」

『警察のほうは、そうは考えておらんでしょう』

何があったのか、さっぱりわからない。わざと言葉を濁《にご》しているかにも感じられた。

「妻は釈放されるんでしょうか？」

この質問にも、沼田弁護士は『まだわかりませんねえ』と他人事《ひとごと》みたいに答えた。

『警察や検察は、逮捕したら起訴しなければならんと躍起《やっき》になるんですよ。罪がないとわかっても諦めません。被疑者の勾留が認められたら、期間のギリギリまで留め置くんです』

「勾留の期間はどのぐらいなんですか？」

『十日です。但し、十日の延長が可能ですので、最大で二十日になりますね』

芳晃は全身から力が抜けるのを覚えた。つまり、絵梨は三週間も帰れないことになる。

「勾留されずに済む方法はないんですか？」

『そうですねえ。奥様が罪を認めて、証拠隠滅《いんめつ》の恐れもないとなれば、勾留する必要はなくなります。ただ、やってもいないことを認めるわけにはいきませんから』

「それはそうでしょうが……」

『私のほうでも、勾留請求を却下するよう働きかけるつもりですが、奥様が逮捕の事由《じゆう》を真っ向から否定しておりますので、期待されないほうがいいですね』

望みがなさげな口振りに苛立つ。弁護士として無能だと認めたにも等しいではないか。

「妻には何の容疑がかかっているんですか？」

『旦那さんは、警察のほうとは話をされたんですよね？』

「ええ、いちおう」

『そのときに、どのような説明を受けましたか？』

「都の迷惑防止条例に違反したと聞きました」

『ああ、なるほど』

詳しい罪状を教えてもらえるのだと思えば、またも予想を覆《くつがえ》される。

『奥様が逮捕された理由や状況については、奥様ご自身から旦那さんに話したいそうです』

「え？」

『ですから、私のほうから旦那さんに伝えることは何もありません。奥様のご様子であるとか、釈放の日取りが決まった場合にはご連絡いたしますが』

芳晃はとても信じられなかった。悪い冗談か、からかわれているのかと思った。

「では、妻の容疑というか、何をして逮捕されたのかは教えていただけないのですか？」

『そういうことになります』

「私は絵梨の夫なんですよ」

『私の依頼人は奥様です。弁護士は依頼人の利益を最優先にしなければなりませんので』

芳晃は到底納得できなかった。しかし、教えてほしいと食い下がっても、沼田弁護士は

『奥様にお訊ねください』の一点張りだった。

「では、勾留が決定したら、妻と面会ができるんですか？」

『それはわかりません。面会を許すぐらいなら釈放するでしょうし、勾留段階での面会は期待しないほうがいいですね。否認の場合は接見禁止になることが多いんです』

彼はどことなく面倒くさそうな口調で説明する。いい加減終わりにしてもらいたいと、心の声が聞こえてくる気がした。

「沼田さんは、妻の勤務先から雇われたと聞きましたが、間違いないですか？」

『ええ。弁護士費用はそちらからいただきますので、旦那さんはご心配なさらずに』

お金のことが気がかりなのだと、決めつけているフシがある。馬鹿にされているようで、今や芳晃は、沼田に不信感しか抱いていなかった。

「沼田さんを雇った店、あるいは会社かわかりませんが、名前を教えていただけますか」

弁護士が無理なら勤め先に問い合わせようと考えたのである。従業員が逮捕されたのだから、身内に説明する義務があるはずだ。ところが、

『申し訳ありませんが、許可を得ることなく顧客の情報を開示することはできません』

と、けんもほろろの返答をされる。

「でしたら、許可を得てください」

『いちおう確認してみます。しかし、勤め先も奥様から聞けば済むことですから』

悪夢としか言いようのない受け答えに、忍耐が限界に近づく。だが、彼は妻との唯一の架け橋だ。怒鳴りつけて機嫌を損ねようものなら、二度と連絡を寄越さないかもしれない。

（これじゃあ、絵梨を人質に取られているようなものじゃないか）

おまけに、彼女自身も弁護士に何も言わせないなんて、理解に苦しむ。一緒になって何か企《たく》んでいるのかと、疑心暗鬼に陥りそうだ。

「では、家のことは心配するなと、妻に伝えてください」

怒りを抑えて依頼する。娘には逮捕された件は話しておらず、親戚の看病でしばらく帰らないと説明したことも伝えると、

『承知しました。まあ、お母さんが逮捕されたと知ったら、お嬢さんはショックを受けるでしょうからね。賢明な判断だと思いますよ』

上から目線の沼田に、これ以上の会話は無駄だと悟った。

「とにかく、よろしくお願いします」

怒鳴りつけたいのを堪《こら》え、芳晃は通話を切った。

5

それからの日々は、不安との闘いであった。

身内が逮捕されて、平然としていられるわけがない。誰だって同じ立場になれば、落ち

着かない毎日を過ごすことになるであろう。

芳晃の場合、弁護士費用といった金銭的な負担がないのは、幸運と言えたかもしれない。けれど、その弁護士が頼りないというか、いっそ信用ならなかった。

次に連絡が来たのは二日後だ。絵梨と面会した報告であった。そのときも、奥様はお元気ですと述べただけで、取調の状況など訊ねても、残念ながら答えられないと言われた。

ならばと、芳晃は彼にフルネームを訊ねた。本当にちゃんとした弁護士なのかを確認するためである。彼は至極《しごく》あっさりと、沼田寛二《かんじ》という名前を教えてくれた。

芳晃はさらに、逮捕の理由や勤め先を沼田弁護士が話す許可を与えてくれと、妻に伝言を頼んだ。何もわからないままでは、不安が増すばかりだったのだ。

その返答は、次に電話が来たときに伝えられた。釈放されたら自分で話すから待ってほしいと、絵梨は言ったという。

どうしてそこまで頑《かたく》ななのか。妻の身を心配する一方で、芳晃は怒りに近い蟠《わだかま》りも抱いた。娘に嘘をつき、仕事も家事もこなすことで、肉体的にも精神的にも疲弊《ひへい》していたのだ。

沼田寛二の名前で検索したところ、ちゃんと弁護士会に所属しており、事務所も持っていた。事務所名からして、個人経営のようだ。

住所もわかったから、そこに赴《おもむ》いて直談判《じかだんぱん》しようかとも考えた。対面すればこちらの苦境が伝わり、善処してくれるのではないかと思ったのである。しかし、電話連絡をしているのにわざわざ訪問するなんて、信用していないのかと怒らせる可能性もあった。

弁護士との対決は後にして、芳晃は絵梨が働いていたところも探した。彼女の持ち物を漁《あさ》り、手帳やメモの類《たぐ》いをすべて洗い出したものの、肝腎《かんじん》なことは何ひとつわからなかった。

スマホにならば、勤務先や友人の電話番号が登録してあるはずだ。しかし、それは警察の手にある。証拠品として押収されたのであれば、いくら夫でも渡してくれないだろう。

こうなったら現地調査しかない。沙梨奈が学校へ行っているあいだに、絵梨が勤めていた場所の最寄りである杉並駅へ、芳晃は向かった。

駅周辺は店舗とオフィスが半々で、妻と関わりのありそうな店は多くない。最初は虱《しらみ》潰《つぶ》しに当たってみるつもりでいた。

だが、それはかなり難しいと、現地に到着して気がつく。絵梨は友達の店と言ったけれど、そもそも店かどうかも定かではないのだ。仕事中に逮捕されたのなら、看板を出していない、いかがわしいところの可能性もある。

ならば、彼女の写真を地元の人間に見せて、訊ねまわるのはどうだろう。警察でもない人間がそんなことをしたら怪しまれるから、夫婦で撮った写真を出して、妻を捜していると言えば同情を買い、教えてもらえるかもしれない。

あれこれ方策を練ったものの、結局何もできないまま、芳晃は帰路についた。

だいたい、そこまでしなくても、いずれ絵梨は釈放されるのだ。余計なことをして、あそこの旦那が奥さんに逃げられたなんて噂が立ち、それが沙梨奈の耳に入っても困る。

ここは勾留期間が十日で終わるよう祈るしかない。ところが、明日はいよいよ釈放かという日に、沼田弁護士から勾留が延長されたと電話があった。

「何もやっていないのに、どうして延長されるんですか?」

落胆が苛立ちを呼び、芳晃は突っかかるように訊ねた。

『前にも申し上げましたが、彼らは逮捕したら起訴に持ち込みたいんですよ。ですから、勾留する明らかな理由がなくても、容疑者を期限ギリギリまで留め置くんです』

「だけど、勾留を請求するのは検察官で、決定は裁判官ですよね? 裁判官が必要ないと判断しないんですか?」

調べた知識を披露しても、返ってきたのは人を食ったような言い分であった。

『所詮役目が異なるだけで、彼らはお仲間ですから。同じ穴のムジナってことですよ』

芳晃は、この国の司法制度を信頼していた。警察にも悪い印象など抱くことなく、何かのときには頼りになる存在だと認めていた。ところが、妻が逮捕され、理不尽としか言いようのない扱いを受けたことで不信感が募り、怒りを覚えるようになった。

(警察官が市民の平和を守るなんて、嘘っぱちじゃないか)

もはや何も信じられなくなりそうだ。

『とにかく、あと十日の辛抱です。そもそも犯罪の証拠がないまま起訴をするのは無理なんですから、勾留期間が終われば必ず釈放されますよ』

沼田の言葉に縋る以外、路《みち》はなかった。

「ママが帰るまで、まだしばらくかかるみたいだよ」

その日の夕食で、芳晃は沙梨奈に伝えた。

「そう」

素《そ》っ気《け》ない相槌を打ちながらも、彼女の眉間に浅いシワができる。いくら反抗期でも、ずっと母親の顔を見ていないから、さすがに寂しいのではないか。

「パパは、ママと電話してるの？」

質問され、ドキッとする。

「ああ、たまにね。ただ、こっちからは電話ができないんだ」

「どうして？」

「ママはずっと病院にいるからさ。病院内は携帯禁止だからね」

かつてはそうだったが、今はそこまで厳しくない。使用禁止のエリアこそあっても、その他の場所ではマナーを守れば許されている。その点を突っ込まれないかと危ぶんだものの、中学生の少女は素直に「そうなんだ」と納得した。

「何なら、沙梨奈がいるときに電話するよう、ママに伝えようか？」

実現できないことを持ちかけたのは、逮捕勾留されているのを悟らせないためである。それに、どうせ拒むだろうとも予想した。

「べつにいいよ」

案の定、沙梨奈がかぶりを振る。芳晃は胸を撫で下ろした。

「パパだけじゃ行き届かないところもあるだろうけど、もうちょっと我慢してくれ」

不自由はさせていなくても、女親がいないと細かい配慮ができないところもあろう。だから気遣ったのであるが、

「ううん。わたしは大丈夫」

沙梨奈はカレーライスを口に入れると、満足げな笑みを浮かべて言った。

「それに、パパが作るご飯のほうが美味しいもん」

芳晃は涙ぐみそうになった。心労が重なっていたものだから、愛娘の優しい言葉が胸に深く沁《し》みたのである。

(沙梨奈のためにも、早く帰ってこいよ……絵梨)

妻への情愛も募る。もっとも、いつもこうではない。こんな事態を引き起こし、尚かつ弁護士に説明をさせないものだから、怒りを抱くこともあった。好悪《こうお》は日々変化し、もう知るものかと荒《すさ》んだ気持ちになるときもあれば、帰ってきたら抱きしめてやりたいと、愛

しさにも駆られるのである。

様々な感情に苛《さいな》まれながら、芳晃は時間をやり過ごした。一日がやたらと長く感じられ、不安から逃れるために、芳晃は掃除や洗濯などの家事に没頭した。

普段はしないガラス磨きに精を出し、コンロの油汚れも徹底的に落とす。ベッドカバーやカーテンも洗濯した。帰宅した妻が部屋を見て、どこもかしこも綺麗《きれい》になっていることに驚く顔を思い浮かべると、少しは愉快な気分になれた。


いよいよ勾留期限を迎える前日の昼過ぎに、沼田弁護士から連絡があった。

『奥様は、明日釈放されます』

芳晃は全身の力が抜けるのを覚えた。

「あ——ありがとうございます」

礼を述べるなり、瞼《まぶた》の裏が熱くなる。弁護士のくせに役に立たないと恨んだこともあったのに、感謝の思いが溢《あふ》れ出た。不安と緊張が一気に解けた反動だったのだろう。

『それで、私が奥様をお迎えに上がってもいいのですが、もしも旦那さんがご自分で行かれるというのであれば——』

「私が迎えに行きます」

沼田の言葉を遮《さえぎ》り、芳晃は前のめり気味に告げた。一刻も早く会いたかったし、訊きたいことが山ほどあったのだ。

『承知しました。では、そうしてください』

「何か手続きとか、必要なものはありますか？」

『いいえ、何もありません。奥様が出てこられたら、一緒にお帰りください』

「釈放されるのは、何時頃なんですか？」

『あー、わかりませんねえ』

この返答に、芳晃は眉をひそめた。

「え、わからないというのは？」

『何時に出るというのは、すべて向こうの判断と都合になりますので、こちらには一切教えてもらえないんですよ』

そんな無責任な話があるかと、芳晃は腹が立った。釈放されるのだから、犯罪の証拠がなかったわけである。責任者がきちんと連絡して、迷惑をかけたと詫びるべきところなのに。

とは言え、無実の人間を意味なく勾留し続けるような連中だ。過去の冤罪《えんざい》事件でも、型どおりの謝罪会見で幕を引いていたではないか。担当した刑事や検事が責任を取ることもなく。

「そうすると、早朝に釈放されることもあるんですか？」

『まあ、手続きもありますので、それはないでしょう。私の知っている限りでは昼前とか、日が暮れてからということもありました』

どうやら早めに警察署を訪れて、あとは待つしかないらしい。どこまで振り回されねばならないのかと、やるせなくなる。

「わかりました。では、早めに杉並警察署へ行くことにします」

『え、杉並？』

沼田が怪訝《けげん》そうに訊き返したものだから、芳晃は戸惑った。

「妻は杉並警察署に逮捕されたんですよね？」

『それはそうなんですが、拘置施設の関係で、港湾《こうわん》警察署のほうに移送されてるんですよ』

「え、いつですか？」

『逮捕の翌日なんですが、お伝えしてませんでしたかねえ』

呑気な口振りで言われ、芳晃は手にした携帯を床に叩きつけそうになった。

「……いえ、伺ってませんけど」

『旦那さんが雇われた弁護士と話したときには、もう移送が決まっていたので、その件は伝えたつもりだったんですが。ひょっとして、彼が言い忘れたのかな？』

他に責任を押しつけて、過《あやま》ちを認めないつもりらしい。おかげで、電話が掛かってきたときに抱いた感謝の念は、綺麗さっぱりなくなった。

「では、港湾警察署のほうに行ってみます」

『ええ、そうしてください。何にしても、よかったですね』

朗《ほが》らかに言われても胸に響かない。面倒なことが片付いて、清々《せいせい》しているふうに聞こえた。

それでも、通話を終えた後で安堵の思いが湧いてきた。

(帰ってくるのか、絵梨――)

家族三人の生活が、ようやく取り戻せるのだ。

夕方、沙梨奈が帰宅すると、芳晃はさっそく母親の帰宅を伝えた。

「ママは、明日には帰れそうだよ。時間はいつになるかわからないけど」

「あ、そう」

沙梨奈は興味がないというふうにうなずいたが、本当は嬉しかったに違いない。その証拠に、頬が少し緩んでいた。

その日の夕食は、彼女の好きなハンバーグをこしらえた。

「そっか……明日から、ご飯はママが作るんだね」

つぶやくように言った娘に、芳晃は首をかしげた。

「どうかしたのか?」

「わたしは、パパに作ってほしいんだけど。ママよりも美味しいから」

父親をおだてているわけではなく、本心のようである。けれど、肩を持たれても素直に喜べない。親子三人で良好な関係を築きたかった。

「ママがいても、パパが作ることだってあっただろ」

「まあ、そうなんだけど」

「この際だから言っておくけど、あまりママに反抗するんじゃないぞ」

「どうして？」

「ママだって、沙梨奈のことを考えて、一所懸命やってるんだ。そのぐらいわかるよな」

「うん、まあ……」

「自分がママの立場だったらどう思うか、考えてみなさい。沙梨奈がママにするような口答えを、親になった自分がされたら嫌だろう？」

「わたしは、ママみたいな母親にならないもん」

沙梨奈が不満げに口を尖《とが》らせる。彼女にも言い分があるようだ。

「もしもママに不満があるのなら、ちゃんと話し合わなくちゃ。ただぶつかっていても、何の解決にもならないぞ」

「それは──うん……」

「とりあえず、明日はちゃんと『おかえりなさい』って言えよ」

「わかった」

彼女がいつになく神妙な面持《おもも》ちを見せたのは、母親が不在のあいだに思うところがあったからではないか。これを機会に、母娘の関係が良い方向にむかってくれればいいのだが。

そのぐらい得られるものがなければ、割に合わない。

6

東京港湾警察署の最寄り駅までは、途中で電車を乗り換えて一時間以上かかる。徒歩のぶんも入れれば、一時間半というところか。

いちおう午前九時ぐらいには着けるよう、翌朝、芳晃は沙梨奈よりも早く家を出た。

(この時間だと、通勤ラッシュにぶつかるな)

できれば避けたかったものの、これればかりはどうにもならない。出発をあとにずらして遅くなり、釈放される絵梨と入れ違いになってもまずい。

(だけど、九時前に釈放されたりしないよな?)

沼田の話では、そこまで早くはならない感じであった。役所関係が始まるのはだいたい九時ぐらいだから、それから手続きをするとなれば、早くて十時ぐらいか。

そんなことを考えながら、芳晃はラッシュアワーをやり過ごした。在宅の仕事だし、教職時代を含めても、満員電車に乗った経験は数えるほどしかない。人波に揉まれるのはかなりのストレスで、電車を降りて駅の外に出たときには、解放感を味わった。

名前のとおり東京湾に近い警察署まで、歩いて二十分ほどかかった。

正面玄関から入ると、そこはわりあいに広いロビーであった。長椅子がいくつか並んでおり、奥に区役所みたいな横長のカウンターがある。その向こう側に並んだデスクで、大勢が仕事をしているのも一緒だ。

芳晃は総合案内と表示のあるところに進んだ。

「あの、本日釈放される筒見絵梨の身内なんですが」

用件を伝えると、警官なのか事務員なのか定かではない若い女性が「はい」とうなずく。特にどうしろと指示してくれる様子がなかったので、こちらから訊ねた。

「どこで待てばいいんでしょうか？」

「そちらのほうでどうぞ」

素っ気ない口振りで、カウンターに対して垂直に並んだ長椅子を示される。言うことはそれだけなのかと、芳晃は眉をひそめた。

「何時ぐらいに釈放されるのかわかりますか？」

「ここではわかりません」

質問にも冷たく返され、苛立ちと怒りがふつふつと湧く。

（警察もお役所仕事なんだな）

いや、他の役所のほうがもっと親切だし、対応も丁寧だ。ここは時代に取り残されて、昔ながらの横柄《おうへい》さを後生大事《ごしょうだいじ》に守っているようである。

それとも、犯罪者の身内だから、邪険《じゃけん》にしてもいいと思っているのか。

自動販売機があったので缶コーヒーを買い、背もたれのない長椅子に腰掛けて、芳晃は絵梨が出てくるのを待った。

(あそこから来るのかな?)

カウンターの右に通路があり、「関係者以外立ち入り禁止」の札が立っている。あの向こうに妻がいるのではないか。

コーヒーを飲み終えたら、することがなくなる。本でも持ってくればよかったと、芳晃は悔やんだ。携帯にも、暇《ひま》つぶしになるようなアプリはない。

芳晃はため息をついて立ちあがり、空き缶をゴミ箱に捨てた。

何か読む物がないかロビーを探すと、チラシの並んだラックがあった。確認すれば、各種手続きに関するものや防犯のチラシなど、わざわざ手に取る気になれないものばかりだ。

諦めて長椅子に戻り、天井を仰ぐ。外に出て、コンビニで雑誌でも買ってこようかとも考えたが、そのあいだに絵梨が出てこないとも限らない。ひたすら待つしかなさそうだ。

そのうち、一般の来訪者が姿を見せ始めた。免許証や車庫証明、落とし物や道路使用許可など、それぞれの窓口で手続きをする。交通事故証明の件で、担当者に面会を求める者もいた。

それらのひとびとをぼんやりと眺めて時間を潰し、とうとうお昼になった。

(腹が空いたな)

近くにコンビニはあったものの、飲食店は駅前あたりにしかなかった。それに、外に出たら妻と行き違う気がしてならない。

食事は諦め、尿意を催《もよお》したのでトイレを探す。ロビー内には見当たらず、立ちあがってあちこちに目を向けたところ、例の立ち入り禁止の札が立った通路の奥に表示があった。

(なに、かまうものか)

かれこれ三時間も待たされたのだ。用を足さねばならない状況に追い込んだ責任はそっちにある。芳晃は挑発的な気分で通路のほうに進んだ。咎められたら反論するつもりで。

ところが、誰からも声をかけられぬまま、目的の場所に到着したから拍子《ひょうし》抜けする。

(あの札は飾りなのか?)

それとも、無闇《むやみ》に立ち入らないよう牽制《けんせい》するためのものなのか。

用を足して戻るとき、通路にエレベータがあるのを発見した。もしかしたら、絵梨はこれを使って降りてくるのだろうか。

(まさか、地下に拘束されてるってことはないよな)

署内の案内図はどこにもない。昨日、ここまでの道順を調べたとき、建物の入り口や、どこの窓口かなども確認しようとしたのだが、ホームページには記載がなかった。テロや襲撃などを警戒して、そういった情報は表に出さないようにしているのか。

ロビーに戻ると、さっきまで坐っていたところに若い男がいた。仕方なく、芳晃は他の長椅子に腰掛けた。

（おれと同じで、身内が釈放されるのを待っているのかな？）

そう考えたのは、その若い男がどこの窓口にも行かず、手持ち無沙汰《ぶさた》なふうにあたりを見回していたからである。間もなく彼は携帯を取り出し、小さな画面に視線を落とした。

通路のほうから二十代と思《おぼ》しき女が現れたのは、十分ほど経ってからのことだ。彼女は若い男の前に真っ直ぐ進み、声をかけた。

「あ――」

男がすぐに立ちあがり、女と言葉を交わす。手を繋いで出て行ったところを見ると、恋人同士なのだろうか。

（やっぱり釈放を待ってたんだな）

女は化粧っ気もなく、疲れているふうに見えた。

（絵梨もあんな感じで出てくるのかな）

長く自由を奪われれば、体力を使わずとも心労が著しいに違いない。罪もないのにそんな仕打ちを受けた妻が、可哀想《かわいそう》になってくる。

出てきたら、まずはいたわってあげようと決心する。ただ、ひとつ気になることがあった。

（さっきの男、あまり待たなかったな）

あらかじめ時間がわかっていたふうである。

芳晃は沼田弁護士に電話をかけた。もしかしたら、釈放される時間が伝えられているのではないかと思ったのだ。

『はい、沼田です』

「あ、どうも。筒見です」

『あー、はいはい。どうかされましたか？』

「今、港湾警察署なんですが、妻がまだ釈放されないんです」

『そうですか』

「何時になるか、わからないんですか？」

『ええ。こればかりは向こうの判断で、事前に教えてくれないんですよ』

では、さっきの若い男がすぐに会えたのは、偶然だったのか。

「つまり、ここで待つしかないわけですね？」

『そうですね。筒見さんは、いつからそちらに？』

「九時ぐらいからです」

『それはご苦労様です。受付に、何時に釈放されるか訊いてみましたか？』

「はい。だけど、わからないと言われました」

『ああ、やっぱり』

彼も警察に不満を抱いている様子ながら、結局は他人事でしかない口振りだ。

消化不良のまま電話を切り、芳晃は闘志を燃やした。妻が釈放されて、それで終わりにしてなるものか。この事態を招いた者に、必ず責任を取らせるのだ。

まずは彼女の勤め先と話をつけねばならない。弁護士を雇って役目を果たしたと考えているとすれば、大きな間違いだ。家族がつらい目に遭ったぶん、きっちり償《つぐな》いをしてもらおう。

難しいのは警察である。不当な逮捕だと訴えたいが、相手は司法制度の一翼《いちよく》を担う存在だ。専門の弁護士でも雇わない限り勝ち目はあるまい。

それに、事が大きくなると、絵梨が逮捕されたと他に知られてしまう。たとえ無実でも、警察の世話になったというだけで、ひとびとは色眼鏡で見るものだ。

（そうすると、何もできないのか……）

警察に対しては、泣き寝入りするしかないのか。芳晃はやり切れなかった。

絵梨はいつまで経っても現れなかった。なかなか進まない時計を何度も確認し、とうとう午後四時を回る。

（本当に夕方まで待たされるのか？）

　こんなことなら、もっと遅くに来ればよかった。

　署員の対応にも腹が立つ。こっちが朝から待っていると、彼らだってわかっているのだ。気を利かせて担当者に連絡を取り、早めに手続きをするよう促したって罰《ばち》は当たるまい。

　帰りはいつになるかわからないと、沙梨奈には伝えてある。学校へ行くときはちゃんと戸締まりをして、鍵を持って出るようにも言ったから、遅くなっても心配はない。

　だが、今日は久しぶりに親子三人水入らずで、夕飯を食べたかった。

　そのとき、芳晃が通路に目を向けたのは、妻と背格好の似た女性が現れたからである。

（……違ったか）

　年齢も同じぐらいのようながら、まったくの別人だ。一瞬だけもしやと思ったものだから、心臓がバクバクと鼓動を大きくしていた。

　やれやれと肩を落とした芳晃であったが、

「ツツミさん――」

　名前を呼ばれて顔をあげる。それは芳晃に向けられた声ではなかった。女性のあとを追ってきた制服警官が、彼女を呼び止めたのである。

（同じ名前なのか？）

　その女性も釈放されたばかりのようだ。同時期に同姓の女性が拘置されていたというのか。

ふたりは何やら言葉を交わし、女性がお辞儀をして警官から離れる。こちらに向かってきた彼女は、長椅子の芳晃に目をくれることなく、ポケットから携帯を取り出した。

芳晃は反射的に立ちあがった。携帯のケースに見覚えがあったからである。

(絵梨のものじゃないか!)

これは偶然ではない。瞬時に悟った芳晃は、

「筒見絵梨さん?」

と、抑えた声で呼びかけた。すると、彼女が足を止めて振り返る。こちらを見て、怪訝そうに首をかしげた。

間違いない。この女が絵梨の名前を騙《かた》って逮捕され、勾留されていたのだ。では、本物の絵梨はどこにいるのか。

頭の中で疑問が渦を巻く。迎えた結末が予想外すぎて、芳晃は混乱した。

「お前、誰だ。どうして絵梨のフリをしているんだ?」

詰め寄るなり、女の顔が強《こわ》ばる。身を翻《ひるがえ》して逃げようとした彼女の手首を素早く摑《つか》み、

「逃げるな、おい!」

声を荒らげ、ぐいと引っ張る。「イヤッ」と悲鳴が上がっても、周囲の目に己がどう映るのか、芳晃は考えるゆとりを無くしていた。

「答えろっ！　絵梨はどこにいるんだ⁉」

「助けて！　誰かっ」

女がロビーに響き渡る金切《かなき》り声を上げる。

「おい、何をしている！」

怒鳴り声と足音が迫り、芳晃は振り返った。何人もの警官たちが、こちらに向かってくるのが見えた。

それでも怯《ひる》まなかったのは、彼らが手を貸してくれると思ったからである。妻の名を騙った女を、一緒になって問い詰めてくれるはずだと。

ところが、屈強な男たちに拘束されたのは、芳晃のほうだった。

「おい、やめろ。この女を捕まえろ」

必死に抵抗しても多勢に無勢。女の手首を摑んだ手も、無理やり離されてしまう。

「逃げるな、待てっ」

正面玄関に向かって駆け出した女に、必死で手を伸ばしても届かなかった。

「あの女を捕まえてくれ。あいつはおれの妻――」

精一杯訴えても聞き入れられず、芳晃は床に押し倒された。その上に、いくつもの汗くさいからだがのし掛かる。

「やめてくれ、く、苦しい」

もがけばもがくほど、警官たちは容赦《ようしゃ》なく体重をかけてきた。こうすることが最善の方法だと教わっているかのごとくに。

息ができず、声も出なくなる。それでも抵抗したのは、妻の行方を知る唯一の手がかりを逃がすまいとしてであった。

けれど、折り重なった警官たちの隙間から見えた玄関に、あの女の姿はすでになかった。

（そんな――）

全身から力が抜ける。抵抗の失せたからだに、いっそうの重みがかけられた。

「ぐはッ」

激痛が走ったのと同時に、芳晃は絶望の闇に沈んだ。

第二章　娘と父

1

どうしてママに反抗するのだろう。沙梨奈はときどき考える。でも、ただなんとなくだとか、むかつくからとか、八つ当たりでしかない感情をぶつけているつもりはない。

そう言い切れるのは、口答えをするのはママに限られ、パパにはしなかったからだ。もしも理由なき反抗だったら、父母で差をつけないはずである。

だからと言って、ママを心から嫌っているわけではなかった。

パパは、沙梨奈に物心がつく前に学校の先生をしていた。今も教育関係の本や記事を書いている。だからきっと、子育てにこだわりがあるのだ。叱るときにも、手を上げたことはもちろん、声を荒らげたこともない。

沙梨奈は決して模範的ではなく、ごく普通の中学生だ。約束を破ったり、嘘をついたり、誰もがしでかす過《あやま》ちを経験してきた。

そんなとき、ママはすぐさま大きな声を出す。絶対にいけないという決めつけから入り、二度としないでという命令で終わる。弁明の機会なんて与えられない。

パパの場合は、どうしてそういうことをしたのかという問いかけから始まる。その行《おこな》いを周りの人間がどう受け止めるのか、どのような結果をもたらすのかを考えさせ、答えを求める。

だからこそ、沙梨奈は自分が間違っていたとわかる。こうするべきであると諭されなくても、もう絶対にしないと約束ができるのだ。

パパと話したほうが、素直に反省できる。普段からよく話を聞いてくれるし、わかってもらえるという信頼感もあった。

ママに反抗するのは、言い分を聞いてもらえない苛立ちゆえだろう。ちょっとしたことでも、ガミガミとうるさいのだ。

ふたりは娘への注意の与え方ばかりでなく、普段の様子も丸っきり違う。

パパは無口なほうだし、滅多《めった》に笑わない。家の中では難しい顔をしていることが多い。

ママは逆で、朗らかで話し好きだ。テレビも黙って見ていられず、けっこううるさい。

年が離れているし、性格も異なる。そんな両親がどうして結婚したのか。沙梨奈にとっては大きな謎だった。

ふたりの馴れ初めを、パパに訊ねたことがあった。すると、『ママに訊きなさい』とだけ言って、教えてくれなかった。気まずげに目を逸らしたから、照れくさかったのかもしれない。

ならばとママに質問したら、

『パパに結婚してって口説かれたのよ』

と、愉快そうに答えた。笑っていたから、本当か嘘かはっきりしない。物静かなパパは、女性を口説くタイプに見えなかったし、真実味は三割というところだ。

叱られなければ、ママとは普通に話をするし、一緒に買い物にも行く。反抗は四六時中ではなく、不機嫌をあらわにできるのも、受け止めてもらえるという安心感があってこそだ。

ママへの反抗を、沙梨奈はそろそろやめどきかなと思った。思春期にありがちな不平不満をぶつけてしまうこともあるし、良くないとわかっていた。

そんなふうに思えるようになったのは、成長した証なのだろうか。しばらくママと離れたことで、意識が変わった気がする。

最初にパパから、ママがしばらく家を空けると言われたとき、心配なんてしなかった。うるさく言う人間がいなくて、正直なところ清々した気でいた。

けれど、いない日が三週間も続いて、さすがに心細くなった。女同士でしか話せないこともあるし、早く帰ってきますようにと、近頃は寝つく前に祈っていた。

だからこそ、明日はママが帰ってくるとパパに言われたときは、飛び跳ねたくなるぐらいに嬉しかったのだ。


学校から帰っても、家には誰もいなかった。両親がふたりで待っているのを期待していたから、沙梨奈はがっかりした。

もっとも、先に家を出たパパからは、何時になるかわからないと言われていた。

(こっちに着く時間ぐらい、ママが連絡すればいいのに)

そうできない事情でもあるのだろうか。

普段着に着替えると、沙梨奈はテレビを点けてふたりの帰りを待った。久しぶりにママの顔が見られると思うと気持ちが昂《たかぶ》って、番組の内容はほとんど頭に入らなかった。

いつもなら夕飯という時間、だいぶお腹が空いてきた頃に電話があった。パパからだった。

『もう少しかかりそうなんだ。先に何か食べて、待っていてくれないか』

「何かって?」

『カップラーメンでもいいし、あるいはコンビニで何か買ってきてさ。財布《さいふ》はリビングのサイドボードに置いてあるの、わかるよな?』

「うん。ママはもうこっちに来てるの？」

『いや……とにかく、なるべく早く帰るから』

「わかった」

通話を終えてから、沙梨奈はパパの声がどことなく苦しげだったことに気がついた。

（ひょっとして、ママを捜して走り回ってたのかも）

駅の中で待ち合わせの場所を間違えて、なかなか会えずにいるのだとか。ママはけっこうそそっかしいし、方向音痴だから。

沙梨奈は近くのコンビニに向かった。サンドイッチとサラダ、それからデザートのプリンを買った。

（ママの作るゴハンは、明日までおあずけだね）

そう考えると、ただお腹を満たすだけの夕飯も我慢できる。

食べてから宿題を終え、お風呂の準備もした。ママが帰ったら、久しぶりに一緒に入ろうかと考えたとき、玄関のドアが開く音が聞こえた。沙梨奈はすぐさま飛んでいった。

「え、ママは？」

そこにいたのは、パパだけだった。

ひょっとして、駅ではぐれて会えなかったのか。いや、そんな笑い話で済まされることではないと沙梨奈が悟ったのは、父親の顔が苦渋に満ちていたからである。

「……沙梨奈に、謝《あやま》らなくちゃいけないことがあるんだ」

絞り出すような言葉を耳にするなり、膝が訳もなく震える。不吉な思いがむくむくと湧いてきて、顔がジーンと痺《しび》れた。

「ママ……帰らないの？」

問いかけの声が震えるのを、沙梨奈はどうすることもできなかった。

2

港湾警察署の連中は、なかなか話を聞こうとしなかった。芳晃をいきなり女性に襲いかかった暴行犯としか捉えていなかったようだ。

別室に連れて行かれた芳晃は、痛みに耐えながら聴取に応じた。順を追って説明することで、ようやく事情を理解してもらえたのである。

そのときにはすでに、女の行方は杳《よう》としてわからなくなっていた。

あの女が筒見絵梨として逮捕され、勾留されていたと、芳晃を聴取した刑事がすぐに調べてくれた。だが、彼女が何者で、どうして警察が偽称《ぎしょう》を信じ込んだのかについては、これから捜査するとしか言わなかった。

芳晃は警官たちの不手際を責めた。自分ではなく女を拘束すべきだったと非難したものの、

「署員たちの判断は、あの場合はやむを得なかったと考えられます」

刑事はその場を見てもいなかったのに、迂闊《うかつ》な行動ではないという姿勢を崩さなかった。

「むしろ筒見さんが、公務執行妨害で逮捕されてもおかしくなかったわけですから」

こちらの落ち度だと言わんばかりで、彼らに非を認めさせることを、芳晃は早々に諦めた。そんなことよりも、妻を捜し出さねばならないのだ。

逮捕された時点から、別人がなりすましていたわけである。妻はどこかに監禁されている可能性がある。しかも、三週間も。彼女がどこでどうしているのか、心配でたまらなかった。

家で娘が待っているので、何かわかったら連絡してくださいと住所や電話番号を伝え、芳晃は港湾警察署をあとにした。その帰路、何度も自分を責めた。

絵梨が逮捕されたと知らされたとき、どうして信じてしまったのだろう。あの時点で何らかの行動を起こしていれば、こんなことにならなかったのではないか。

沙梨奈にどう話せばいいのかとも考えて、芳晃の気持ちはますます沈んだ。こうなったら誤魔化しても仕方がない。帰宅すると、すべてを包み隠さず打ち明け、娘に謝罪した。

彼女は、かなりショックを受けた様子だった。

母親が逮捕され、けれどそれは別人だったなんて、どっちに転んでも喜べない事実を、中学一年生の少女が冷静に受け止められるはずがない。逮捕されてもいいから帰ってきてほしかったというのが、偽らざる気持ちであったろう。

沙梨奈はポロポロと涙をこぼした。寂しさや心細さ、母親を案ずる思いなど、襲い来る様々な感情に抗《あらが》いきれないふうに。

「明日警察に行って、ママを見つけてくれるよう、しっかりお願いするよ。心配しなくても、きっと大丈夫だから」

力づけると、彼女は小さくうなずいた。

夜中、芳晃は寝室のダブルベッドに入り、寝つかれないまま今後のことを考えた。すると、パジャマ姿の沙梨奈がやって来た。

「……ここで寝てもいい？」

芳晃は無言で掛け布団の片側をめくった。

娘は俯《うつぶ》せになり、母親の枕に顔を埋めた。長く使っておらず、カバーも取り替えたから、匂いなど残っていないのに。それでも安心したのか、間もなく寝息が聞こえてきた。

それを耳にしながら、芳晃もようやく眠りに就くことができた。

今朝も沙梨奈の表情は暗いままだった。

「あとで警察に行ってくるから」

そう言っても、小さくうなずいただけであった。

彼女を送り出すと、芳晃もすぐに出かけた。港湾警察署に赴いてもたらい回しにされるだけであろうし、杉並警察署へ向かうことにした。

その前に病院へ行ったのは、診断書を手に入れるためである。

ゆうべ風呂に入ったとき、胸のところにどす黒い痣《あざ》ができていた。きっと骨が折れているに違いないと思えば、案の定ヒビが入っていた。

警官たちに負傷させられた証を突きつければ、彼らも早急に動くだろう。もはや手段を選んでいる場合ではない。使えるものは何でも利用しようと、芳晃は決意した。

診断書を手に警察署へ向かう途中、芳晃は沼田弁護士に電話をかけた。事情を話せば、逮捕された経緯や、彼を雇ったところなどを教えてもらえるだろうと期待してである。

しかし、呼び出し音が鳴らず、電源が入っていないか電波の届かないところにと、機械的なメッセージが流れただけだった。

(沼田弁護士も、今回の件に一枚噛んでるんじゃないか?)

まともに弁護もしなかったようだし、何を言ってものらりくらりと躱《かわ》された。あの女が絵梨ではないと知っていて、企みがバレないようにするためではなかったのか。

それならば、電話が繋がらないのも納得できる。逃げたのだ。今回の首謀者から多額の報酬を得て、今頃高飛びしているのではないか。

そこまで想像をふくらませて、芳晃はさすがに考え直した。

（そんなことをして、誰が得をするんだ？）

誘拐の目的として、一般的なのは身代金である。しかし、そんな要求は来ていない。来たところで、大金を払えるだけの資産もない。そもそも営利誘拐であれば、別人を逮捕させるなんて無意味なことはしないはずだ。弁護士や身代わりを雇えば金もかかるし、大損である。

では、首謀者の目的は何なのか。

今回の件でダメージを与えられたのは、絵梨本人を除けば芳晃であり、沙梨奈である。何かで恨みを買い、嫌がらせでこんな目に遭っているのか。しかし、思い当たることはなかった。

そうすると、首謀者の狙いは絵梨本人ということになる。恨みを買って誘拐、監禁をされたのか。それとも、どこか遠い地に連れて行かれたのか。

（まさか、人身売買組織が絡んでいるのか？）

フィクションの世界でしか見聞きしたことのない、世界規模の犯罪。そのターゲットに絵梨が選ばれ、今頃は外国の見知らぬ地で、性的な搾取《さくしゅ》をされているのでは――。

あらゆる可能性を考えた挙げ句、芳晃は身が震えるほどの不安に苛まれた。

（どこにいるんだよ、絵梨）

妄想に等しいことまで考えたのは、思ったとおりにはならないというジンクスに則《のっと》ってである。事実、昨日だって予想もしない結果になったのだ。

けれど、本当に最悪の結果については、意識して考えないようにした。

(絶対にどこかにいる……絵梨は生きているんだ!)

それだけは、どうあっても否定したくなかった。

覚束《おぼつか》なくなった歩みをどうにか立て直し、芳晃は杉並警察署を訪れた。

「私、筒見芳晃と申します。生活安全課の小柴さんにお目にかかりたいのですが」

受付で用件を告げると、係の女性署員が内線電話で先方に伝える。特に訪問理由など確認されず、会えることになった。

「こちらで少々お待ちください」

言われて、受付前の長椅子に腰掛ける。五分と待つことなく、四十路《よそじ》前後と思われる、いかつい顔つきの男がやって来た。スーツではない私服姿で、手に薄いファイルを持っている。

「筒見さんですか? 生活安全課の小柴です」

いつか電話で話したときと同じく、場違いに大きな声で挨拶をされる。

「筒見です。妻の絵梨の件で参りました」

「ええ、承知しております。では、こちらへ」

芳晃は同じ階にあった、何の表示もない小さな部屋に案内された。椅子とデスクがあるだけの、殺風景な眺めである。

勧められた椅子に腰掛けると、小柴が向かいに坐った。

「それで、妻の絵梨の件なんですけど――」

こちらの言葉に被《かぶ》せるように、彼は「はい」とうなずいた。

「港湾署のほうから連絡をもらいまして、正直、私も面喰らいました」

身代わりの件を聞いているようである。だったら話は早いと、芳晃は身を乗り出した。

「では、妻と間違えて別人を逮捕したと認められるんですね？」

小柴は渋い顔を見せた。持参したファイルを開き、何やら確認する。

「間違えたというのは語弊《ごへい》があります。そもそも、あの女性が奥さんの身分証――ええと、あの場合は保険証でしたが、それを持っていた上に、奥さんの氏名を名乗られたわけですから、こちらとしては本人と信じるより他なかったわけです」

「家族なり第三者なりに身元を確認させないんですか？　それこそ私が面会していれば、妻ではないとすぐにわかったはずですけど」

「逮捕された場合、弁護士以外との接見は認められませんので」

手順に従ったから問題ないと言いたげだ。

「ところで、こちらで妻を捜していただけるんですよね？」

芳晃の問いかけに、小柴は「そうですね」と曖昧な受け答えをした。

「それには旦那さんに、行方不明者届を出していただく必要があります。あとは管轄の問題があって、奥さんが仕事をされていた地域から失踪したのであれば、このままウチの担当になるでしょう。場合によっては、筒見さんのお住まいの所轄署が担当するかもしれません」

まさにお役所的な説明に、芳晃は耳を疑った。

(こいつ、何を言ってるんだ?)

絵梨は身代わりを立てられた挙げ句、行方知れずになっているのだ。事件に巻き込まれたのは確実で、すぐさま捜査してもらえるものと思っていた。

「あの……届を出すというのは?」

「そうしないと、行方不明者を捜すことはできませんので」

悠長なことを言われて、頭にカッと血が上る。

「いや、明らかに誘拐事件なんですよ。妻は拉致されて、どこかで監禁されているに決まってます。なのに、どうして単なる行方不明だなんて言えるんですか⁉」

身を乗り出した芳晃に、小柴は片手を差し出し、掌《てのひら》を向けた。

「まあ、落ち着いてください」

こんな状況で、どうして落ち着いていられよう。怒りがこみ上げたものの、芳晃はぐっと抑えて坐り直した。

「筒見さんは誘拐とおっしゃいましたが、身代金の要求があったんですか？」

「……いえ」

「では、誘拐されたことを示唆《しさ》するような連絡は？」

「ありません」

「そうすると、奥さんが自ら身を隠した可能性がありますよね」

あまりの暴論に、芳晃は絶句した。

（……こいつ、自分の不始末をなかったことにするつもりじゃないのか？）

事件性がないとなれば、誤認逮捕も些末《さまつ》なこととして片付けられる。面倒な捜査に手間暇をかける必要もない。

そこまで想像して、胸の内でかぶりを振る。世の秩序を守るべき警察の人間が、そこまで無責任なわけがない。目の前の男も、職務に忠実であると信じたかった。でないと、絵梨を見つけてもらえない。

「絵梨が——妻が家出したと言われるんですか？」

絞り出すように確認すると、小柴は「どう思われますか？」と問い返した。

「どうって……そもそも家出をする理由がありません。親子三人、ごく普通に、平和に暮らしていたんですから」

「家出人の親族の方々は、皆さん同じことをおっしゃいます。それに、平凡な毎日に嫌気が差して、新たな生活を求めるのは珍しいことではありません」

言葉尻を捕らえられ、嫌悪の情が増す。彼への信頼感が足場を失い、今にも崩れそうだ。

「だったら、あの女は何なんですか？　家出をするのなら、ただ出て行けばいいでしょう。身代わりを逮捕させるなんて面倒なことを、どうしてする必要があるんですか？」

芳晃の反論も、小柴は冷淡に突き返した。

「いくらでも解釈はできます。すぐに捜されないよう時間稼ぎをするためだったとか、旦那さんを心配させて、困らせることが目的だったとか」

家出の原因はあなたにあるんでしょうと言わんばかりだ。侮蔑《ぶべつ》されたに等しく、唇が震える。すると、芳晃の憤怒《ふんぬ》を察したのか、小柴が自らの発言を引っ込めた。

「もちろん、あくまでも可能性の話です。本当のところはわかりません」

気持ちを弄《もてあそ》ばれた怒りと絶望で、芳晃は著しい脱力感に苛まれた。

（おれがこんなに苦しんでるっていうのに――）

そのくせ、絵梨の失踪は家出ではないと、自信を持って主張できなかったのである。妻のすべてを理解していると、胸を張れるわけではない。仕事先も聞かずにいたし、常日頃どんな気持ちでいたのか、何を考えていたのかなんて、わかろうはずがなかった。

絵梨は沙梨奈に反抗され、ストレスが溜《た》まっていたとも考えられる。味方をしてくれない夫にも嫌気が差し、そのせいで家出をした可能性はゼロではない。

（絵梨が仕事をするようになったのは、家出のための資金稼ぎだったのかも）

そんな疑念まで頭をもたげる。

「……そうすると、妻の捜索はしていただけないんですか？」

芳晃は打ちのめされた気分で、弱々しく訊ねた。

「そんなことはありません」

小柴がかぶりを振る。

「今回は成り代わった人間を逮捕させるという特異なケースですので、私共のほうで捜査を進めることになります。誘拐であることが判明した場合は、刑事課が動くことになるでしょう」

だったら最初からそう言えばいいのにと、胸中で愚痴をこぼす。

「妻を名乗っていた、あの女も見つけるんですよね？」

「ええ。虚偽の申告で我々を混乱させたわけですから、偽計業務妨害に当たりますので」

あいつが捕まれば、妻がどこにいるのかもわかるはずだ。一縷《いちる》の希望が見えてきた。

「逮捕されたときには、指紋やＤＮＡを採取しますよね。あと、顔写真も撮ると思うんですが」

「そうですね」

「だったら、あの女はすぐに見つかるんじゃないですか？」

問いかけに、小柴は渋い顔を見せた。

「そこまで簡単ではありません。指紋やＤＮＡは、前科があるなどしてデータがあれば照合できますが、それがなければ役に立ちません。また、照合には時間がかかります」

「顔写真はどうですか？　公開すれば、彼女を知っている人間が出てくると思いますけど」

「それは緊急性がある場合に限られます。今回の件は、事件性が明らかになっていませんから、顔写真の公開は難しいですね。それに、奥さんがあの女性に替え玉を依頼した場合、あとで困るのは奥さんでしょうから」

家出をするために雇った女が晒《さら》されたら、絵梨がそいつに慰謝料を求められると言いたいのか。自作自演を疑われ、芳晃は怒りも湧いてこなかった。心身ともに疲弊していたのだ。

「まあ、関係各所に手配書を出しますから、あの女性はいずれ見つかるでしょう。もちろん、奥さんも捜索いたします」

捜索といっても、かなり原始的な手法で捜すだけのようだ。いっそ、探偵に依頼したほうが早いのではないか。

（待てよ。携帯電話の位置情報から居場所を探せるよな）

あの女は、絵梨の携帯を持っていた。電源が入れば、ある程度の位置がわかるはず。それも含めて、あとは警察に任せるより他ない。

「よろしくお願いします」

口先だけで頭を下げた後、芳晃は思い出して質問した。

「あの女は、何をして逮捕されたんですか？」

「客引きです」

小柴はあっさりと教えてくれた。

「客引きというと、飲み屋とか風俗店とか？」

「そこまではわかりません。何も供述しなかったものですから」

彼の話では、絵梨が働いていた地域で客引きが行われていると通報があり、捜査員を送ったという。そして、あの女が捜査員に客引き行為をしたため、現行犯逮捕したとのことだった。

「彼女は氏名や住所を述べただけで、客引きの事実については否認し、勤務先なども話しませんでした。そのため、期限まで勾留したのですが、自白も証拠も得られず釈放したのです」

「では、客引きの事実はなくて、彼女を逮捕させるための通報だったとも考えられますね」

芳晃の推測に、小柴は「あり得ますね」とうなずいた。

（だとすると、絵梨の仕事とは関係なかったんだな）

彼女はあの日のうちに拉致され、身分証の入った財布や、携帯を奪われた。それを持った身代わりの女が、虚偽の通報で逮捕されたという流れのようだ。

しかし、絵梨の勤め先は出勤しないのを心配しなかったのであろうか。それとも、今回の首謀者が、怪しまれないように手立てを講じたのか。

「それから、あの女には弁護士がついていたはずですけど」

もうひとつ確認すると、小柴は「ええ」と首肯《しゅこう》した。

「弁護士は、妻の職場に依頼されたと言ってました。客引きの事実がなかったとすれば、依頼元は出鱈目《でたらめ》ということになります。あるいは、弁護士もグルだったとか」

「まあ、そこまではわかりませんが」

「彼――沼田弁護士も捜査の対象になりますよね？」

「それについては、筒見さんにはお話しできません。捜査方針は我々のほうで検討します」

「だけど、沼田弁護士が何らかの情報を持っているのは間違いないんですよ」

詰め寄ると、小柴はあからさまに顔をしかめた。

「弁護士には守秘義務がありますから、そう簡単にぺらぺら喋るとは思えませんね」

吐き捨てるように言ったから、おそらく本音なのだ。ミステリードラマでも、警察と弁護士は水と油のように描かれることが多い。現実もそうなのであろうか。

「でも、弁護士まで雇うとなると、かなりの大金が必要になりますよね。調べていただければわかると思いますが、妻にそこまでの貯《たくわ》えはありませんでした」

だから家出ではないと暗に訴えたのであるが、小柴は「そうですか」と相槌を打っただけであった。

行方不明者届には写真の他、届出人の身分証明書や印鑑も必要だという。出直すことにした芳晃は、その前に病院でもらった診断書を小柴に見せた。

「昨日、港湾警察署で警官たちに押さえ込まれたとき、肋骨《ろっこつ》にヒビが入ったんです。これはどのように処理すればいいんでしょうか？」

無関係の小柴に訊ねたのは、警察への非難を込めた厭味《いやみ》であった。しかし、

「それは港湾署に問い合わせてください」

と、お役所的な対応をされただけで終わった。

3

杉並警察署を出て、いったん帰宅しようとした芳晃は、その前に沼田弁護士を訪ねることにした。以前調べた事務所の住所は、ここから歩いて行ける距離だったのだ。

その前に、もう一度彼に電話をかけたが、携帯は繋がらなかった。

（本当に高飛びでもしたんだろうか）

とりあえず事務所に行ってみようと歩き出したところで、両膝が崩れそうに震えだした。

（え？）

全身から力が抜ける。激しい倦怠感《けんたいかん》で坐り込みそうになるのを、どうにか堪えた。これが不安と恐怖に因《よ》る症状であることを、芳晃は間もなく悟った。

（絵梨は、本当に大丈夫なのか？）

果たして無事でいるのか、心配でたまらなかった。

あれから三週間も経っている。監禁されているのであれば、絵梨自身も長い時間、不安と恐怖に苛まれているであろう。もしかしたら、遥か遠い地に移送されているかもしれない。

もはや手遅れではないのだろうか。誘拐された場合、発見まで長引くほど、生存している確率が低くなると聞いたことがある。だとしたら、すでにこの世にいないのではないか。

考えないようにしてきた不吉な結末を、芳晃は打ち消すことができなかった。このまま永遠に再会できない可能性だってある。幸福な未来を想像するのは困難だった。

結婚して十数年、出会った頃や新婚時代とは異なり、絵梨はそばにいることが当たり前の、水や空気に等しい存在になっていた。けれど、水や空気がなければ人間は生きていけない。それと同じく、彼女はかけがえのない女性であり、愛娘の母親でもあるのだ。

堪えようもなく涙がこぼれる。幼い頃、迷子になって不安に駆られたときの恐怖が、何十倍にもなって押し寄せてきたようであった。

それでも、目的の場所に向かって足を進める。止まるわけにはいかない。止まったら、二度と動けなくなる気がした。

（絵梨を見つけられるのは、おれしかいないんだ――）

自らに言い聞かせ、発破をかける。

歩いているうちに、からだの感覚が少しずつ戻ってきた。芳晃は携帯を取り出し、前に調べた沼田弁護士の住所を確認して、地図に表示させた。

（こうなったらあいつを問い詰めて、絵梨の居場所と首謀者の正体を白状させてやる――）

沼田法律事務所は難なく見つかった。三階建ての古ぼけたビルの二階で、窓に書かれた文字や外看板も、かなり年季が入っていた。

階段を上がり、戸口の前に立つ。呼び鈴は見当たらず、芳晃は磨《す》りガラスの入ったドアをノックした。しかし、返事はない。

（留守なのか？）

事務所の電話番号にかけてみると、中から着信音が聞こえた。だが、ひとが動く気配はない。

一階にあった郵便受けを確認すると、チラシが突っ込まれていた。何日か留守にしている様子である。本当に行方をくらましたのか。

（昨日港湾署で携帯に電話したときには、ちゃんと出たんだよな）

もっとも、やり取りを思い返してみるに、出先だった感じもあった。あの時点で、すでに離れた地にいたのだろうか。

（あとで弁護士会に問い合わせてみよう）

事情を説明すれば、対処してくれるであろう。弁護士の信用にも関わるのだから。

まずは行方不明者届を出さねばと、必要なものを取りに帰ることにする。

（だけど、間違いなく捜してもらえるんだよな……）

不安がこみ上げる。家出も疑われたのであり、本気になってもらえる気がしない。費用がいくらかかってもかまわないから、探偵に捜索を依頼しようか。後悔しないように、できることはすべてしたほうがいい。

もちろん、自分でも捜すのだ。芳晃は決意を固めた。未だ正体の見えぬ、首謀者への怒りを募らせながら。

夕方、キッチンで夕食の準備をしていると、沙梨奈が帰ってきた。

「おかえり」

声をかけても、無言でうなずいただけ。朝と変わらず、暗い表情をしていた。

「今日、警察へ行ってきたよ」

少しでも安心させるために、しっかりお願いしてきたと告げる。行方不明者届は、問題なく受理してもらえたのだ。

そのあとで弁護士会に問い合わせたところ、沼田弁護士についてもこちらで確認しますと返事をもらった。また、人捜しが専門の探偵社も調べて、いくつかピックアップしてある。明日にでも相談してみるつもりだった。

「心配ないさ。ママはきっと見つかるよ」

自らの不安を包み隠して励ますと、沙梨奈はようやく「うん……」と返事をした。けれど、目が潤《うる》んで、今にも涙がこぼれそうである。

(学校でも、こんな調子だったのか)

だとすれば、友達や先生たちも心配したに違いない。

担任に連絡して、事情を話しておいたほうがいいかもしれない。配慮してもらえるだろうし、授業を受けるのが難しかったら、保健室登校や欠席が許されるのではないか。

などと考えたとき、彼女が顔を歪めた。

「……あのね、パパには言ってなかったんだけど」

胸の内を絞り出すような声に続いて、涙が頬を伝う。

「何かあったのか？」

「ママがいなくなったの……わたしのせいかもしれない」

愛娘の唐突《とうとつ》な告白に、芳晃は狼狽《ろうばい》した。

(何か知ってるのか、沙梨奈は？)

問い詰めたくなったのをぐっと堪え、

「どうしてそんなふうに思うんだい？」

努めて穏やかな口調で訊ねると、彼女は嗚咽交じりに打ち明けた。

「……ママがいなくなった、前の日だと思うんだけど」

その日も沙梨奈は、母親と衝突したという。洗濯物を出さなかったという些細なことで。

『まったく、ママがいなかったら、何ひとつ満足にできないじゃない』

叱られて、彼女は売り言葉に買い言葉で、

『ママがいなくたって平気だもん。試しにいなくなっちゃえば？』

そう反論したという。さらに、何か言おうとした絵梨に、『うるさいッ！』とキレ気味に怒鳴ったそうだ。

「つまり、沙梨奈が反抗したせいで、ママが怒って家出したっていうのかい？」

「違うの？」

犯罪に巻き込まれるよりは、家出のほうがまだマシである。しかし、それはあり得ない。

「違うさ」

芳晃はきっぱりと答えた。

「ママが、沙梨奈やパパを残してどこかに行くなんて、絶対にないよ。誰かがママをさらったか、あるいはどこかに閉じ込めるかしたんだ。そのせいで帰れないんだよ。悪いやつが妙なことを企《くわだ》てて、パパや沙梨奈を困らせているんだ」

「……でも、誰がそんなことをしてるの？」

「それはまだわからないけど。とにかく、もうすぐ夕飯だから着替えてきなさい」

「わかった」

引きずるような足取りで部屋に向かう我が子に、芳晃はやり切れない思いを募らせた。

（いったいどこの誰が、おれたちを苦しめているんだ？）

何の得があって、馬鹿げた企みをしたのだろう。そもそも動機がわからない。金銭目的でなければ嫌がらせということになるが、思い当たるフシがないのだ。

（おれの書いたものが気に食わなかったとか？）

文筆業に携《たずさ》わり、不特定多数に読まれている以上、反感を買うことはあり得る。しかし、それだけの理由で、書き手の家族を巻き込む犯罪を計画するだろうか。読者は教育関係者が主であり、非常識な者は少ないはずだ。

では、今の仕事に就く前はどうか。教員時代、あるいは学生時代に何かと記憶を辿《たど》っても、ここまでされるだけの恨みを買った憶《おぼ》えはなかった。

夕食後、芳晃は沼田弁護士に電話をかけた。首謀者と繋がりがある人間は、絵梨の身代わりになった女を除けば彼しかいない。どうか出てくれと祈ったものの携帯は不通で、事務所は留守電だった。

「筒見です。いい加減にしてください。連絡をしないと、こっちにも考えがありますからね」

強い口調でメッセージを残したのは、苛立っていたからである。録音を聞いた沼田が恐れをなして、すぐに電話を寄越すことを期待した。

それから、遅れていた仕事に取りかかる。絵梨が心配でそれどころではなかったが、収入を途切れさせるわけにはいかない。生活があるし、万が一の出費にも備えなければならないのだ。

一段落ついて時計を見ると、零時前だった。

（沙梨奈は寝たのかな？）

昨日の夜、寝室にやって来たのを思い出す。今も不安を抱え、眠れずにいるのではないか。

芳晃は自室を出て、娘の部屋を覗いた。明かりが消えた室内は静かで、耳を澄ますとかすかに寝息が聞こえる。

（よかった……）

芳晃は安堵してドアを閉めた。

4

翌朝、沙梨奈を送り出したあとに、芳晃は仮眠を取った。昨夜は午前三時近くまで仕事をしたため、睡眠が足りていなかったのだ。

目が覚めたのは、お昼前であった。

（今日はどうしよう……）

キッチンでコーヒーを淹《い》れながら、何をすべきかを考える。

とりあえず捜索の進捗状況を、杉並警察署の小柴刑事に訊ねてみようか。もっとも、昨日の今日である。新たに判明したことはないと、冷たくあしらわれるのが関の山だろう。沼田弁護士の件も気に懸かる。弁護士会で調査すると言ったが、所在は摑めたのであろうか。そちらも問い合わせてみたほうがいいかもしれない。

（あとは港湾警察署だな）

絵梨の件は関係なくても、あそこの警官たちに負傷させられたのだ。診断書を持っていって、どう手続きを取ればいいのか訊ねたら、罪悪感から捜索に協力するのではないか。

振り返ると、事件の首謀者よりも警察に振り回されてきた気がする。あとは弁護士にも。

（司法っていうのは、本当に一般市民のために機能しているのか？）

疑問を抱きつつ、特に目的もなくテレビを点ける。昼のニュースが、見ているだけで苛立つ政治の話題を伝えていた。

（立法も大いに問題ありだな）

こんなことで三権分立など成り立つのか。上に立つ者たちこそ、子供に恥ずかしくない姿を見せるべきなのに。政治家の身勝手な弁明など聞きたくなくて、芳晃はテレビの音量を下げた。

「絵梨……」

妻の名前を口にして、寂しさと悲しみが募る。どこにいるのかと面影に問いかけ、涙がこぼれそうになったとき、視界に見覚えのある名前が映った。

（え？――）

テレビのニュースだった。画面に「沼田寛二」というテロップが入っていたのだ。弁護士という肩書き付きで。

芳晃は急いでリモコンを操作し、テレビの音量を上げた。

『――沼田さんは何者かによって殺害されたものと見て、県警では捜査を進めています』

次のニュースに移ったため、詳細はわからない。あの沼田弁護士が殺されたというのか。

（いや、同姓同名ってことも）

しかし、弁護士会のサイトで調べたとき、同じ氏名は他にいなかった。

芳晃はテレビを点けたまま、リビングに持ち出していたノートパソコンを開いた。ニュースサイトを閲覧したところ、速報レベルのものだったが、弁護士殺害事件を見つけた。現場は隣県の山間《やまあい》にある温泉旅館で、被害者は間違いなく沼田。刃物で十数カ所を刺されていた。

（どういうことなんだ……）

芳晃は全身から力が抜けるのを覚えた。

知っている人間が殺されたとは言え、彼とは電話で話しただけだ。弁護士の役割も満足に果たさなかったし、気の毒だなんて感情は湧いてこない。

むしろ、絵梨の発見に繋がる証人がいなくなったショックのほうが大きかった。

（いったい誰に殺されたんだ？）

十数カ所も刺されたのなら、物取りや行きずりの犯行ではない。明確な殺意がある。弁護士を長年務めていれば、依頼者の期待に添えず、恨みを買うこともあるだろう。犯人は、彼の弁護活動と関係の深い人物だと考えられる。

いや、それ以外の可能性もあった。

（まさか、絵梨を捜せないようにするために？）

沼田弁護士は依頼を受けたとき、今回の首謀者と連絡を取ったはずだ。企みを知らずに手を貸したのだとすれば、絵梨を拐《かどわ》かした者にとって、彼は都合の悪い存在である。追跡されないために消したと考えても不自然ではない。

だとしたら、自分たちはとんでもなく大掛かりな陰謀に巻き込まれていることになる。

（そんなことはあり得ない……偶然だ！）

沼田の殺害は無関係だと、芳晃は思い込もうとした。そこまで手の込んだ企みをされたら、二度と妻に会えない気がする。

とにかく、この件は小柴に伝えるべきだ。芳晃は杉並警察署に電話をかけた。

「生活安全課の小柴さんをお願いします」

取り次いでもらったものの、

『はい、生活安全課の三宅《みやけ》です』

電話口に出たのは、別の刑事だった。小柴よりも声が若く、口調も丁寧である。

「あの、小柴さんは？」

『小柴はただ今席を外しておりまして。どのようなご用件でしょうか？』

芳晃は名前を告げ、妻が行方不明になった件でと伝えた。三宅という刑事は絵梨の件を知らなかったため、事のあらましを説明し、関わっていた弁護士が殺されたことも話すと、

『ああ、あの事件ですか』

と、かなり驚いた様子だった。管轄外でも殺人ともなれば、情報が速く伝わるらしい。

『わかりました。それでは、筒見さんから連絡があった件、小柴に伝えますので』

「あの、できましたら、こちらに電話をいただきたいのですが」

『承知しました。そのように伝えます』

通話を終え、芳晃は少しだけ安心した。弁護士の件を聞いたあと、三宅の声のトーンが明らかに変わったからだ。

（一大事だと思ってくれたみたいだぞ）

小柴だけでなく、上司にも話してくれるのではないか。それで警察が本気になれば、失った手掛かりのぶんを取り戻せるだろう。

すべてのことが一刻も早く解決するのを、芳晃は心から願った。

5

「筒見沙梨奈さん？」

学校からの帰路、沙梨奈は見知らぬ男に声をかけられた。ジャンパー姿でひと当たりはよさそうだが、どうして名前を知っているのかと身構える。

「誰ですか？」

「私は杉並警察署、生活安全課の小柴です」

警察手帳を見せられて、ちょっと安心する。だが、警察のひとがどうしてと、別の意味で不安がこみ上げた。

(わたし、何かした?)

と、自問するほどに。

「お母さんの件で、確認したいことがあるんだけど」

声を落として言われ、沙梨奈はそういうことかと理解した。

「あ、はい。何ですか?」

「ええと……あ、そこでいいかな」

すぐ脇に、木立に囲まれた児童公園がある。沙梨奈は促されて、小柴という刑事とそこへ入った。誰もおらず、ベンチもない。ふたりは立ったまま話した。

「あの、ママ——母のこと、何かわかったんですか?」

切り出されるのを待ちきれず、沙梨奈は自分から訊ねた。

「いや、残念ながらまだ」

困った顔をされ、落胆する。

「実は、いなくなった前後のことを訊いておきたいと思ってね」

「父とは話してないんですか?」

「警察署でお父さんの話は聞いているけれど、家族の方の話も手掛かりになるんだよ」

「わかりました……」

沙梨奈は、正直憂鬱《ゆううつ》だった。母に反抗していたのを話すことになりそうだからだ。

「お母さんがいなくなって、家のことはお父さんがしているの？」

「はい。わたしも手伝わなくちゃって思ってるんですけど、ほとんど父がしています」

「ご飯を作るのも？」

「はい」

「お母さんのこと、友達や先生に話した？」

「いいえ、話してません」

「学校では、これまでと変わらない生活をしているの？」

「ええと、たぶん」

「たぶんって？」

「ときどき、すごく悲しくなって、泣きそうになることがあるから」

休み時間とか、友達とお喋りをしているときには、気が紛れるから普通にしていられる。でも、授業中はひとりだけ取り残された感じがして、胸のあたりがぞわぞわしてくるのだ。特に社会とか、好きじゃない教科のときには。

今日は昼休みのあとが社会だった。授業に集中しなくちゃと思ってもできなくて、気がついたら涙がポロポロとこぼれ落ちていた。

隣の席の子がびっくりして、先生を呼んでくれる。本当のことは言えず、お腹が痛くなったと嘘をついた。保健委員の子が保健室に連れていってくれて、一時間だけ休んだのである。

そのことを思い出して、また瞼の裏が熱くなる。こんなところで泣いちゃいけないと、沙梨奈は奥歯を噛み締めて堪えた。

「そうか……お母さんが帰らなくて不安だろうしね」

理解してもらえて、ちょっと安心する。

「それじゃあ、お母さんのことはどう思ってるの？」

「もちろん心配です」

「今はそうだろうけど、いなくなる前はどう思っていたの？」

ついに来たと、心臓の音が大きくなる。刑事さんに嘘をついたら、ママをちゃんと捜してもらえないかもしれない。

「わたし……母には反抗ばかりしてました」

正直に告げるなり、涙が溢れる。すると、刑事がポケットからハンカチを取り出した。

「はい、これ」

「……すみません」

差し出されたものを目に当て、沙梨奈は鼻をすすった。

「君ぐらいの年頃なら、親に反抗するのは当たり前だと思うよ」

「当たり前かどうかはわかりませんけど、わたしは……い、いい子じゃなかったんです」

声を詰まらせ気味に答えると、刑事は何も言わず、涙が止まるのを待ってくれた。

「だけど、いくら反抗してても、お母さんのことを嫌いだったわけじゃないよね？」

静かな問いかけに、沙梨奈は「はい」と答えた。

「わたしは、母に甘えていたんです。何を言っても平気だろうって。でも、いなくなって、やっとわかりました。わたし……ま、ママが好きだし、早く帰ってきてほしい――」

泣いちゃダメなのに、涙が止まらない。沙梨奈はしゃくり上げ、ハンカチで顔を覆った。

「大丈夫。お母さんはきっと帰ってくるよ」

優しい言葉に、うなずくことすらできなかった。

「涙が止まったら、家に帰りなさい」

足音が遠ざかる。ひとりになっても、沙梨奈は泣き続けた。

ようやくひと心地がついて、ぐっしょりと湿ったハンカチを目からはずす。無人の児童公園を見回し、沙梨奈は今さら恥ずかしくなった。

（……このハンカチ、どうしよう）

洗って返せばいいのだろうか。パパに相談してみよう。

だけど、あんな質問と答えで、刑事さんは何か参考になったんだろうか。そんな疑問を抱いたのは、公園を出てしばらく歩いたあとだった。

夕食のときに、沙梨奈が思い出したように言った。

「あのね、学校から帰る途中で、警察のひとに呼び止められたんだ」

「え、何かやったのか？」

制服警官に職務質問でもされたのかと思えば、

「違うよ。ひどい」

彼女が即座に否定し、睨《にら》んでくる。娘を信用していないのかと言いたげに。

「ああ、ごめん。それで、どんな用事で？」

「ママのことで、いろいろと訊かれたの」

「え？」

芳晃は眉をひそめた。どうして娘が、母親の件で尋問されるのか。しかも下校途中に。

「それって、間違いなく警官だったのか？」

「制服じゃなくて普通の格好だったから、刑事さんだと思うけど」

「え、刑事？」

「警察手帳を見せてくれて、杉並警察署の、えーと、生活ナントカ課のコイケ、じゃないか」

「小柴か？　生活安全課の」

「あー、うん。そのひと」

沙梨奈がうなずく。だったら本物かと、芳晃は安堵した。

「何を訊かれたんだ？」

「ママがいなくてご飯はどうしてるのかとか、学校でのこととか」

それが絵梨の捜索と、どう関係するというのだろう。

昼間、生活安全課の三宅刑事に伝言を頼んだが、今に至るまで小柴からは連絡がない。

まさかこっちに来ていたなんて。

(沙梨奈に話があるのなら、ウチに来ればいいじゃないか)

住所はわかっているのだし、通学路で待ち構える必要はない。だいたい、父親に内緒で接触を図ったのが腹立たしい。

そのとき、芳晃は妙だと思った。何かが引っかかる。

「どうかしたの？」

「ああ、いや。その刑事さん、他に何か言ってなかったか？」

「あのね、ハンカチを貸してくれたの」

「え、どうして？」

「ママのことを訊かれて、不安な気持ちとか寂しいこととか思い出して、泣いちゃったんだ。そしたら、刑事さんがハンカチを貸してくれたんだけど、洗って返したほうがいいよね？」

　芳晃はとても信じられなかった。

（あの刑事がハンカチを？）

　無神経でデリカシーのない男というのが、小柴刑事の印象である。涙をこぼした女子中学生に、ハンカチを渡すタイプの男とは思えない。

　そう考えたところで、さっきから引っかかっていたことが何なのか、ようやくわかった。

（小柴刑事は、沙梨奈の顔を知らないんだ！）

　行方不明者届を出したとき、家族構成も伝えた。よって、娘の名前は知っている。けれど、提出した写真は絵梨のものだけだ。なのに、どうして声をかけられたのだろう。

「その刑事さん、どんなふうに声をかけてきたんだ？」

「どんなふうって……普通に、筒見沙梨奈さんって名前を呼ばれたけど」

　やはり沙梨奈だとわかった上で接触したのだ。

「どんなひとだった？」

「うーん、優しそうなおじさんって感じだったかな」

「年は？」

「パパよりも年上だと思うよ。五十歳は超えてたんじゃないかなあ」

小柴はいかつい顔つきだったし、年も四十路前後だ。印象も年齢も違っている。

（だったら、そいつは誰なんだ⁉）

沙梨奈が名前を憶え間違えたのか。だが、絵梨の担当は小柴であり、他の刑事がしゃしゃり出る必要はない。

では、偽《にせ》刑事なのか。警察手帳を見せたと言ったが、本物かどうかなんて中学生は見分けられないだろう。警察だと名乗られたら怯むものだし、確認する余裕もなかったのではないか。

しかしながら、絵梨が行方知れずであることや、事件を杉並警察署の生活安全課が担当しているのを知っている者は限られる。無関係の人間が首を突っ込んできたとは考えにくい。

いったい何者なのかと胸騒ぎを覚えたとき、携帯の着信音が鳴った。芳晃は食卓を離れ、急いで電話に出た。

「はい、筒見です」

『あー、夜分にすみません。杉並警察署の小柴です』

たった今話題に上がっていた刑事だった。

「ああ、はい。どうも」

『三宅から伝言をもらいました。奥さんの捜索は進めておりますので、ご安心ください』

必要なことだけ伝えて電話を切りたいのか、彼は早口でまくしたてた。

「あの、沼田弁護士の件は？」

『あれは、奥さんの失踪とは無関係だと思いますがね。弁護士というのは、いろいろと恨みを買う商売ですから』

端《はな》っから別件だと決めつけているようだ。

「だけど、あまりにタイミングが合いすぎると思いませんか？」

『偶然でしょう』

絵梨の身代わり事件に関わっている弁護士が殺されたのに、たったひと言で結論づけるとは。しかも、唯一と言っていい証人なのに。

(まったくやる気がないんだな……)

期待しても無駄なのだと、著しい脱力感を覚える。こんなやつがわざわざ出向いて、沙梨奈に質問するはずがない。

『まあ、弁護士の事件はウチの管轄ではありませんので、何か関連があったら、向こうから問い合わせがあると思いますよ』

「でしたら、こちらの件を先方に伝えてもらえませんか？　沼田弁護士の事件を担当する刑事さんも手掛かりが必要でしょうし、捜査を進めやすいと思いますけど」

『必要があればそうします』

小柴は面倒くさそうな口振りで、当てにならない返答をした。

「ところで小柴さんは、ウチのほうにいらしてたんですか？」

いちおう確認すると、彼は『いいえ』と否定した。

『今日は別件で外に出ていましたが、何か？』

そのとき、背後から「パパ、パパ」と小声で呼びかけられる。振り返ると、沙梨奈が声を出さずに口を大きく動かす。《ハンカチ》と言っているのだとわかった。

芳晃は《わかった》と手で合図をし、彼女に背中を向けた。

「ああ、いえ、そうですか」

『他に何か訊いておきたいことはありますか？』

「妻の件は、変わらず小柴さんが担当でよろしいんですよね？」

『ええ、今のところは』

「承知しました。お電話ありがとうございました」

通話を終えると、芳晃は食卓を振り返った。

「ハンカチは返さなくてもいいってさ」

明るく告げると、沙梨奈がホッとした顔を見せる。

「じゃあ、洗ったらパパが使って。わたしには合わないし」

「ああ、そうするよ」

芳晃は食卓に着き、何食わぬ顔で食事を続けた。

学校帰りに声をかけてきた男が偽者であると、沙梨奈に伝えなかったのには理由がある。いったい誰なのかと彼女が怯《おび》えるからだ。そんなやつの前で泣いたのかと、傷つく恐れもある。

（そいつが刑事じゃないとすれば、残された可能性はひとつしかないぞ）

他に絵梨のことを知っている人間なんて、この事態を招いた張本人しかいない。すなわち首謀者——犯人だ。

綿密に計画された犯行ゆえ、こちらの家族構成ぐらい調査済みであったろう。そこまでしていなくても絵梨に訊ねればわかるし、彼女の携帯には沙梨奈の写真がある。それを見れば声をかけるのは可能だ。

杉並警察署の小柴刑事のことは、あの身代わりの女か、沼田弁護士から聞いたのだろう。そうやって実在する刑事の名前を騙り、偽者だとバレるのも想定していたと考えられる。

人相や年齢から芳晃が見抜くと見越して。

（沙梨奈をいつでも狙えると、おれを脅してるのか？）

だから余計な真似をするなというメッセージなのかもしれない。

「沙梨奈は、防犯ブザーってまだ持ってるのか？」

訊ねると、彼女はきょとんとした顔を見せた。

「小学校のときに使ってたやつ？　ランドセルに付けてたの」

「うん」

「電池が切れて鳴らなくなったから外して、それからどうしたのか忘れちゃった」

「じゃあ、新しいのを買うから、通学バッグに付けておきなさい」

「ええ、いいよ。もうコドモじゃないんだし」

不満げに口を尖らせた娘に、芳晃は具体的な理由は口にせず、

「沙梨奈が心配なんだよ、パパは」

真面目な顔で告げ、目をじっと見つめた。

「……ん、わかった」

彼女は素直にうなずいた。父親の心情を察してくれたようだ。

その夜、仕事を終えてベッドに入ってからも、芳晃はしばらく寝つけなかった。偽刑事の件が頭を離れなかったのだ。

もっとも、不吉な物思いにばかり囚われていたわけではない。なぜなら事件の首謀者側が、初めて接触してきたのである。その偽刑事も、あるいは雇われた人間かもしれないが。

自分たち家族を苦しめているのがどこの誰なのか、まったく手掛かりがなかった。正体がわからないのは相変わらずとは言え、これは進展がある前触れではなかろうか。

もしかしたら、絵梨と引き換えに何か要求されるのかもしれない。それは彼女が無事で

いる証でもあった。

そこまで考えて、いよいよ結論が見えてくる。

（やっぱり、真の標的はおれなのかもしれない――）

妻がいなくなったことで最も苦しみ、振り回されたのは自分なのだ。それこそが、首謀者の望みなのではないか。

むしろそのほうがいい。自分が悩み苦しむことで敵が満足するのであれば、絵梨と沙梨奈に危害が及ぶことはあるまい。ふたりが無事で済むのなら、どんな苦難にも耐えてやる。

だが、沼田弁護士の殺害もそいつの仕業《しわざ》だとすれば、楽観は禁物だ。手段を選ばず、たとえば妻と娘を傷つけることで、さらなる苦しみを与えるつもりだとか。

もはや一刻の猶予もなさそうだ。敵の出方を窺《うかが》っている場合ではない。

（もう一度、おれ自身の過去を洗い直そう）

ふたりを守るために、まずは敵の正体を暴く必要がある。どんな些細なことであっても、恨みを買ったと推察される出来事を徹底的に調べるのだ。

負けてなるものかと、闘志を剝き出しにする。やるべきことが見つかって安心したのか、芳晃は間もなく眠りにつくことができた。

第三章　接触

1

その日、昼過ぎに訪問者があった。

『わたし、島本《しまもと》と申します。絵梨さんはご在宅ですか？』

インターホンのモニターに映ったのは、三十代と思しき女性であった。

「絵梨はおりませんが」

芳晃が答えると、彼女は緊張した面持ちで『あ、ご主人様ですか？』と確認した。

「はい、そうです」

『わたし、絵梨さん——奥様に店を手伝っていただいておりました島本です。絵梨さんのことで、少々お伺いしたいのですが』

妻が働いていた店の経営者らしい。芳晃は期待と不安の入り混じった思いで「どうぞお入りください」と返事をし、マンションの玄関ドアを解錠した。

絵梨がどこでどんな仕事をしていたのか、やっとわかるのである。もしかしたら、行方知れずになった経緯も明らかになるかもしれない。

芳晃はとにかく情報が欲しかった。この二日ほど、自分に恨みを持つ人間をピックアップするために時間を費やしたのに、何も見つかっていなかったのだ。

程なく玄関のチャイムが鳴る。芳晃は訪問者をリビングに通した。清楚《せいそ》なワンピース姿の、落ち着きと品の感じられる女性であった。

「杉並駅の近くでリサイクルショップを経営しております、島本春香《はるか》と申します」

彼女が名刺を差し出す。受け取ったそれには、店の名前も印字されていた。

「リサイクルショップといいますと、どんな商品を扱ってるんですか？」

「主に女性用の洋服やバッグ、アクセサリーです。他に食器や日用雑貨、不要になった贈り物なども扱っています」

答えてから、春香が首をかしげる。

「絵梨さんから、ウチの店のことをお聞きになっていませんでしたか？」

「ええと、友達の店を手伝うようなことを言われて、あとは好きにさせていましたので」

「そうなんですか」

彼女はすぐに納得してくれたようだ。

「島本さんは、絵梨とは昔からの知り合いなんですか？」

「同じ高校でした。クラスが一緒になったのは一年生のときだけでしたけど、その後も連絡を取り合ってました。わたしが店を始めることを伝えたら、是非雇ってほしいと頼まれたので、手伝ってもらうことにしたんです」

いかがわしい店で働いていたのではないかと、少しでも妻を疑ったことを恥じる。

「あの、絵梨さんはまた入院されたんですか？」

春香の質問は、芳晃を困惑させた。

「え、入院？」

「違うんですか？」

どうやら無断欠勤だったわけではないらしい。

「絵梨はなんと言って休んだんですか？」

「検査で病気が見つかったので、しばらく休ませてほしいと連絡があったんです。そのあとで、入院することになったと言われて。わたしはお見舞いに行きたかったんですけど、すぐ退院するからその必要はないと断られました」

「最初に休むと連絡があったのは、いつだったんですか？」

「ええと、確か――」

春香が口にした日付は、絵梨が帰ってこなかった、まさに当日であった。

「その連絡は電話で？」

「はい。声がやけに暗かったので、そんなに具合が悪いのかと心配したんです」

そうすると、拉致された挙げ句に脅され、職場に電話をかけさせられたのか。

「それから二週間ぐらい経って、退院するという連絡をもらったんです。しばらく自宅療養をするので、まだ仕事はできないから、代わりの人間を雇ってほしいとも言われました」

「それも電話で？」

「ええ。病院からだったのか、携帯じゃなくて公衆電話でしたけど」

芳晃は安堵した。絵梨はちゃんと生かされていたのだ。おそらく今も。

と、春香が怪訝な面持ちを浮かべていることに気がつく。どうして何も知らないのかと、奇妙に感じたらしい。

「そうすると、もう絵梨の代わりを雇われたんですか？」

芳晃は質問で誤魔化した。

「いいえ。他にもスタッフがいますので、新たに雇わなくてもやっていけるんです」

「そうなんですか」

「ただ、わたしとしては絵梨さんに復帰してもらいたいんです。いつも笑顔なので店の雰囲気が明るくなりますし、接客がとても上手なので」

春香がほほ笑む。思い出したように居住まいを正した。

「療養中だから遠慮して、わたしのほうからは連絡をしないようにしていたんです。だけど、どうしているのか気になって、先日電話をしたんです。そうしたら繋がらなくて。たまたま電池が切れていたのかと、時間を置いてかけ直したんですけど駄目でした。それで、ご自宅の住所は聞いていましたから、こうして伺わせていただきました」

「すみません。ご心配をおかけしました」

春香に事実を伝えるべきかどうか、芳晃は迷った。絵梨のことを、心から気にかけているのがわかったし、できれば協力を仰ぎたかった。

しかし、彼女に被害が及ぶ恐れがある。芳晃に情報を伝えたと敵に知られたら、沼田弁護士のように消されるのではないか。

(島本さんがここへ来たことだって、やつらは知ってるかもしれないぞ)

春香が見張られていないとは言い切れない。

「あの、絵梨さんは今どちらに?」

もう一度質問され、芳晃は決心した。

「実は――」

春香が帰ったあと、芳晃はリビングのソファーに腰掛け、背もたれにからだをあずけた。

結局、絵梨が行方知れずであることは打ち明けなかった。春香にも危害が及ぶのを心配してではない。むしろ自衛のためにも、事実を知ってもらう必要があると考え直したのである。

にもかかわらず思いとどまったのは、寸前で疑念が生じたからだ。もしかしたら、彼女も絵梨を拉致した一味《いちみ》ではないのかと。

絵梨の身代わりの女、殺された弁護士、偽刑事、お役所的な警察も含め、芳晃は彼らに振り回されてきた。誰を信じればいいのかわからなくなるのも当然だ。

春香まで疑うのは行き過ぎだと、自分でも思う。悪事に荷担《かたん》するような人物には見えなかったし、本気で心配していることも伝わってきた。

だが、念には念を入れたほうがいい。近いうちに名刺の住所を訪れ、言ったとおりに店を経営していたら、改めて話をすることにしよう。

そのとき、携帯に着信がある。画面に表示された発信者の名前に、芳晃は目を疑った。絵梨だったのだ。すぐさま受信ボタンをタップし、携帯を耳に当てる。

「もしもし、絵梨」

呼びかけに返事はない。だが、電話の向こうに誰かがいるのは気配でわかる。

（――こいつ、誰だ？）

不吉な物思いが脳内を駆け巡る。妻の携帯は、あの身代わりの女が持っていたのだ。それが再び本人の元に返されたとは考えにくい。

芳晃はもう一度「もしもし」と呼びかけた。

『残念だが、私は奥さんじゃない』

それは聞き覚えのない、男の声であった。

2

「だ、誰だ？」

『誰なのかは、いずれわかる』

もったいぶった態度に、芳晃は苛立った。間違いなく、絵梨を連れ去った犯人なのだ。

「お前が絵梨をさらったんだな」

ストレートな質問に、彼はあっさり『そうだ』と認めた。

「絵梨はどこにいる。無事なのか？」

『どこにいるのかは答えられない。ただ、元気でいることは保証しよう』

妻が無事だと知って、芳晃は胸を撫で下ろした。

「だったら、いつ帰してくれるんだ？」

『それは筒見さん次第だ。こちらの要求に従えば、奥さんは必ず帰す』

「何がほしいんだ？　金か？」

『そうじゃない。近々、筒見さんに仕事の依頼がある。それを拒まずに受け、先方の期待に応えればいい。それが奥さんを帰す条件だ』

予想もしなかった要求に、芳晃は困惑した。

「仕事って、犯罪に関わることじゃないだろうな？」

『違う。筒見さんが今もやっていることだ』

つまり、教育関係のライターとしての仕事なのか。

「そんなことのために絵梨を誘拐したのか？」

『そうだ』

「どうして？」

『本気を出してやってもらうためだよ』

芳晃は憤慨《ふんがい》した。いい加減な気持ちで仕事に取り組んでいると思っているのか。

「おれはいつも、仕事とは真剣に向き合っている」

怒りを抑えて告げると、男が『もちろん知っている』と答えた。

『だからこそ、筒見さんを選んだんだ』

「その仕事は、お前からの依頼なのか？」

『違う。大手の出版社の仕事だ。言っておくが、私はそこの関係者ではない』

本当に無関係ならば、罪を犯してまで仕事をさせるはずがない。何らかの繋がりがあるに決まっている。そう考えたのを悟ったか、男が釘《くぎ》を刺した。

『妙な詮索をせずに依頼を受け、やり遂げろ。そうすれば、奥さんは無事に帰れる』

「もしも依頼を受けなかったら？」

質問してから、芳晃は悔やんだ。挑発して怒らせたら、絵梨に危害が及ぶかもしれない。

『受けるさ。間違いなく』

確信しているふうな口振りに、だったらやってやろうじゃないかと闘志を燃やす。それで家族が元通りになるのなら、どんな難しい仕事でもやり遂げられる。

「わかった。仕事は受ける。だから絵梨と話をさせてくれ」

『無理だ』

「どうして？」

『話をしたら安心して、本気を出してもらえないからだ』

そこまでしてやらせたい仕事とは、いったいどんな内容なのか。逆に気になってくる。

「絵梨は元気なんだな？」

『ああ』

「声を聞くだけでもいいんだが」

『諦めろ』

「だったら教えてくれ。沼田弁護士を殺したのはお前なのか？」

男は、すぐに答えなかった。

『いずれわかる』

間を置いてから、歯切れの悪い返答があった。否定しないということは、実行犯ではなくとも関わっているのは確からしい。

『つまり、こちらは手段を選ばないということだ』

疑念を逆手に取った通告に、芳晃は背すじが冷たくなるのを覚えた。

「わかった。絵梨には何もしないでくれ」

『そのつもりだ』

「それから沙梨奈にも。あ、学校の帰りに声をかけた偽刑事もお前なのか？」

『そうだ』

「どうしてあんなことをしたんだ？」

『奥さんが、娘さんの様子を知りたがってね。あの子との会話を録音して聞かせたんだ』

意外な理由に芳晃は戸惑った。弁護士を殺害した非道さとも相容《あいい》れない。

「じゃあ、絵梨は沙梨奈の声を聞いたのか？」

『ああ。娘さんを恋しがって泣いていたよ』

教えられて安堵する。監禁されているのは間違いなくても、酷《ひど》い目に遭っているわけではなさそうだ。男の声音も、そこまで冷酷に感じられなかった。

『優しそうなおじさんって感じだったかな――』

沙梨奈が話した偽刑事の印象を思い出す。とは言え、誘拐と人殺しに関わっている人物だ。簡単に気を許してはならない。

『訊きたいことはそれだけか？』

男に問いかけられ、芳晃は我に返った。

「何か質問があったら、この番号にかければいいのか？」

『いや。用件が終われば電源を切る』

「だったら、またそっちからかけてくれるのか？」

『これが最後だ。それから、この件は警察に話すんじゃない。そんなことをしたらどうなるか、私が言うまでもないだろう』

脅しの言葉に、芳晃は「わかった」と答えた。どの道、警察は当てにならないし、こんな妙な条件を提示されたなんて信じてはもらえまい。

『では、筒見さんの仕事ぶりに期待しているよ』

通話は一方的に切れた。すぐに折り返しを試みたものの、電波が届かないか電源が入っていない云々というメッセージが流れただけであった。

（……そうか。絵梨は元気なんだな）

居場所は定かではなくても、無事なのは確からしい。それに、彼女が帰ってくる望みもできたのである。一歩前進したのは間違いない。

あとは、どんな仕事を依頼されるのかだ。

(大手出版社って言ってたな)

物書きとしての仕事なら、犯罪に荷担させられる心配はなさそうだ。

芳晃がこれまで関わってきたのは、教育系の出版社がほとんどである。雑誌の記事にしろ書籍にしろ、読者も教師を始め学校関係者ばかりだ。しかし、今度の仕事は一般向けらしい。

(だったら、どうしておれに書かせるんだ?)

仕事ぶりに期待するようなことを言っていたが、白羽の矢を立てられた理由がわからない。

再び携帯の着信音が鳴る。画面表示を確かめれば、仕事で付き合いのある編集者だった。

「はい、筒見です」

『どうも森山《もりやま》です。今、お電話大丈夫ですか?』

「ええ、かまいません」

『実は文光社《ぶんこうしゃ》の、週刊文光の編集者のほうから、筒見さんの連絡先を教えてもらえないかと問い合わせがあったんです。先方にお伝えしてもよろしいですか?』

告げられた社名に、動悸が激しくなる。電話の男が口にした、大手出版社そのものであった。

「それは仕事の依頼でしょうか？」

『ええ。記事の執筆をお願いしたいとのことでした。内容までは聞いていませんけど』

「そうですか。私はかまいませんので、連絡先を伝えてください。電話番号でもメールでも」

『わかりました。そのようにいたします』

電話を切り、芳晃は息をついた。こんなに早く動き出すとは思わなかったのだ。

（記事の執筆か……）

教育関係以外では無名に等しいのに、いきなり大手から声がかかるとは。しかも週刊文光は、一般誌では一、二位を争う部数である。

それから一時間と経たずに、また電話があった。

『私、週刊文光編集部の水上《みなかみ》と申します』

さっき電話をかけてきた森山から連絡先を聞いた旨を、彼は早口で告げた。

『実はウチの誌面で、教育関係の連載記事を企画しまして。その執筆を筒見先生にお願いできないかということなんですが』

「教育関係というと、どのような内容でしょうか？」

『基本は学校教育が抱える問題というか、まあ、負の部分ですね。たとえばいじめであるとか、教師の行き過ぎた指導であるとか、そこを掘り下げていこうということなんです』

学校における諸問題は、芳晃も幾度となくテーマにしてきた。元教師ゆえ実情が摑めているから、突っ込んだ提言も書いたつもりである。そのあたりの実績から執筆者に選ばれたのか。

（じゃあ、あの男はおれが書いたものを読んで、適任者だと思ったのか？）

普通に依頼すればいいものを、人質まで取るのは常軌を逸している。本気を出してやってもらうためだとしても、やはりやり過ぎだ。

『記事は筒見先生おひとりではなく、何人かに書いていただく予定です。内容については、お目にかかって詳しくお伝えしたいので、明日あたりのご都合はいかがでしょうか？』

「日中でしたら、いつでもかまいません」

『そうですか。ええと、どこか外でお会いしたほうがよろしいでしょうか。もしもお忙しいようでしたら、先生のご自宅にお伺いしますが』

「私としては、自宅に来ていただくほうが有り難いです」

今は父ひとり娘ひとりだから、緊急時のことを考えると、なるべく家を空けたくなかった。

『承知しました。それでは午後二時に、先生のお宅へ伺います。ご住所のほう、教えていただけますでしょうか』

芳晃は住所とマンション名、部屋番号も伝えた。

『ありがとうございます。それでは明日、どうぞよろしくお願いいたします』

「はい。お待ちしております」

通話を終え、芳晃は首をひねった。妻を誘拐し、殺人に関与してまで依頼したい仕事とは思えなかったからだ。

新しいところでの仕事であり、断られないよう予防線を張るのは理解できる。しかし、教育問題に関して芳晃は専門だ。断る理由がないし、手を抜くつもりもない。

（どうしてもおれじゃなくちゃいけない理由が、他にあるんじゃないか？）

明日、記事の内容を詳しく聞かせてもらえれば、それがわかるかもしれない。

その晩、芳晃は沙梨奈に、母親を誘拐した男から電話があったことを伝えた。現状を知ったほうが安心すると思ったのだ。

「それじゃあ、そいつはパパに仕事をさせるために、ママを誘拐したってこと？」

「そういうことになるね」

「……ひどい。訳わかんない」

彼女は、怒りと不満がごちゃ混ぜになった表情を見せた。

「とにかく、ママは元気にしているみたいだし、ちゃんと帰ってくるはずだよ」

「ねえ、警察に言ったほうがいいんじゃない？　そいつのことを捕まえてくれるよ、きっと。あの刑事さんも優しそうなひとだったし、絶対に助けてくれるよ」

子供らしい真っ直ぐな意見。声をかけてきた刑事が偽者で、しかも犯人だと沙梨奈は知らないのだ。

脅されているから何もできないとは言いづらく、芳晃は「うん、そうするよ」と、偽りの約束を口にした。

3

翌日、午後一時過ぎに来訪者があった。

（え、もう来たのか？）

週刊文光の編集者かと思えば、インターホンのモニターにはふたり連れの男が映っていた。

『筒見芳晃さんのお宅ですか？』

「そうですが」

『杉並警察署、捜査一課の仁村《にむら》と申します』

ひとりがそう言って、警察手帳を見せる。

（え、捜査一課？）

芳晃は怪訝に思った。絵梨の捜索は生活安全課が担当していたのだ。あるいは事件性があると見なされて、担当部署が変わったのか。

自宅まで上がってきたふたりと、玄関で向き合う。最初に名乗ったほうはスーツ姿で、もうひとりはジャンパーを羽織《はお》ったラフな装いだ。年齢はどちらも四十路前後に見えた。

「初めまして。私は仁村で、こちらは同じく捜査一課の杉野《すぎの》です」

紹介されたもうひとりも警察手帳を出す。本物に間違いなさそうだ。

「それで、ご用件は？」

余計なことを口にしないように心掛け、芳晃は訊ねた。絵梨がどんな状況に置かれているのか、詮索されてはまずいからだ。

「筒見さんは、沼田寛二弁護士をご存知ですか？」

告げられた名前に、心臓が不穏な高鳴りを示す。どうやら弁護士殺害の件で訪れたようだ。

「ええ、知っています」

「先日、遺体が発見されたことも？」

「はい」

「失礼ですが、どのようなご関係なのでしょうか？」

「妻が逮捕されたときに、妻の職場に依頼されて、弁護を担当した方になります」

実際は違ったわけであるが、順番に説明しないとわかってもらえまい。当初はそうであった関係性を芳晃は述べた。

「沼田弁護士と会ったことは？」

「ありません。電話で話しただけです」

「そうですか」

仁村刑事はうなずいたものの、目に疑いの色が浮かんでいるように見えた。

「私たちは箱根《はこね》警察署に協力を依頼され、沼田弁護士の周辺を捜査しましたところ、彼の事務所に筒見さんからの留守電が残されていました。そこで、こちらにお伺いしたわけです」

芳晃は納得した。沼田弁護士と連絡がつかず、強い口調でメッセージを残したのである。何と言ったか忘れてしまったが、そのせいで事件に関わりがあると疑われているらしい。

「ええ、確かに電話をかけました。先ほど妻が逮捕されたと申しましたけど、まったくの別人だとわかったからです。それで、どういうことなのかと沼田さんに問い合わせたのですが、携帯が繋がらなかったため、事務所の留守電に連絡をお願いする言葉を残しました」

努めて冷静に、経緯を説明する。

「妻の件は、生活安全課の小柴さんに確認すればわかるはずです。行方不明者届も提出してありますから」

「え、小柴?」

仁村の眉間にシワが刻まれる。彼は後ろを振り返り、杉野に目配せをしたようだ。

「申し訳ありませんが、署までご同行願えますか?」

「え、同行?」

やはり疑われているのだ。ただ、小柴の名前を告げたときの、仁村の反応も気に懸かる。

(こいつらと一緒に警察まで行ったら、何だかんだ理由をつけて留め置かれて、そのまま勾留されるかもしれないぞ)

こちらが関与を否定したところで、彼らは躍起になって推測を押し通すであろう。絵梨になりすまして逮捕された女のように、三週間も自由を奪われる可能性だってある。それでは沙梨奈がひとりになり、絵梨も救い出せない。

警察への不信が高じていたこともあり、芳晃は拒むことにした。そのせいで疑いが深まってもかまわない。

むしろ容疑者にされたら、徹底的に闘ってやろう。無実の人間を陥れようとする警察の無能ぶりを、白日《はくじつ》の下《もと》に晒してやってもいい。

「つまり、杉並警察署まで来いということですか?」

挑発的に訊ねても、ふたりの刑事は顔色ひとつ変えなかった。

「そうです」

「それは命令ですか？」

「いいえ。あくまでも任意です」

「でしたら、お断りします」

きっぱり告げると、仁村がじっと見つめてきた。威圧する目つき。どうなっても知らないぞと、脅しているのは明らかだ。

「これから仕事の打ち合わせがあるので、家を離れるわけにはいきません。夕方になれば娘も帰ってきますし、もしも質問があるのなら、この場でお願いします」

慇懃無礼《いんぎんぶれい》に述べると、仁村が「そうですか」とうなずく。大袈裟《おおげさ》にため息をついたのは、こちらを畏縮《いしゅく》させるためなのだろう。

「では、先ほどおっしゃられた奥様の件を確認して、改めてお伺いします。お忙しいところ、失礼いたしました」

素直に引き下がった刑事に拍子抜けしつつ、芳晃は「あ、ところで」と声をかけた。

「小柴さんがどうかしたんですか？」

「え？」

仁村の目が泳ぐ。ポーカーフェイスを保っていたのに、ここに来て動揺を見せた。

「さっき、私が小柴さんの名前を出したら、何だか妙な感じだったので。あのひとには妻の件を担当してもらっていますから、気になったんです」

理由を口にすると、ふたりの刑事はまた目配せをした。杉野が顔をしかめたから、やはり何かあったのだろうか。

「いいえ、特にお伝えするようなことはありません」

仁村が機械的に返答し、「では、また」と頭を下げる。背中を向けて立ち去った刑事たちを見送り、芳晃はドアを閉めて首をかしげた。

(伝えることはないって、絶対に何かあったんじゃないか)

本当に何もなければ、そう言えばいいのだ。

もともと小柴など当てにしていなかったし、彼がどうなろうと関係ない。だが、なぜだか胸騒ぎがする。厄介《やっかい》なことにならなければいいがと、芳晃は一抹《いちまつ》の不安を覚えた。

週刊文光の水上は、約束した午後二時きっかりにやって来た。律儀な性格らしい。

「初めまして。昨日お電話を差し上げました水上です」

玄関で迎えると、彼は名刺を差し出した。そこには所属する部署と編集の肩書き、水上洋介《ようすけ》というフルネームが印字されていた。

少々くたびれたスーツ姿で、年は三十代の半ばぐらいか。もっとも、出版やマスコミ関係の人間は、だいたいにおいて若々しい。案外四十路を超えているのかもしれない。

「お待ちしておりました。さ、どうぞ」

芳晃は水上をリビングに迎え入れ、自分の名刺を渡した。

「ありがとうございます」

彼は恭《うやうや》しく受け取り、勧められてソファーに腰をおろした。

「あいにくと妻が不在なもので、こんなものしかありませんが」

用意しておいたペットボトルのお茶を出すと、恐縮した様子で頭を下げる。

「すみません。おかまいなく」

そう言いながらも、すぐにキャップを開け、ごくごくと喉《のど》を鳴らして飲んだ。約束した時刻に間に合うよう急いで来て、喉が渇いていたのだろうか。

「奥様はお仕事ですか？」

ひと心地がついたふうな水上が、今さらのように訊ねる。

「そうですね」

芳晃は曖昧にうなずいた。本当のことを言えるわけがない。

「それで、昨日の電話でもお伝えしましたが、ウチの週刊文光で教育問題の連載をすることになりまして」

水上が書類ケースから、A４の用紙を綴《と》じた企画書を取り出した。

「とりあえず、こちらをご覧になってください」

「ああ、どうも」

芳晃は目を通した。そこには記事の仮題から企画意図、連載の内容から執筆者まで、想像していたよりも細かく記載されていた。それだけに編集部の意気込みが伝わってくる。

「なかなか骨のある企画のようですね」

「ありがとうございます」

水上が礼を述べる。表情に自信が溢れているかに見えた。

いじめや不登校も、特異な事例を取り上げるだけでなく、それを生み出す学校や社会風土にも言及するとあった。また、一般には馴染《なじ》みのない、教員の人事や学閥にまで切り込むようだ。教育専門誌ではない総合週刊誌で、ここまで多面的に捉える連載をするとは意外だった。

「ところで、どうして私が選ばれたのでしょうか？」

確認したのは、執筆者の中で自分だけが浮いているように感じたからだ。他は世間的に知られた教育評論家や、高名なジャーナリストで、知名度にかなり開きがある。

「この企画は、もともと副編集長から出されたもので、私が関わることになったのは、内容がだいぶ固まってからなんです。そのときには、すでに筒見先生のお名前が挙がっておりましたので、経緯についてはわかりません」

そう言ってから、彼が一冊の本を取り出す。学校の諸問題を扱った芳晃の著書だった。

「私は担当が決まってから、筒見先生の本を読ませていただきました。読みやすくて、説得力があって、とても感銘を受けました。今回の連載にご協力をお願いすることになったのも当然だと納得いたしました」

「ど、どうも」

手放しで称賛され、芳晃は身の縮む思いがした。文章に関しては編集者に褒められたことがあったものの、教育専門以外の人間にも認められ、面映《おもは》ゆくも嬉しかった。

「以前に学校の先生をされていたんですよね。それも内容に深みを与えているというか、机上の論理ではない現実的な提言だと感じました。小誌でも、素晴らしいものを書いていただけるのではないかと期待しております」

お世辞ではなく、本心からこちらを買っていることが窺える。しかしながら、絵梨をさらった男の思惑が働いているのかと思うと、芳晃の胸中は複雑であった。

(あいつは週刊文光の副編集長と通じているのか?)

このタイミングで連載記事が企画されたことを考えると、可能性は大だ。もっとも、さらに上の人間かもしれないし、執筆者に選ばれたのは別の編集者の入れ知恵とも考えられる。

何よりもわからないのは、この仕事をやり遂げたら、あの男にどんな利点があるのかということだ。

「ところで、筒見先生にお願いしたい記事の内容なんですが」

水上に声をかけられ、現実に引き戻される。

「ああ、はい」

「かなりハードな分野になるんですけど、学校内における生徒の性被害について執筆していただきたいのです」

その内容は企画書にも書かれており、誰が担当するのか気になっていた。興味本位で扱っていい事柄ではないからこそ、名の売れた書き手ではなく、自分が選ばれてよかったと思った。

「そうですか。わかりました」

すんなりと受け入れられ、水上はかえって戸惑った様子である。

「筒見先生は、学校における性被害について書かれたことがおありなんでしょうか？」

「多くはないですけど、二度ほどあります。それに、もっと掘り下げたいと考えておりましたので、機会を与えていただけるのは有り難いぐらいです」

「そうだったんですか。申し訳ありません。そちらのほうは読んでおりませんでした」

「いえ、専門誌に書きましたので、一般の方には馴染みが薄いと思います」

芳晃の返答に、彼はうなずきながら「ああ、それで」とつぶやいた。記事の割り当ても上から言われたのか、理由に納得した様子だ。

「筒見先生が教職をされていたときも、校内でそういう問題があったのでしょうか？」

「いいえ、なかったと思います。少なくとも、私の耳には入ってきませんでした」

「では、やはり今日的《こんにちてき》な問題ということで、関心を持たれたわけですか？」

「ええ。あとは私にも娘がおりますので、他人事とは思えなくて」

「なるほど」

　相槌を打ってから、水上が別の質問を口にする。

「筒見先生が教職を辞められたのは、何か思うところがあってなのでしょうか。現在も教育関係のものを書かれているわけですし、完全に見切りをつけたとも思えないのですが」

　同じことは、以前にも何度か訊かれた。安定した職と身分を捨てるわけであり、理由が気になるのは当然であろう。

「まあ、自分のやっていたことに疑問を感じたのが大きいですね」

　芳晃は慎重に言葉を選びながら答えた。

「やっていたことというと、学校教育に疑問があったんでしょうか？」

「そうですね。こんなやり方が、果たして子供たちのためになるのかと、自問自答をすることが多かったですから」

　その悩みをぶつけるべく、教育専門誌に投稿したところ、もっと大きく取り上げたいと編集者に言われた。そこで、仕事の合間を縫って詳細な論をまとめたのである。

　それが掲載されると反響を呼び、原稿の依頼が続いた。著書も出版され、研修会のパネリストや講師として招かれる機会も増えた。余暇を利用しての執筆が難しくなり、このままでは教師の仕事に差し障《さわ》りが出ると、辞職を決意したのである。

そのときにはすでに結婚しており、沙梨奈も生まれていた。教師を辞めるのは反対されるだろうと思っていたら、絵梨は『いいんじゃない』と賛成した。

『あなたは毎日忙しかったし、このままだと倒れるかもしれないわ。それに、家にいてくれたほうが、わたしも嬉しいし』

妻の言葉で踏ん切りが付き、切りのいい年度末に退職した。いちおう貯えはあったものの、仕事の依頼は途切れることなく、現在に至っている。

「今でも教育に関わるものをお書きになっているんですから、完全に失望して辞められたわけではないんですよね？」

「ええ。外から見たほうが冷静に分析できますので、学校をより良い方向に変えられる手助けができればいいなと思ったんです。もちろん、まだそこまでの力はありませんが」

「いいえ、そんなことはありません。今回の連載も、きっと多くのひとびとの心に響いて、学校が理想的な学びの場になる一助になると思います」

そうなってほしいと、芳晃は声に出さずに望んだ。

これまでの教育改革は、政治的な思惑や経済界の要請、世間の風潮などによって進められた。学校現場の声は生かされず、むしろ教師たちは改革に振り回されてきた。

だからこそ芳晃は、外に出て訴えるしかないと考えるようになったのだ。発行部数の多い週刊誌の記事なら、耳目を引くだろう。有効な提言として認められれば、真の改革に繋がるかもしれない。

性被害の問題も、加害者を糾弾《きゅうだん》するだけの内容にしたくなかった。それを生み出す学校の構造的な部分にも言及するつもりだ。

そこまで考えて、ふと疑問が生じる。

(それがあいつの目的なのか?)

絵梨をさらった男は、性被害の記事を自分に書かせたいのだろうか。

「ところで、記事を執筆される前に、筒見先生に会っていただきたい方がいるのですが」

水上が改まって願いを口にする。

「どなたですか?」

「性被害の当事者の方です。被害者本人ではなく、お身内になりますが。今回の企画が決定したあと、誌面で教育問題に関わる体験談を募集したところ、ご本人から取材をしてほしいと依頼があったんです」

それは芳晃にとっても有り難かった。実情に迫れれば、より深みのあるものが書ける。

「ええ、こちらからも是非お願いします」

「お時間のご都合はいかがでしょう。いちおう先方から、この日ならというのは伺っているのですが」

水上が手帳を開いて訊ねる。

「その方の都合に合わせます。できるだけ早いうちに」

絵梨を取り戻すためにも、依頼された仕事を早急に終わらせたかった。

「では、さっそくですが明日はいかがでしょう。本日と同じく、午後二時ということで」

「はい。大丈夫です」

会う場所は、先方が指定した喫茶店でということになった。水上は同席しないという。

「プライバシーに関わりますので、聞き手は少ないほうが先方も話しやすいでしょう」

「そうでしょうね。お若い方なんですか?」

「二十二歳の女性です。お姉さんが被害に遭われたそうです」

姉が被害者でしかも同性となれば、ショックはかなり大きいだろう。インタビューには細心の注意を払わねばなるまい。

その後、今後のスケジュールを確認し、打ち合わせは一時間ほどで終了した。

「何かありましたら私の携帯にご連絡ください。急ぎでなければ、メールでもかまいません」

「わかりました。わざわざおいでいただきまして、ありがとうございます」

「いいえ、こちらこそ。原稿のほう、期待しております」

これから寄るところがあるという水上を送り出し、芳晃はひと息ついた。初めて会う編集者との打ち合わせで、気が張り詰めていたのである。

(週刊文光か……これまでよりも、たくさんのひとに読まれるんだよな)

重圧を感じるものの、仕事の幅を広げるチャンスかもしれない。専門誌や、教育系の出版社だけでは頭打ちで、そろそろ何とかしなければと思っていたのだ。

もっとも、今回の依頼がもたらされた経緯を考えると、手放しで喜べない。

(そうすると、おれの記事が誌面に載るまで、絵梨は解放されないのか?)

水上の話では、他の執筆者の進み具合も関係するため、掲載は早くても一ヶ月後とのことだった。直近の事件やスクープとは異なり、相応に時間をかけるようだ。

ただ、絵梨をさらった男が、週刊文光の編集部と通じているのは間違いあるまい。ならば、いち早く希望通りの原稿を提出すれば、掲載前に解放される可能性もある。

よって、一刻も早くいい記事を完成させねばならない。

(だけど、おれが性被害に関する記事を書いて、あいつにどんな得があるっていうんだ?)

あるいはテーマは関係なく、教育改革に結びつくものであればいいのか。しかし、拉致監禁や殺人に関与した悪党が、健全な学校教育を願うとは思えなかった。

敵の意図が摑めず、芳晃は悶々《もんもん》とした。

4

約束の場所である喫茶店の、最寄り駅に到着する。芳晃は懐かしさにひたった。

(ああ、ここは――)

最後に勤めた高校が、駅から五百メートルほどのところにあるのだ。芳晃はバスで通っていたが、帰りが遅くなると電車も利用した。そのため、駅前の景色が記憶に残っていたのだ。

喫茶店もすぐに見つけられた。腕時計を見ると、約束の時刻の五分前。もう来ているのかなとドアを開ければ、ベルがカラコロと軽やかに鳴った。

中にお客はふたりだけ。カウンターに初老の男性がひとりと、窓際のテーブル席に若い女性がいた。彼女の前にはカップとティーポット、それから白いハンカチがある。

(あのひとだ)

目印に、ハンカチをテーブルに載せておくと教えられたのだ。

「佐々木《ささき》さんですか?」

歩み寄って声をかけると、彼女が振り仰《あお》ぐ。途端に、デジャヴに似た感覚に襲われた。

(え、このひとは――)

初対面のはずなのに、そうとは思えない。似た雰囲気の別人を知っている気がした。

「筒見さん？」

こちらの名前を確認され、戸惑いつつも「はい」と返事をする。彼女が立ちあがり、丁寧に頭を下げた。

「お呼び立てして申し訳ありません。佐々木葵《あおい》です」

前もって聞いていたフルネームを口にされる。やはりこのひとで間違いない。

（でも、誰に似ているんだろう……）

こういう焦《じ》れったい気分に陥るのは、初めてではなかった。教職にあった期間、大勢の生徒たちを見てきたのである。授業を受け持たず、名前すら知らない者も含めて。

よって、彼らと似た人間と遭遇しても不思議ではない。おそらく今回もそれなのだ。

「初めまして。筒見芳晃と申します」

名刺を出すと、白くて細い指が受け取る。顔立ちの印象もはかなげだ。二十二歳とのことだが、それよりも大人びて見えた。物腰が淑《しと》やかなせいだろうか。

席に着いて向かい合うと、彼女がじっと見つめてくる。芳晃のほうはいくらか緊張していたのに、そんな様子は見られない。

（すぐにでも話したいって感じだな）

だったら、このまま始めてもよさそうだ。お冷《ひ》やとオシボリを持ってきた店員にブレンドを注文すると、芳晃は葵に許可を求めた。

「お話のほう、録音させていただいてもよろしいですか？」

「ええ、かまいません」

いつも取材で使うボイスレコーダーをテーブルに置き、ノートも出す。

「週刊文光の水上さんから、私のことは何か聞いていますか？」

「ええと、記事を書かれる方だと」

「はい。佐々木さんに話していただく内容に関しての記事を担当します。以前は教師をやっていて、今は教育系の専門誌などで書いております」

簡単に自己紹介をしてから、「始めてもよろしいですか？」と訊ねる。

「お願いします」

「佐々木さんのお姉さんが当事者とのことですが、お名前は出さないほうがいいですよね」

「いいえ、出してください」

きっぱりと言われ、芳晃は面喰らった。

「お姉さんは許可なさったんですか？」

葵が首を横に振る。

「許可はもらえません。もう亡くなっていますから」

芳晃は絶句した。間を置いて、

「ひょっとして、お姉さんは自ら命を――」

言葉足らずな問いかけに、葵が無言でうなずく。性被害を苦にして自殺した姉の無念を晴らすために、彼女はこの場に来ているのか。

「但し、姉の名前を出すのには条件があります」

「何でしょうか？」

「相手の男の名前も出していただきたいんです」

そこへ、注文したものが届けられる。

「失礼します」

気持ちを落ち着かせるために、芳晃は苦いコーヒーをひと口飲んだ。

「実名を出す件は、編集部の意向もあるでしょうから、私の一存では決められません。とりあえず保留ということでよろしいですか？」

「わかりました」

「では、お姉さんのお名前は？」

「佐々木涼子《りょうこ》です」

「りょうこ……」

「涼しいに、子供の子です」

芳晃の指からペンが落ち、カタンと無機質な音を響かせた。

（佐々木涼子……それじゃ――）

葵の顔を見るなり、既視感に囚われた理由がようやくわかった。佐々木涼子は、芳晃が最後に担任したクラスの生徒なのだ。当時高校一年生。

「どうかされましたか？」

葵が怪訝な面持ちで問いかける。芳晃は我に返り、「ああ、いえ」と誤魔化した。ペンを拾い、小さく咳払《せきばら》いをする。

（おれが佐々木涼子の担任だったと、このひとは知ってるのか？）

すぐさま確認したかったものの、寸前で思いとどまる。そもそも、性被害に遭って自殺した彼女の姉が、自分の教え子だと確定していないのだ。

「では、お姉さんのことを詳しく教えてください。佐々木さんとはいくつ違いなんですか？」

「五つです」

「被害に遭われたのはいつなんでしょう？」

「高校生のときです」

「その学校名を伺ってもよろしいですか？」

「はい」

葵が口にした高校は、芳晃が最後に勤めたところであった。年齢も合うし、間違いない。

《私は、あなたのお姉さんを知っています》

　喉まで出かかった言葉を呑み込んだのは、佐々木涼子の妹との対面が、単なる偶然とは思えなかったからである。葵は、姉と芳晃の関係を知っているのではないか。

「加害者の実名も出してほしいとのことですが、名前を教えていただけますか？」

　芳晃は核心に迫った。それがわかれば、何もかもはっきりする気がした。

「……わかりません」

　葵が表情を曇らせて俯く。

「え、わからないというのは？」

「姉は亡くなる前、ひどく塞ぎ込んでいました。でも、わたしや母が訊ねても、何も話してくれなかったんです」

「じゃあ、性被害に遭ったというのは？」

「亡くなったあとでわかりました。わたしと母に宛てた手紙と、それから日記を読んで」

　葵が涙ぐむ。バッグを膝に置き、中から封書と冊子を取り出した。

「これは筒見さんにお預けします」

　話に出た手紙と日記のようだ。すぐにでも読みたかったが、遺族の前でというのは気が引ける。芳晃は受け取ったものをいったんテーブルに置いた。

「こちらに、お姉さんがどんな目に遭ったのか、すべて書かれているんですね？」

訊ねると、葵は困った顔を見せた。

「いえ、そこまでは……正直、曖昧なことしか書かれていないんです」

「でしたら、どうして性被害に遭われたとわかったんですか？」

「他に考えようがないからです」

彼女は断言したものの、確かな根拠があるわけではないらしい。

「お姉さんが高校時代に被害を受けたのは間違いないんでしょうか？」

「日記でわかりました。その日から、文章や内容に変化がありましたから」

どうやら日記の日付から、被害を受けた時期を推定したらしい。ただ、具体的な記述がなければ、記事にするのは難しい。

「こちらは、今読ませていただいたほうがよろしいですか？」

確認すると、葵はかぶりを振った。

「いいえ。時間がかかると思いますので、あとでお読みになってください」

「わかりました。それでは、お姉さんのことをもう少しお伺いします」

まずは、妹から見た姉のひととなりを話してもらう。社交的で明るく、誰にでも好かれていたと、葵はときおり目を潤ませながら述懐《じゅっかい》した。

「わたしとは年が離れていたのに、よく遊んでくれました。優しくて自慢の姉だったんです」

話を聞いて、芳晃も目頭《めがしら》が熱くなる。在りし日の教え子の姿がありありと蘇《よみがえ》ったからだ。

（確かにいい子だったな……）

涼子は後期のクラス委員を務めた。リーダーとして集団をまとめるというより、楽しく活動できるよう、脇から支えるタイプだった。おかげで、学園祭や球技大会でも一致団結し、のびのびして過ごしやすいクラスになった。

芳晃は、担任したすべての生徒を憶えているわけではない、なのに、涼子のことをちゃんと思い出せたのは、教師としても頼りになる存在だったからである。

その彼女が、もうこの世にいないなんて。

「お姉さんは、いつ亡くなられたんですか？」

「一年前です」

そうすると二十六歳で、早すぎる死を選んだのか。

卒業学年ならまだしも、一年生の担任で直後に退職したため、涼子のクラスの生徒たちとは連絡を取っていない。あそこで教師を続けていれば、担任をはずれても相談に乗ってあげられたのに。救えなかったことへの後悔と、無力感を覚える。

「お姉さんの性被害は、亡くなるまでずっと続いていたんですか？」

「そうじゃないと思います。大学に入ってからは、いくらか明るくなりましたので。就活も頑張って、やりたい仕事ができる会社に入れたと喜んでいました。それが、亡くなる二ヶ月ぐらい前から、急にひとが変わったみたいになって」

何かのきっかけで、忘れたはずの過去が蘇ったのか。

「日記の内容に変化があったというのは、いつからなんですか？」

「高校一年生の終わり頃です」

葵の言葉に、芳晃は動揺した。自分が担任をしていたとき、涼子は被害に遭ったというのか。

（おれは彼女の変化を見過ごしていたのか！）

胸の鼓動が速まり、キリキリした痛みも伴う。退職前で処理すべきことが多く、忙しかったのは確かながら、どうしてきちんと見てあげられなかったのだろう。

「ただ、目に見えて暗くなったのは、高校二年の夏ぐらいからです。来年は受験だから、そのせいで焦っているんじゃないかって母は言ってたんですけど、わたしにはそうは思えませんでした。でも、まだ子供だったので、何があったのかわからなかったんです」

五つ違いなら、小学校の高学年か。性被害に遭ったなんて想像すらできなかったろう。

「あとで思い返すと、その前からぼんやりしたり、わたしや母の話をちゃんと聞いていないことがありました。元気ないわねって母が声をかけると、思い出したように笑顔を見せたりとか。姉は、わたしたちに心配をかけまいとしていたんです」

葵が悔しげに唇を噛む。姉の死に責任を感じているのが窺えた。

「そうすると、一度だけそういうことがあったというのではなく、徐々によくない関係に陥《おとしい》れられたか、あるいは何度も関係を結ばされたという感じなのでしょうか？」

「わたしはそう思っています」

「学校内で被害に遭ったのは、間違いないんですか？」

縋るように問うと、姉を亡くした妹は「はい」と答えた。

「手紙と日記を読んでいただければ、わかると思います」

自責の念が、芳晃に重くのしかかる。校内なら尚更《なおさら》、教師として未然に防ぐべきだったのに。

（相手は教師か？　それとも生徒——）

当時、佐々木涼子と関わりがあったであろう同僚や生徒たちの、顔と名前を記憶から掬《すく》いあげる。他に部活動の外部指導者や、外国語の補助講師、事務関係など、該当者は多い。

（え？）

芳晃は身を固くした。葵がこちらを見据えていたからである。まばたきもせず、心の内を探ろうとするかのごとくに。

（まさか、おれが姉に何かしたと思っているのか？）

やはり過去の繋がりを知っており、担任だった自分が姉を毒牙《どくが》にかけ、自死に追い込んだと決めつけているのではないか。

誤解を解くには、すべてを話す必要がある。しかし、最初に打ち明けなかったために、タイミングを逸していた。芳晃は、自らが掘った穴から逃れるべく足掻《あが》いた。

すると、葵が気落ちしたふうに目を伏せる。

「……やっぱり無理でしょうか」

「え？」

「わたしは、姉を死に追いやったのが誰なのか、筒見さんに調べてほしいんです。記事にして、そいつの顔と名前を世間に知らしめてほしいんです。難しいのは重々わかっていますけど」

芳晃は戸惑った。お前がやったんだろうと責められるのを想定していたものだから、いささか拍子抜けする。

(じゃあ、おれを疑っていたわけじゃないのか)

姉の担任だったのも知らないのだろうか。

「わたしは、そいつに罰を与えたいんです。警察は取り合ってくれませんでしたし、学校に調査を頼んでも門前払いでした。あとはメディアの力を借りるしかないんです」

姉の死の真相を探るために、葵は週刊誌の取材を受けることにしたらしい。

涼子が被害に遭ったのは、およそ十年前。確たる証拠がなく、本人も亡くなっているとなれば、警察は被害届など受理しまい。

また、公訴時効の問題もある。強制わいせつが七年で、強制性交等が十年だ。自殺と性被害の関連が認められれば時効が延びる可能性はあるが、かなり難しい。

学校のほうも、それだけの時間が経てば、生徒は卒業して教師は異動している。加害者が特定でもされない限り、調査のしようがない。

そう考えると、真相に迫れるのは自分だけだ。関係者であり、昔のツテを頼ることもできる。

芳晃は決意した。元担任であると明らかにしたほうが、葵も安心できるはず。仮に疑惑を持たれてもかまわない。黙っているのは良心が許さなかった。

「実は、私はお姉さんを知っているんです」

思い切って告げると、彼女が目を見開く。

「すみません。もっと早くお話しすれば良かったんですが、タイミングを逃してしまって」

「あの……知っているというのは？」

「わたしが教師を辞める前に、最後に担任を務めたのが涼子さんのクラスだったんです。高校一年生のときの」

驚愕《きょうがく》と混乱で、葵は何も言えなくなったようだ。半開きの唇を震わせ、まばたきを繰り返す。

「お話を伺って、正直、責任を感じています。私が担任していたときに、お姉さんは被害に遭われたようですから。気がついてあげられなかったのは、私も一緒です」

芳晃はテーブルに額《ひたい》がつきそうなところまで、深く頭を下げた。

「申し訳ありませんでした」

責められるのを覚悟していたが、葵は何も言わなかった。顔をあげると、虚《うつ》ろな目がこちらを捉えている。未だ頭の整理がついていないふうに。

「お姉さん――涼子さんが亡くなったと聞いて、私もショックでした。学校で被害に遭われた以上、かつてそこに勤めていた身として、私には真実を明らかにする責任があります。今回の記事に間に合わなくても、徹底的に調査することをお約束します」

思いを真剣に訴えることで、彼女はようやく事情を呑み込めたようだ。

「そうなんですか……姉の先生だったんですね」

「はい。教師を辞めなければ、お姉さんを助けられたかもしれません。それも残念です」

「いえ……だけど、かえって安心しました。赤の他人よりも、姉を知っている方にお願いしたほうが、しっかり調べていただけそうですし」

葵は感慨深げにうなずき、頬を緩めた。

「もしかしたら、姉が引き合わせてくれたんでしょうか」

「え？」

「姉の先生だった方が無念を晴らしてくれるなんて、ただの偶然だとは思えないんです」

巡り合わせを、葵は好意的に捉えたようだ。だが、こうして取材するに至った経緯を振り返ると、運命的ではなく必然だと思えてならない。

（あいつには、こうなることがわかっていたんじゃないか？）

すべては絵梨をさらった男の差し金ではないか。そこまで考えて、芳晃はもしやと思った。

「佐々木さんは、お姉さん以外にごきょうだいはいらっしゃいますか？」

「いいえ。ふたり姉妹です」

「そうすると、ご家族は他にご両親と――」

「父はいません。わたしが幼い頃に母と別れました。そのあと母の実家に入りましたので、祖父母とわたしたち親子の五人家族でした」

入学時に家庭環境調査票を提出してもらったはずだが、特に必要がなければ、全員分をいちいち確認しない。佐々木涼子の両親が離婚していたのは、今初めて知った気がする。

「そうすると、お父さんとは？」

「疎遠でした。ただ、大学を出るまで養育費を出してもらいましたので、母は何かしら連絡を取っていたようです。わたしたちの写真ぐらいは送ったんじゃないでしょうか」

「でも、お姉さんのご葬儀には、いらっしゃいましたよね？」

「いいえ。連絡はしたようですけど、父は母の両親とうまくいっていませんので、来られなかったのでしょう。お香典だけ送ってきました」

「そうなんですか……」

離婚して、娘とも疎遠だったとしても、性被害を苦に自殺したと聞けば、男親として憤《ふん》怒《ぬ》に駆られるはず。真相を暴き、娘を死に追いやった男を断罪しようと考えるのではないか。

たとえ、どんな手を使ってでも。

(あいつは、佐々木涼子の父親なんじゃないか？)

首謀者である男の、冷淡な声が蘇る。

『誰なのかは、いずれわかる——』

娘の死の真相を明らかにするべく、元担任だった芳晃を、調査せざるを得ない状況に追い込んだのではないか。そして、絵梨の誘拐は復讐のためとも考えられる。

(担任だったおれが気づいていれば、彼女を救えたかもしれないんだ。なのに、さっさと学校を辞めたことを恨んで、おれを苦しめる計画を立てたんじゃないか？)

この取材は、教師としての責任を果たさなかった自分に、禊《みそ》ぎと償いをさせる意味があるような気がする。

「お父さんがおいくつかわかりますか？」

「年齢ですか？　母よりも二つ上だと聞いてますから、五十……四歳だと思います」

小柴刑事を騙って現れたあいつを、沙梨奈は五十過ぎに見えたと言った。年齢も合致する。

「あの、父がどうかしましたか？」

葵が怪訝そうに首をかしげた。

「え？　ああ、いえ……お父さんの心境がわかればと思って。性被害で苦しむのは被害者だけでなく、家族もまた同じであることも記事にすべきかなと」

苦しい言い訳も、特に不審がられなかったようである。

「でも、父は姉の死を、そこまで重く受け止めていないと思います。再婚して、別に家庭を持ちましたから」

「え、再婚？」

「はい。子供もいると母から聞いています」

そうすると、あの男は佐々木姉妹の父親ではないのか。新しい家族がいるとなれば、多大なリスクを背負ってまで凝った計略をするとは考えにくい。

（だったら、他の親類縁者が？）

母親の兄弟など、涼子の死を深く悼《いた》んでいる親族がいないか確認したかったものの、この場で詮索するのはためらわれた。

「もう一点、お訊きしてもよろしいですか？」

「はい、何でしょう」

「週刊文光の取材を受けるのは、佐々木さんご自身が決められたんでしょうか？」

連載記事のために誌面で体験談を募集したところ、葵が連絡してきたと水上に聞いた。

しかし、若い女性があういう週刊誌を読むとは考えにくい。

「はい。編集部には、わたしが電話しました」

「週刊文光を読んだんですか？」

「こういうのを募集しているけど、姉のことを話してみたらどうかと、祖父があの週刊誌を見せてくれたんです」

「え、お祖父《じい》さんが？」

「はい。祖父も姉の死を悲しんで、相手の男を絶対に許さないと怒り心頭だったんです」

しかし、あの男はそこまで高齢ではない。

（じゃあ、こうして佐々木涼子の妹と会っているのは、ただの偶然……）

それでも、絵梨を誘拐した首謀者が望んでいるのは、涼子を死に追いやった人物を暴くことだと思えてならない。自分はそのために選ばれたのだと。

だが、そんなこととは関係なく、芳晃は強い使命感を抱いた。

（絶対に突き止めてやる――）

教え子を苦しめ、直接ではなくても命を奪ったのだ。今ものうのうと暮らしているのならば、許すわけにはいかない。必ず償いをさせてやる。

「今日はありがとうございました。調査のほう、精一杯やらせてもらいます」

芳晃は力強く宣言した。


家に帰ると、芳晃は教職時代の資料を引っ張り出した。

成績や名簿など、個人情報に関わるものは残っていない。そもそも校外への持ち出しは禁止されていた。出てきたのは自分が作成した文書やテストと、あとは写真ぐらいだ。

最後の年の写真が、最も多く残っていた。教師を辞めるのだからと、頻繁《ひんぱん》にシャッターを切ったのである。

行事のスナップ写真を目にすると、忘れていた出来事が次々と蘇る。涼子以外の生徒も思い出されたが、懐旧《かいきゅう》の情に駆られている場合ではない。

芳晃は、涼子が写ったものを選《よ》り分けた。三十枚近くもあったろうか。沈んだ表情は見当たらない。一番新しい写真は冬に行われた球技大会で、そのときも明るい笑顔だ。

（そうすると、最初に何かされたのは、このあとなのか？）

いや、みんなの前では、無理をして明るく振る舞っていた可能性もある。だからこそ、発覚しなかったのかもしれない。

(あ、この写真は――)

終業式の日、芳晃が教師を辞めると知って、何人かが記念に写真を撮りたいと集まったのだ。しかし、そこに涼子の姿はなかった。

彼女はカメラを向けると前に出て、積極的に写りたがる子だった。そのため写真が多かったのであるが、最後の日だけ仲間に加わっていないなんて。やはり気持ちが沈んでいたから、そういう心境になれなかったのか。

兆候は確かにあったのに、どうして気づいてあげられなかったのだろう。後悔を嚙み締め、拳《こぶし》を握りしめる。それを自分の顔面に叩きつけたい衝動に駆られた。

写真が入っていた袋には、プロフィールカードも数枚あった。名前や住所、血液型に星座、趣味や好きなものなど、自己紹介を記入した手帳サイズのポップなカードだ。特に女の子が、友達同士で交換しあっていた。

芳晃は終業式の日に、それをもらったのだ。中に、佐々木涼子のものがあった。

他は丸っこい筆跡ばかりだが、彼女の字は綺麗に整っている。最後にメッセージ欄があって、そこには一行だけ書かれていた。

【わたしのこと、忘れないでください】

ほんの短い願いを目にするなり、芳晃は堪えきれず涙をこぼした。

第四章　対決

1

杉並警察署、捜査一課の刑事たちが再びやって来たのは、翌週のことだ。

『たびたび申し訳ありません。先般お訊ねした件で、お話を伺いたいことがありまして』

インターホンのモニターに映ったふたりは、前回とは打って変わり、やけに低姿勢だった。同行を求めず、こちらでかまわないとのことだったので、芳晃は自宅に招き入れた。

「お時間をいただきまして恐縮です」

リビングに通すと、仁村刑事が深々と頭を下げる。改めて警察手帳を呈示し、同行の杉野刑事にも促した。

彼らにソファーを勧め、芳晃は緊張を隠せずに対峙《たいじ》した。

「それで、どのようなご用件でしょうか？」

もちろん、沼田弁護士の件だとわかっている。だが、絵梨を人質に取られ、何も話すなと脅されているのだ。余計なことを言わないようにと、しらばっくれたのである。

脅迫電話の件を打ち明け、捜査してもらうのもひとつの手である。けれど、これまで正体を見せることなく、悪事を働いてきたやつだ。絵梨の居場所も含め、警察が直《ただ》ちに事件を解決できるとは思えない。動きを悟られたら、最悪の事態を招く恐れもある。

加えて、依頼された調査でも進展があり、今さら放り出せなくなっていたのである。妻ももちろん心配だが、教え子の件も見過ごせない。

「例の、沼田寛二弁護士の事件なんですが」

仁村が話を切り出す。手帳を取り出し、書かれてあることに目を通した。

「筒見さんが言われたとおり、奥様が逮捕され、沼田弁護士が担当したのは間違いありませんでした。また、逮捕されたのが奥様ご本人ではなく、別人だったことも確認いたしました」

「そうですか」

わかりきったことを口にされ、芳晃は苛立った。その程度の事実を確認するのに、どうしてこんなに時間がかかったのか。

「また、失礼とは思いましたが、筒見さんのアリバイも調べさせていただきました。奥様になりすました女が釈放された日に、港湾署で大変な目に遭われたそうですね」

「ええ」

「そのときの診断書を、筒見さんが港湾署に提出されていましたので、当該の病院に問い合わせたところ、犯行は不可能だと判明いたしました」

診察されたときか、あるいは負傷したときが犯行時刻と重なっていたのか。それとも、殺害前に争った形跡があり、あの怪我では無理だと判断されたのか。いずれにせよ、やっていないことをやっていないと証明されたところで、何の感動もない。

診断書は、港湾署に郵送したのである。わざわざ出向いても成果は望めないし、対応を求める書簡付きで。案の定、返答は今に至るまでない。

それでも、もしかしたら破棄されたのかと危ぶんでいたから、残っていただけでも良しとすべきだ。こうして無実の証明になったことでもあるし。

「つまり、私が犯人だと疑われていたわけですね」

あからさまな厭味に、仁村は「申し訳ありません」と頭を下げた。

「筒見さんも関係者ですし、あくまでも通常の手順でして。それで、沼田弁護士の事件と奥様の失踪に関係があるのではないかと思いまして、本日はお話を伺いに参ったのです」

「そうなんですか？　生活安全課の小柴さんには、偶然でしょうと言われましたけど」

追及されたくなくて、困惑をあらわにする。しかし、刑事たちは引き下がらなかった。

「もちろん偶然だとも考えられます。しかし、何でも疑ってかかるのが我々の性分なので」

安っぽいミステリードラマみたいな台詞《せりふ》に、芳晃は鼻白《はなじろ》んだ。

「沼田弁護士に奥様の件を依頼したのが誰なのか、筒見さんはご存知ではないんですか？」

「はい。妻の勤め先に雇われたと聞かされましたけど、あの女は妻ではなかったわけですから、まったく無関係だったようです」

「でも、奥様の勤め先の方が、本当に奥様が逮捕されたと思われて、弁護士を雇った可能性はありますよね？」

「それはあり得ません。あとで妻の職場の方が、心配してウチまで来ましたから」

「え、どういうことなんですか？」

仁村が身を乗り出す。芳晃は（しまった）と、内心で舌打ちをした。誘拐したやつが欠勤の偽装工作をしたことも、刑事たちに知られてはならない。

「連絡もなく休んでいるがどうしたのかと、心配して来たんです。そのときは私も混乱しておりましたし、逮捕されたとも言えませんから、とりあえず謝罪して帰っていただきました」

芳晃はそれっぽい作り話で逃れようとした。

「では、奥様の勤め先を教えていただけますか？」

今の話の裏を取るつもりなのだろう。もちろん、教えるわけにはいかない。

「さあ、わかりません」

「え、どうして？」

「妻の仕事についてはすべて本人任せで、私は把握していなかったんです。職場の方が来られたときも、とにかく妻が心配で右往左往しておりましたから、結局解雇されることになったようで安心したんです。そのときに社名ぐらいは聞いたと思うのですが、もう憶えていません」

適当な返答に、刑事の表情が険しくなる。

「そうすると、その訪ねてこられた方が、本当に奥様の職場の人間かどうかわからないじゃないですか」

仁村が責める口調になったのは、必要な情報が得られず苛立ったためであろう。

「でも、妻の名前や、ウチの住所も知っていたわけですから。無断欠勤していたのも事実だったので、無関係だなんて考えもしませんでした」

それもそうかという顔を見せつつ、刑事が唇をへの字に結ぶ。芳晃はすかさず話題を変えた。

「そもそも、あの女が逮捕されるに至った経緯を考えても、妻の職場が関係していたとは思えませんけど」

「え、経緯？」

仁村が眉根を寄せ、隣の杉野刑事に「おい」と顎《あご》をしゃくる。

「ええと、こちらで調書を確認したところ、くだんの女は都の迷惑防止条例違反で、現行犯逮捕されたとのことでしたが」

杉野の説明に、芳晃は首をかしげた。

「それだけですか?」

ふたりの刑事が訝《いぶか》る面持ちを見せる。何があったのか、まったく把握していない様子だ。

芳晃は、小柴刑事に教えられたことをそのまま伝えた。通報を受けて捜査員を派遣したところ、客引き行為をされたために逮捕したのだと。

「女はどこの店に勤めているのかなど、何も供述しなかったそうです。わざと逮捕されるために、客引きをしたんじゃないでしょうか」

警察が罠《わな》にかかったことをほのめかすと、仁村が不機嫌そうに顔をしかめた。

「それは小柴の見解ですか?」

「いえ、私の推測です。小柴さんは、私の意見をあまり買われていない様子でした」

芳晃はここぞとばかりに、沼田のことも付け加えた。

「私は、沼田弁護士もあの女の仲間だったんじゃないかと疑ったんです。それも小柴さんに伝えましたが、弁護士には守秘義務があるとかで、関わりたくないように見えました」

「では、その女と沼田弁護士は、奥様とどのような関係なのでしょうか?」

仁村の質問に、芳晃は「わかりません」と首を横に振った。

「小柴さんは、妻があの女を雇って時間稼ぎをした可能性もあると言いましたが、ただの家出ならそこまで面倒なことはしないでしょう。沼田弁護士がどう関わったのかも、私には見当もつきません」

そこまで言ってから、ずっと気になっていたことを訊ねる。

「ところで、小柴さんはどうなさったんですか？　あの女や妻のことでしたら、わざわざウチに来られなくても、小柴さんがすべてわかっているはずなんですが」

仁村と杉野が顔を見合わせる。目で合図を交わしたあと、杉野が発言した。

「小柴は退職しました」

「え、辞められたんですか？」

「ええ。一身上の都合で」

やる気のないところが垣間《かいま》見られたし、警察の仕事に嫌気が差したのか。だが、ふたりの態度からして、そんな単純なことではなさそうである。

（このあいだ来たときも、小柴刑事のことに触れたくない様子だったし、ひょっとして問題でも起こしたのか？）

それなら、話すのをためらうのもわかる。身内の恥なのだから。

「妻の捜索をお願いしていたのに、辞めるなんて無責任じゃないですか」

不安をあらわに詰め寄ると、仁村がかぶりを振った。

「奥様の件は、別の担当者に替わったはずです。それに、必要があると認められれば、我々刑事課のほうで引き継ぎますので」

そんなことは望んでいなかったが、芳晃は「是非お願いします」と頭を下げた。

「沼田弁護士の件は、もうよろしいですか？」

絵梨のことから気を逸らすべく訊ねると、仁村が「そうですね」と首をひねる。

「正直、腑に落ちない点がいくつかあるのですが」

何かあることを匂わせる。わざわざ足を運んだわりに収穫がなかったため、少しでも話を引き出そうとしたのか。

「何でしょうか？」

「たとえば、奥様に成りすました女の弁護を引き受けた件です。沼田弁護士は、民事が専門だったんです。逮捕案件ですから、普通は刑事事件が専門の弁護士が雇われるはずなのに、どうして彼だったのかが疑問で」

「ああ、だから」

芳晃が意味ありげにうなずくと、仁村が食いついてきた。

「何かお気づきのことでも？」

「電話であれこれ質問したとき、どうも要領を得ないというか、頼りない感じがしたんです。ちゃんと弁護をしているのかと、不安も覚えました」

「なるほど」

「釈放された日も、時間がわからないから待つしかないと言われて、朝から夕方まで港湾署にいたんです。本当に事情に通じているのかどうか怪しいという印象を持ちました」

これについては、仁村は複雑な面持ちを見せた。釈放時に待たされるのは、案外普通にあることなのかもしれない。

「そう言えば、妻が逮捕されたと知らされたとき、私も弁護士をお願いしたんです。直ちに杉並警察署へ行ってもらったんですけど、すでに職場のほうで雇っていたと言われて、依頼は無しになったんですが。ただ、その方は沼田弁護士と直接話したはずですので、何か聞いているかもしれません」

「可能性はありますね……筒見さんが依頼したのは、どちらの弁護士だったんでしょう?」

「ネットで検索して電話をかけたので、すぐにはわからないんですが。必要でしたら調べて、あとでお教えしますけど」

「お願いします。こちらに電話していただけますか」

仁村が名刺を出す。そこには携帯番号も書いてあった。

「わかりました。ところで、沼田弁護士が受け取った報酬から、雇い主を調べることはできないんですか?」

　ふと気になって質問したところ、仁村がやり切れないというふうにかぶりを振った。

「その時期に、彼の口座に入金がありましたが、振込ではなかったんです。現金で受け取り、自分で口座に入れたみたいですね」

　足がつかないよう徹底しているようだ。最初に依頼した大滝弁護士にも、同じようにしたのだろう。芳晃は見えない敵の周到さに恐れを抱いた。

（そこまで証拠を残さないやつが、本当に絵梨を帰してくれるんだろうか？）

　沼田弁護士を殺したのなら、あの身代わりの女だって消されているかもしれない。そして、用済みになったら絵梨だって。

　不吉な物思いに、膝がどうしようもなく震える。ここ最近、佐々木涼子を死に追いやった者の調査に意識が向いており、妻のことを考える時間が少なくなっていた。いないことに慣れきっていたためもあったろう。

　そのため、もしやという不安が、借りを返すみたいにふくれあがる。わたしを忘れないでと、彼女がどこかで念じている気がした。

（絶対に助けるからな、絵梨――）

　自らに言い聞かせることで、負の感情を胸に封じ込める。

「では、こんなところでよろしいでしょうか」

　早く切り上げてもらいたくて、芳晃はふたりに告げた。

「そうですね。長らくお邪魔いたしました」

立ち上がった仁村が、表情を和《やわ》らげる。

「奥様は、必ず見つかります。私共にお任せください」

不意討ちで優しい言葉をかけられ、涙腺《るいせん》が緩みそうになる。芳晃はこみ上げるものをぐっと堪え、「ええ」と目を伏せた。

2

託された涼子の日記は、毎日書かれていなかった。思うことがあったときに、溢れる言葉をそのまま書き綴《つづ》ったものらしい。女の子らしいポエム調の文章も散見された。

そして、妹の葵が言ったとおり、高校一年生の三月初旬に変調が見つかったのである。書かれてある内容は、要領を得ないものだった。『なぜ』『どうして』と疑問の言葉が並び、混乱していたことがわかる。それまで綺麗に整っていた文字も、ひどく乱れていた。

その後も、月に一、二度の頻度で、似たようなページが現れた。『穢《けが》れた』とか『戻れない』といった、肉体を蹂躙《じゅうりん》されたと思しき記述もあった。

けれど、具体的な行為を示す言葉や、相手の名前はない。被害を受けたというよりも、自らそこに陥った自責の念が窺えた。

性被害に遭った女性は、事態を招いた原因が自分にあると思いがちであるらしい。涼子もその例に洩れず、日記に加害者のことを書けなかったのではないか。

それでも、何度か立ち直ろうとしたようである。ひどく落ち込んだ後にも、しばらく経つと自らを励ます文言《もんごん》を連ねていた。

高校卒業後はいくらか吹っ切れたのか、前向きな記述が増えた。性被害の呪縛《じゅばく》から解放された証であったろう。やはり加害者は高校の関係者なのだ。

日記は二十歳で終わっていた。最後の文章は希望に満ち溢れていたのに、そのあとで、いったい何があったというのか。

母親と妹に宛てた手紙は、悲愴《ひそう》そのものであった。謝罪と自己嫌悪がとりとめもなく並び、もはやこうするしかないという諦めも見て取れた。涼子は明らかに絶望していた。

彼女が記したものをすべて読み終え、芳晃は無力感に苛まれた。どうして救えなかったのだろう。自分が気づいてあげられたらと、悔恨《かいこん》の念が募った。

それでも無念を晴らすべく、何度も読み返す。加害者を特定するヒントはないか、単語をひとつひとつ吟味《ぎんみ》した。

そこまでしても、そいつが教師か生徒かすらも明らかにできなかった。

だが、生徒同士の肉体関係であれば、自殺するまで思い悩まないのではないか。嫌なら拒めばいいし、何度も強要されるとは考えにくい。

やはり教師の公算が大きいと結論づけたあとで、そうとも言い切れないと思い直す。

たとえば、相手が複数の生徒ならどうか。集団で凌辱《りょうじょく》されたら深く傷つくし、向こうは数を頼みに何度も求めるだろう。気軽に写真や動画をネットに晒す世代であり、犯されたところを撮影されて脅されれば、逃れるのは難しい。

様々な可能性を考えると、なかなか加害者を絞り込めない。とにかく情報が必要だった。芳晃は学校への取材も考えた。しかし、かつて勤務したところでも、卒業生の性被害を調べたいなんて目的を告げたら、協力してもらえまい。学校は不祥事を隠すものだ。

では、友人はどうだろう。十代なら、友達は肉親以上の近しい間柄だ。何か察していたのではないかと考えて、芳晃はかつての教え子に連絡を取ることにした。

生徒の個人情報は残っていないから、頼みの綱は何人かにもらったプロフィールカードだ。そこには携帯番号やメールアドレスも書かれていたのである。

さりとて、同級生なら誰でもかまわないわけではない。加害者に調査のことが伝わって逃げられないよう、慎重に進める必要がある。

芳晃は手元のプロフィールカードを読み、どんな生徒だったかを記憶の底から掬い上げた。スナップ写真も確認し、涼子と交流が深かったであろう者を選び出す。

最初に連絡を取ったのは、前期のクラス委員を務めた女子生徒であった。涼子と同じく真面目な子で、タイプも似ている。委員の立場で、クラスの人間関係も把握していたのではないか。

アドレスが変わっていたらしくメールが送れなかったため、芳晃は電話をかけた。元担任からだとわかるとかなり驚いた様子ながら、彼女は懐かしんでくれた。

涼子と一緒のクラスだったのは一年生のときだけで、さほど親しくはなかったという。それでも亡くなったと聞いて絶句し、命を絶った理由を調べていると話すと、涼子と仲のよかった生徒の名前と連絡先を教えてくれた。

そうやって繋がりを辿り、何人かにメールを送って、電話でも話を聞いた。

学校での涼子は、やはり落ち込んだ様子を見せなかったようである。被害に遭ったのを悟られまいと、気丈に振る舞っていたのだろう。

思ったほど情報が得られなかったのは、高校を卒業して十年近く経っているからだ。交流の続いている限られた人間を除けば、かつてのクラスメイトを思い出すこともあるまい。

涼子と同じ大学に進んだ生徒も見つからなかった。あるいは意識して、知っている人間のいないところを選んだのか。思い出したくない過去を断ち切るために。

いよいよ手詰まり感が見えてきたとき、会って話をしてくれる者が現れた。その子は涼子と部活動が一緒だったという。

彼女の仕事が終わったあとに、新宿で待ち合わせる。担任した生徒ではなかったが、武《たけ》井夕紀《いゆき》という名前に憶えがあった。

そして、約束の場所であるコーヒーショップに現れた彼女をひと目見るなり、すぐ思い出した。一年生の時に教科を受け持ったクラスの子であると。

「お久しぶりです、先生」

笑顔で挨拶され、芳晃も頬を緩めた。

「武井さんは、一年D組だったよね？」

「そうです。ひょっとして出来のいい生徒じゃなかったから、憶えてたんですか？」

夕紀が冗談めかして言う。たしかに成績は振るわなかったが、長身で返事の声が大きく、活発そうだったから記憶に残ったのだ。

すっかり大人になった今も、見た目の印象はさほど変わっていない。あの頃と同じショートカットで、違うのは明るく染めていることぐらいか。

彼女はバスケットボール部員だった。

涼子も同じ部に所属していたのは、プロフィールカードを見て思い出した。担任ゆえ、当時も知っていたはずだが、体育会系っぽくなかったから忘れていたのだ。

飲み物を前に夕紀と思い出話をし、打ち解けたところで話を切り出す。

「それで、佐々木涼子さんのことなんだけど」

途端に、彼女の表情が曇る。伏し目がちに「はい」とうなずいた。

自殺のことは電話で話した。性被害に遭っていたとは口にせず、遺族が理由を知りたがっていると伝えると、夕紀のほうから会って話したいと言ってくれたのだ。

「佐々木さんも、武井さんと同じバスケ部だったんだよね？」

「はい。涼子ちゃんはマネージャーでしたけど」

それは憶えていなかったが、献身的な彼女なら適材適所だと思った。

「でも、本当はやりたくなかったんですよ、マネージャーなんて」

「え、どうして？」

「涼子ちゃんは、バスケットボールをしたくて入部したんです。中学の時もやっていたから。なのに、顧問の先生にマネージャーをやれって命令されて、仕方なく裏方に回ったんです」

「それって、選手としては活躍を見込めないから？」

「涼子ちゃんは身長もそんなになかったし、頑張り屋さんだけど足も速くなくて、補欠にもなれないって顧問は言ってました」

だからと言って、本人の意向を無視していいはずがない。

「ウチの部は、とにかく勝てるチームを作るために、練習も厳しかったんです。たしかに涼子ちゃんぐらいの実力だと、ついていくのも難しかったと思います」

夕紀の話を聞きながら、芳晃は当時のことを思い出した。バスケットボール部は上の大会にも出て、学校の期待をかなり集めていたのではなかったか。正面玄関のショーケースにも、トロフィーや賞状が誇らしげに飾ってあった。

「そっか。バスケ部は、男子も女子も頑張ってたよね」

「まあ、顧問の先生には、かなり怒られましたけど。練習が全然足りないって」

「ええと、バスケ部の顧問って？」

「高橋《たかはし》先生と、瀬下《せしも》先生です。女子の顧問は瀬下先生だったんですけど、練習のときは男子も女子も、高橋先生がみてくれてました」

「高橋——」

芳晃は眉間に深いシワを刻んだ。

顧問の高橋幸則《ゆきのり》は、確か三つほど年上だった。体育科の教師で、生徒指導も担当していた。

芳晃はあの高校に、五年間勤務した。高橋が赴任してきたのは、芳晃の一年あとである。四年間同僚だったが、担当教科も違うし、同じ学年部になったこともない。教師は全部で六十名ほどいたこともあって、決して近しい間柄ではなかった。

にもかかわらず、短髪のいかつい顔が脳裏に浮かぶなり、不快になった。

体育教師の性《さが》なのか、高橋は声が大きくて迫力があった。生徒は常に呼び捨てで、気に障ることがあると怒鳴りつける。同僚に接するときも、上から目線の言葉遣いが鼻についた。

高橋が尊大だったのは、自信の表れでもあったのだろう。

本人もバスケットボールの選手で、国体で準優勝したと聞いた。指導者としても、赴任した高校で何度も全国大会に導いたそうだ。

芳晃が最後に勤めた高校は、もともとバスケの強豪校ではなかった。ところが、高橋が着任してからめきめき力をつけ、二年目で関東大会まで進出。その後上位大会の入賞も果たした。

そういう実績も、彼をいっそう傲慢《ごうまん》にしたのではないか。

「高橋先生が、どうかしましたか？」

夕紀の問いかけで、芳晃は過去から引き戻された。

「ああ、いや……学校を辞めてから会ってないし、どうしてるかなと思って」

適当に誤魔化したところで、彼女の視線に気がつく。何かを探るように見つめていたのだ。

（え、どういうことだ？）

つまり、夕紀も高橋が気になるのか。それも、佐々木涼子の死に関係して。

「そう言えば、佐々木さんのことで何か話したいって言ったよね」

思い出して訊ねると、彼女が小さくうなずいた。

「涼子ちゃん、マネージャーに回されて、最初はかなり落ち込んでいたんです。でも、そのうちマネージャーの仕事にもやり甲斐を感じるようになったみたいで、一年生の夏ぐらいからは、練習のときも試合のときも、誰よりも声を出すぐらいに張り切ってたんです」

「そうか……気持ちを切り替えて頑張ったんだね」

「はい。だけど二年生になってから、またちょっと様子がおかしくなったんです」

「どんなふうに？」

「考え込むようになったり、疲れた顔を見せるようになったり。いつもってわけじゃないんですけど、無理をしているみたいに見えました」

涼子の変化を感じ取っていた者は、家族以外にもいたのだ。

「そうなったのは、マネージャーの仕事が大変だったせいなのかな？」

「たぶん……高橋先生に、あれこれやらされていたからだと思うんですけど」

「やらされていたって、何を？」

「教官室の掃除とか、用具庫の整理とか」

「教官室っていうと、体育館の？」

「はい。体育科の先生たちがいた場所です」

教師たちの執務用の部屋として、教務室とは別に、各教科ごとの教官室があった。だいたいは準備室や資料室を兼ねていたが、体育科は新しく建てられた第二体育館に、わりあい広い部屋があったと記憶している。仮眠室付きで、待遇がいいのをやっかんだことも思い出した。

教官室の掃除や整理整頓は、そこに詰める教師たちがすることになっていた。それを高橋は、自らが顧問をする部のマネージャーにやらせていたというのか。

「つまり、高橋先生にこき使われたせいで、佐々木さんの様子がおかしくなったっていうんだね」

「こき使われたっていうか、嫌なこともさせられていたんじゃないかと思うんです」

「え、嫌なこと？」

芳晃は身を乗り出した。

「いつだったか忘れたんですけど、涼子ちゃんが練習中に高橋先生に呼ばれて、しばらく戻ってこないときがあったんです。練習が終わったあと、涼子ちゃんが暗い顔をしていたから、先生に叱られたのかと思って訊いたら、テーピングの実験に付き合わされたと言ってました」

「テーピング？」

「専用のテープをからだに貼って、怪我の予防をしたり、痛みがあるときの応急処置をしたりするやつです。あたしも捻挫《ねんざ》をしかけたときや、筋肉が張って痛くなったときとかに、高橋先生にテーピングをしてもらったことが何回もあります」

運動選手が手足や関節部分などにテープを巻いているのは、芳晃も目にしたことがあった。どれほどの効果があるのかは、されたことがないのでわからない。

「それって効くのかい？」

「痛みが楽になったこともありますし、気休め程度にしか感じなかったこともあります。高橋先生はテーピングの研究をされていたみたいで、細く切ったものを格子状にして貼ったりとか、特殊なやり方もしていました」

「じゃあ、佐々木さんは研究の実験台にされたってこと？」

「って、本人は言ってましたけど」

しかし、それだけのことで暗い顔をするだろうか。

（あいつ、テーピングを口実にして、生徒に手を出したんじゃないか？）

教官室や用具庫に涼子を呼んだのは、そういう行為に及ぶためだったのではないか。どちらの場所も、ふたりっきりになるのには好都合であろう。

かなり怪しいと睨みつつ、高橋が加害者であると、芳晃は決めつけられなかった。証拠がないのはもちろんのこと、彼は生徒指導部の長も務めていたのだ。生徒の逸脱行動を咎める立場で、自らが道を踏みはずすとは考えにくい。

「つまり、佐々木さんはテーピングの実験台にさせられるのが嫌だったんだね」

「でないと、あんな暗い顔はしないと思うんです。あと、これは他の女子部員なんですけど、高橋先生のマッサージが嫌だと言ってました」

「え、マッサージ？」

「練習がキツかったから、脚の筋肉が張って動けなくなる子もいたんです。そうすると、高橋先生がマッサージをしてくれたんですけど、やっぱり女の子だから、男性に脚をさわられるのって抵抗があるじゃないですか。そうすると高橋先生は、お前らのことなんか女として見ていないって言ってました」

今なら、いや、当時でもセクハラに認定される言動である。

「武井さんもマッサージをされたの？」

「はい。でも、あたしはべつに気にならなかったんです。それこそ、先生のことを男として見ていたわけじゃないですから。あの頃、高橋先生って四十近かったですよね？」

「そうだね。そのぐらいだと思う」

「ウチのお父さんとほとんど変わらなかったし、高橋先生には奥さんと子供がいましたから。独身の先生よりも安心できたっていうのはあります」

言われて、高橋に妻子がいたことも思い出した。

（そう言えば、彼の奥さんは絵梨よりも年下じゃなかったか？）

何かの折りに、夫婦の年の差が十六、七もあると知って、かなり驚いたのだ。

（それだけ年齢が離れているのなら、奥さんは教え子だったのかもしれないな）

在学中から手をつけたのだとすれば、もともと若い子が好きだったのか。テーピングやマッサージで女子部員に触れたのも、下心ゆえかもしれない。

そして、陰ではそれ以上の逸脱行為に及んでいたのではないか。

高橋がクロである可能性が高まる。いや、きっとそうだと、芳晃は確信しつつあった。

(佐々木涼子にマネージャーをやらせたのだって、端っから雑務を口実にして弄《もてあそ》ぶつもりだったんじゃないか？)

それは考えすぎでも、マネージャーになったために狙われやすかったのは間違いあるまい。

「筒見先生は、高橋先生のことをどう思ってるんですか？」

ストレートな質問をして、夕紀が真っ直ぐ見つめてくる。何か知ってるんじゃないですかと問い詰めるみたいに。

(高橋の話題を出したのは、佐々木涼子の死に関わりがあると疑ってるからなんだよな)

性被害に遭ったことも、薄々《うすうす》感づいているのではないか。とは言え、不確かな推測を口にするのははばかられた。

「おれよりも、武井さんがどう思っているのかが知りたいんだけど」

問い返しに、夕紀が目を伏せる。何か話したいことがあるのか、唇を小さく動かした。

高橋は父親とほとんど変わらないと、彼女は言った。ならば、父親不在の涼子が、顧問を父のように慕ってもおかしくない。マネージャーをするよう命じられ、本意ではないのに従ったのだって、顧問に対する信頼の念があってこそだろう。

高橋は、そんな彼女の気持ちを利用して、肉体までも支配したのではないか。

「あの——」

夕紀が意を決したように口を開く。

「あたし、涼子ちゃんに会ってるんです。一年半ぐらい前に」

それは、涼子が再び塞ぎ込むようになった前ではないか。

「え、どこで？」

「社会教育の、バスケットボールのサークルで。勤め先の近くで活動してるって聞いて、お試しで参加したら、涼子ちゃんがいたんです。高校卒業以来だから久しぶりだねって、ふたりとも大はしゃぎだったんですよ」

夕紀が目を細め、微笑《びしょう》を浮かべる。再会したときを思い出したのだろう。

「そのサークルって、バスケ好きが集まって、その日の人数に応じてゲームをしたり練習をしたりっていう、気楽に参加できるやつだったんです。涼子ちゃんも、仕事が忙しくないときだけ出てたみたいで、ずっとやってなかったから腕が落ちたって笑ってました」

涼子はすっかり立ち直り、元気だったようである。だったら、どうして自殺するまで思い詰めたのか。

「サークルの活動は週一で、あたしも出たり出なかったりだったから、涼子ちゃんとは三回ぐらいしか顔を合わせませんでした。そのうち、全然見なくなって、他のメンバーに訊いてもずっと来てないって言われたから、仕事が忙しくて辞めたと思ってたんです」

「連絡先とか、交換してなかったの？」

「してましたけど、メッセージを送っても返信がなくて。そのうち繋がらなくなったから、ひょっとして機種変でもしたのかなって、深刻には考えなかったんです」

実際には、すでに亡くなっていたのだ。会えなくなった理由が自殺であったと、夕紀は芳晃からの電話で知ったのである。

「そっか……サークルで会ったとき、佐々木さんに変わった様子はなかった？」

「ええ、なにも」

首を横に振ってから、夕紀が「でも——」と言葉を継ぐ。

「涼子ちゃんと会えなくなって、しばらく経ってからなんですけど、サークルで使っている体育館で、あたし……会ったんです」

「誰に？」

「高橋先生です」

芳晃の心臓が、不穏な高鳴りを示す。

「じゃあ、高橋先生もサークルの参加者だったの？」

「そうじゃなくて、もっと本格的にバスケットボールをしているチームがあって、その監督をしてるって言ってました。そっちの活動日は、あたしが参加してたサークルと違ってたんですけど、練習や試合の日程を組むのに、高橋先生は体育館に来てたんです」

夕紀がひとりうなずく。何かを確信しているふうに。

「だから涼子ちゃんも、あそこで高橋先生と会った可能性がありますよね」

友人の自殺に元顧問教師が関わっていると、彼女は考えているのだ。

涼子が高橋に犯されたのなら、再会したことでかつての恥辱《ちじょく》や恐怖が蘇るはず。さらに、過去の関係をネタに再び肉体を求められようものなら、後がないと絶望するだろう。

そのため自殺を選んだのではないか。少なくとも辻褄《つじつま》は合う。

「武井さんは、佐々木さんが自殺したのは、高橋先生に会ったせいだと思ってるのかい？」

「わかりません」

夕紀が口許を歪める。真相に手が届かず、焦れているふうな面差しを見せた。

「先生は、どう思われますか？」

「おれもわからないけど……正直、武井さんと会って話すまで、高橋先生のことなんかすっかり忘れていたんだ」

「あたしは、先生と電話で話したとき、涼子ちゃんの色んなことを思い出して、それと一緒に、なぜだか高橋先生が浮かんだんです。バスケ部の顧問だったから、当然と言えば当然なんですけど、それだけじゃない気がして。だから筒見先生と会って、話がしたかったんです」

彼女は高校生のときから、無意識のうちに涼子と高橋の関係を気にかけていたのかもしれない。それが大人になってからの再会とも結びついて、強い疑念が生じたのではないか。

「涼子ちゃんのご遺族の方が、自殺した理由を知りたがっていると先生はおっしゃいましたけど、本当に何もわからないんですか？」

夕紀が縋るように問う。涼子が性被害に遭っていたことを打ち明けるべきかどうか、芳晃は迷った。話せば高橋が加害者であると、証拠もないまま彼女が確信するからだ。

だが、ほとんど手掛かりがなかった中で、夕紀はようやく巡り会えた証人だ。すべて打ち明ければ、他に知っていそうな友人を紹介してくれるかもしれない。

（ここは、この子を信用するしかないんだ）

芳晃は心を決めた。「実は――」と、彼女に事実を告げる。

「そんな……」

夕紀は涙をこぼし、小さく嗚咽した。

3

夕紀は責任を痛感している様子であった。同じ部活動だったのに、どうして悩みや苦しみに気がついてあげられなかったのかと。また、生前にも会っていたから、あれは助けられる最後のチャンスだったのにと、自らを責めずにいられなかったようだ。

もちろん、彼女が悪いのではない。すべての元凶は、涼子を穢した男なのだ。そいつが高橋だったという証拠は、今のところ何もない。怪しむべき要素はあるし、他にそういうことが可能だった人物が浮かばない以上、限りなくクロに近いけれど。

高橋は部活動の顧問と並行して、社会教育のチームにも携わっているのか。ふと疑問に思って夕紀に訊ねると、彼が現在勤務する高校にはバスケットボール部がなく、外で監督をしていると本人から教えられたそうである。

それも妙な話だ。あれだけの実績があるのなら、強豪校が放っておくまい。高校の体育連盟も指導者としての実績を考慮して、異動に口を出すはずだ。

もしかしたら、表沙汰にこそなっていなくても問題を起こし、顧問ができなくなったのではないか。セクハラやパワハラが問題視されたのなら、いかにもという気がする。

何かわかったら教えるから、今日のことは口外しないようにと頼んで、芳晃は夕紀と別れた。その前に、何か知っている可能性のある元バスケ部員を紹介された。また、他の被害者も想定して、目を掛けられていた子や、何らかの事情で退部した子も教えてもらった。

芳晃は、それらひとりひとりと連絡を取った。電話で話したのみだが、残念ながら新たに判明したことはなかった。

こちらから高橋の名前は出さなかった。誘導して得られた証言では証拠にならないと思って。それでも、何人かは問わずとも彼のことを話し、セクハラじみた言動があったとわかった。

　しかし、そこまでである。

　涼子が何も明らかにせぬまま死を選んだのは、高橋のやり方が巧妙だったためもあるのではないか。欲望のままに弄んだとは思えない。狡猾《こうかつ》だったからこそ、生徒のあいだに噂が広まることもなかったのだろう。

　生徒が手詰まりなら、当時の同僚に情報を求めるしかない。頼みの綱はただひとり、女子バスケットボール部の顧問をしていた、瀬下典子《のりこ》である。

　芳晃が勤務した最後の年、彼女は新採用の二年目だった。同じ学年部だったことが幸いし、携帯のアドレス帳に連絡先が残っていた。

　できれば会って話を聞きたいところだが、彼女が現在、どこに勤務しているのかわからない。教師を続けているかどうかも不明だ。

　とりあえず現況を知るため、在宅しているであろう夜を待って、携帯に電話を掛けた。番号が変わっていないことを願いながら。

　呼び出し音が二回鳴ってから、先方が出る。

『はい、鈴木《すずき》です』

　はずんだ声での応答に、芳晃は絶句した。番号が別人のものに変わったのかと思ったのだ。

『あ、すみません。わたし瀬下です。筒見先生ですよね？』

明るく告げられて、ようやく納得する。結婚して苗字《みようじ》が変わっていたらしい。典子のほうも登録した番号が残っていたから、芳晃からの電話だとすぐにわかったようだ。

「ああ、ごめん。お久しぶり」

『お久しぶりです。急に筒見先生から電話が来たからびっくりしました』

声を聞くことで、かつての彼女をありありと思い出す。明るくて話し好きだったなと。

そのとき、電話口の向こうで赤ん坊の泣き声がした。

「あ、ごめん。都合が悪いようなら、改めて掛け直すけど」

『ああ、平気です。ちょっと待ってくださいね。部屋を移りますので』

パタパタと足音が聞こえる。会話に支障のないところへ移動しているようだ。

『お待たせしました。ここなら大丈夫です』

「申し訳ない。元気だった？」

『はい、おかげさまで』

「瀬下——鈴木さんか、いつ結婚したの？」

『おととしです。二校目でダンナと知り合って、寿《ことぶき》退職しました』

「そうなんだ。てことは、旦那さんも先生なんだね」

『はい』

結婚後、夫が東北の郷里に戻ったため、一緒についてきたと典子は言った。

「さっき、赤ちゃんが泣いてたみたいだけど、大丈夫なの？」

『はい。お義母《かあ》さんがみてくれてますので。ダンナの両親が家事も子育ても手伝ってくれるので、すごく助かってます』

夫の実家で、義両親とも仲良くやっているようだ。ただ、東北となると、会うのは難しい。

「ええと、ちょっと話が長くなるかもしれないし、迷惑だったら別の機会を考えるから、遠慮しないで言ってね」

『わかりました』

「実は、今度週刊誌の記事を書くことになって――」

学校の性被害について執筆すること、その取材の過程で、たまたま教え子の事例に遭遇したことを手短に伝える。

『え、あの子が？』

涼子の自殺を伝えると、典子はかなり驚いた様子だった。どんな生徒だったか、ちゃんと憶えているらしい。

「それで、妹さんに頼まれたこともあって、彼女に何があったのか調べてるんだけど、鈴木さん、心当たりってないかな？」

問いかけに、すぐの返答はなかった。深い息づかいが聞こえたから、懸命に気持ちを落ち着かせていたのかもしれない。

『……心当たりというか、あのひとしか考えられません』

間を置いて、彼女が断定する。

「あのひとって？」

『高橋先生です。バスケ部の顧問だった』

「何か知ってるの？」

声の震えを抑えて訊ねると、典子は『知ってるっていうか――』と言葉を濁した。打ち明けることを躊躇《ちゅうちょ》したのではなく、記憶を整理するために必要な間であったらしい。

『部活動中に、佐々木さんが高橋先生に呼ばれたことがあったんです。たぶん、教官室に行ったと思うんですけど。そのあいだ、体育館のほうはわたしが見てました』

「うん。それで？」

『活動時間の終わり近くになって、先に高橋先生が戻られたんです。そのあと、最後のミーティングの最中に佐々木さんが体育館に現れたんですけど、やけに暗い顔をしていたんです』

では、そのときに、ふたりのあいだに何かがあったというのか。

「それって、いつぐらいの話？」

『ええと、二年生の夏──たしか夏休み中だったと思います。佐々木さん、明るくてしっかりしてたから、そのときはすごく気になって。終わったあと、高橋先生に叱られたのって訊いたら、小さくうなずきました』

「どうして叱られたんだろう？」

『そこまでは確認しなかったんですけど、マネージャーの仕事はちゃんとやってましたから、思い当たることがなかったんです』

　高橋に呼ばれたあとで涼子が暗い顔をしていたというのは、武井夕紀も証言している。

『その一、二週間後だったか、同じ夏休み中の練習で、また佐々木さんが高橋先生に呼ばれたんです。で、やっぱり様子がおかしかったので、部活動のあと、高橋先生に言ったんです。佐々木さんのこと、あまり厳しく叱らないほうがいいですよって。真面目な子だし、深刻に受け止めすぎるかもしれないから』

「高橋先生は何て？」

『そうかって、ちょっとびっくりした顔をしてました。追い詰めてる意識がないのかなって、そのときは思ったんです。ただ、そのあとはそういうことがなかったので、高橋先生に理解してもらえたんだなって安心してました』

　涼子の性被害が短期間で終わらなかったのは、日記からも明らかだ。高橋が加害者だったとすれば、典子の忠告でやめたとは思えない。

「じゃあ、高橋先生と佐々木涼子に何かあったっていうのは、鈴木さんが知っている限りだと二回ってこと？」

『いえ、まだあります。わたしが気になるのは、むしろそっちのほうなんですけど』

「そっちのほうって？」

『佐々木さんが三年生のときです。確か冬休みの前ぐらいで、部活動のほうはとっくに引退していたはずなのに、高橋先生と一緒にいるのを見かけたんです』

「どこで？」

『C棟の、何階だったか、階段の踊り場で。わたしは、同じ学年部の先生に言伝《ことづて》があって行ったんですけど、どうしてこんなところにって不思議に思ったんです』

「C棟――」

最後に勤めた高校は、体育館以外の建物が三棟あった。C棟は芸術系や家庭系、情報系の特別教室があったところだ。体育教師には用のない場所である。

教官室があるから、彼も同僚に会いに行ったという説明は成り立つ。だが、涼子とふたりでいたのなら、目的はきっと彼女だ。

「それは休み時間に？」

『いいえ。放課後の遅い時間に。三年生だから、帰るか図書室で勉強するかなのに図書室はB棟だったから、涼子もC棟に行く用事などあるまい。

「ふたりは何をしてたの？」

『何をってことはなかったんですけど、わたしを見て、佐々木さんのほうは焦った感じで顔を背《そむ》けました。高橋先生は普段と変わらない態度で、だから佐々木さんが何か注意されていたのかって考えたんです。でも、それならあんな場所でするはずがないですよね』

典子の話を聞きながら、芳晃は思い出した。C棟の階段は、防火扉で区切られる階段室の構造だったことを。そして、トイレのドアも廊下ではなく、階段側にあった。そのため、出入りがひと目につきにくいのだ。

ましてC棟なら、放課後ともなれば生徒はほとんど寄りつかない。

（まさか、トイレを利用していかがわしいことを――）

典子が目撃したのは、行為が終わったあとのふたりだったのではないか。それなら、涼子が顔を背けたのも納得できる。

『その日の帰り際、ちょうど高橋先生と顔を合わせたので、佐々木さんに何の用事があったのか訊いたんです。そうしたら、二年生のマネージャーに仕事を教えるよう頼んだんだって。わたしが、受験生なのに可哀想ですよって言ったら、断られたって笑ってました』

「本当にそうだったのかな？」

『佐々木さんに確認しなかったので、何とも言えませんけど。わたしはあとで、密会でもしてたんじゃないかって疑ったんです。場所も場所ですし、見た感じの雰囲気も、どうも怪しかったから。ただ、親子みたいな年の差で、さすがにそれはないかって考え直しましたけど』

トイレで行為に及んだとまでは、想像しなかったらしい。それでも、高橋が何かよからぬことをしたのだと、典子も今になって確信したようだ。

『あのときも、佐々木さんは高橋先生に何かされたんだと思います。それ以外にも、何度もあったんじゃないでしょうか。でなければ、自殺するまで思い詰めませんよね』

「うん……」

『佐々木さんを追い詰めたのは高橋先生です。きっと』

典子が断言する。芳晃も同じ思いではあったが、決定的な証拠が示されたわけではない。

「他に、これはっていう根拠はあるの？」

訊ねると、彼女は『あります』と即答した。

『佐々木さんじゃないんですけど、バスケ部の女子の何人かから、苦情を言われたことがあったんです。高橋先生のセクハラについて』

「その子たちも何かされたの？」

『部活中におしりを叩かれたとか、体形に関して性的な発言をされたとか。あと、テーピングのときに、必要のないところまでさわられたと訴えた子もいました』

元バスケ部員たちに電話で訊ねたときも、同じような話が出てきた。

「その件は高橋先生に伝えたの？　生徒から苦情があったって」

『いいえ。わたしがそうするって言っても、彼女たちが拒んだんです』

「どうして？」

『やっぱり、怖かったみたいです。あと、先生に睨まれて、レギュラーを外されたくないって気持ちもあったんじゃないでしょうか。だから、わたしのほうで高橋先生を見ていて、行き過ぎた発言やスキンシップがあったときに、よくないですよって注意をするようにしました』

「効果はあったの？」

『わたしがいるときには、目立つ行為はなくなったようでした。ただ、いないときにどうだったのかはわかりません。いちおう、生徒たちの訴えはなくなりましたけど』

「じゃあ、改めたのかな」

『でも、女子たちを不快にさせたのは事実ですし、常習だったのは間違いないと思います』

だから涼子を毒牙にかけてもおかしくないというのか。やはり状況証拠と憶測に過ぎず、決定的なものではない。

『そう言えば、高橋先生が顧問を辞めさせられた理由を、筒見先生はご存知なんですか？』

「え？　ああ、いや」

現任校で、高橋が顧問をしていないことかと思えば、さらに過去の話であった。

『わたしはあそこを四年で出たんですけど、あとで教師を辞めるときに、お世話になった先生たちに連絡したんです。そうしたら、あの高校で仲の良かった先生が、高橋先生のことを教えてくれたんです。女子部員に不適切なことをして、バスケ部の顧問をはずされたって』

芳晃は携帯を手にしたまま、前のめりになった。

「不適切って、何をしたの？」

『詳しいことは、その先生も聞いていないそうです。ほら、そういうのって、上のほうで内々に処理しちゃうじゃないですか。ただ、あとで校長から教職員全体に指導があって、ボディタッチ以上のことがあったらしいとはわかったそうです。そのときに高橋先生も、他の先生たちの前で謝罪したそうです。誤解を招いたとかって、弁解に徹してたみたいですけど』

問題を表沙汰にしないのは、学校ではごく当たり前のことだ。教育的な配慮という名目ながら、教師や管理職の自己保身のためという側面も否定できない。

「じゃあ、顧問を外されて、あとはお咎めなしってこと？」

『どうなんでしょう。戒告とか減給とかあったのかしら？　それなら教育委員会から発表があったでしょうし、そこまではわたしも調べてません』

「そっか……」

『高橋先生はその年度末の異動で、あそこを出たそうです。顧問も外されて、居づらかったんでしょうね。もしかしたら、被害者の生徒や親からの要望だったのかもしれませんけど』

そうすると、次の勤務校では何食わぬ顔をして、顧問に復帰した可能性がある。正式な処分が下されていないのであれば、校長も不祥事を申し送りできなかったであろう。

そして、そこでも何かやらかして、とうとうバスケ部のない学校に異動させられたのか。

「高橋先生が問題を起こしたっていうのは、いつのこと?」

『ええと、わたしが異動した翌年か、その次の年ぐらいだったと思います。すみません。記憶が曖昧で』

「いや。教えてもらえただけでもありがたいよ」

典子は涼子の卒業と同時に異動した。高橋が問題を起こしたのは、その翌年か翌々年になる。ということは、慰み者にしていた生徒が卒業し、後釜《あとがま》をこしらえようとして失敗したのか。

「被害に遭った生徒の名前なんて、わからないよね?」

『はい。わたしに教えてくれた先生は、もしかしたら知っていたのかもしれませんけど』

では、当時あの高校に勤めていた教師に取材すれば、被害生徒の名前がわかるのではな

いか。とりあえず、典子に情報を伝えたのが誰なのか訊ねようとして、

（いや、それでどうしようっていうんだ？）

芳晃は自問した。被害に遭った生徒から高橋のやり口を聞き出せば、涼子に手をかけた証拠が摑めるかもしれないと考えたのであるが、それすらも決定的なものではない。何より、その生徒が未だに性被害を引きずっている可能性がある。思い出させるのは残酷だ。

『筒見先生？』

黙り込んだ芳晃に、典子が声をかける。

「ああ、ごめん」

謝ると、彼女が自身の考えを述べた。

『ほら、性犯罪者って、再犯を繰り返すって言うじゃないですか。高橋先生も、佐々木さんのことで味を占めて、新たな女子生徒を狙ったんじゃないかと思うんです。同じように呼び出したり、ひと気のないところに誘ったりして』

典子は同じ部の顧問として、高橋を近くで見ていたのである。本人をよく知っているぶん、説得力があった。

「じゃあ、おれも高橋先生を調べてみるよ」

芳晃の言葉に、典子は『そうしてください』と期待に満ちた声で告げた。

「ところで、この件を記事にすることになったら、今の話を盛り込んでも大丈夫かな？」

『はい。でも、わたしの名前は出ませんよね？』

「もちろん。迷惑がかからないようにするよ」

『ていうか、高橋先生が自白すればいいんですよね。自分がやったと証言すれば、もう絶対に間違いないわけですから』

簡単に言ってくれると、芳晃は肩をすくめた。佐々木涼子を犯したのかと詰め寄ったところで、たとえ事実だとしても否定されるに決まっている。

（あれ、ちょっと待てよ？）

芳晃は、自身の足下《あしもと》がグラつくのを覚えた。

週刊文光から求められたのは、学校の性被害に関する記事である。それも学校の問題に切り込み、教育改革に繋がる内容だ。特定の教師を断罪しろとは言われていない。

なのに、いつの間にかおかしな方向に進んでしまったようである。

（そうだよ。べつに記事にしなくてもいいんだ）

高橋が加害者であることが濃厚になっても、詳細に記述する必要はない。ひとつの例として取り上げる程度で充分だ。あとは、わかったことを葵に伝えればいい。

そう考えて、いくらか気持ちが楽になる。

（どうせ記事にならないのなら、思い切って高橋に当たるのもいいかもな）

徹底的に調査すると約束したのだ。少しでも確証に近いものを葵に示してあげたい。そうすれば、彼女も何らかの対処ができるのではないか。

「仮に高橋先生に会うとして、どんなふうに話を切り出せばいいのかな」

正直な迷いを口にすると、典子がアドバイスをくれた。

『お酒を飲ませたらいいんじゃないですか？』

「え、お酒？」

『高橋先生って、飲むと普段以上にお喋りになったんです。大会のあとの飲み会に、わたしは何度も付き合わされたんですけど、そのたびに大きな声でまくしたてられて、すごく嫌だったんです。しかも自慢話ばかりするんですよ』

高橋と親しい付き合いのなかった芳晃は、彼の酒癖など知らなかった。勤務校の親睦会《しんぼくかい》で、やけに大声で話していたのは憶えているが、それだけで閉口し、近寄らなかったのである。

（そうすると、酔わせておだてれば、口を滑らせる可能性があるな）

酔った状態での告白など、もちろん証拠としては使えない。だが、酔って本音が出る場合もあるし、傍証にはなるだろう。そのときに録音したものを、葵に渡せばいい。

「じゃあ、取材と称して会ってみるよ。飲ませておだてれば、何か聞き出せるかもしれないし」

『是非そうしてください。佐々木さんのためにも』

涼子の面影が浮かぶ。「頑張ってみるよ」と、芳晃はふたりに約束した。

かつての同僚に連絡して、高橋の現任校は容易に突き止められた。芳晃は昼休みを狙って学校に電話を入れ、氏名と身分を名乗った上で彼に取り次いでもらった。

『はい、高橋ですが』

どこか突き放した口振りで名乗られ、不快感が上昇する。もともと好ましく思っていない相手だったが、こいつが涼子をと考えるだけで、苦い胃酸がこみ上げた。

芳晃が名乗っても、高橋はピンと来ていない様子だった。それでも、一緒に勤めた学校名を告げると、ようやく思い出したようだ。

『ああ、筒見君か。たしか教師を辞めたんだよな』

デリカシーのない大声に、苛立ちが募る。どこで電話を受けているのかわからないが、教務室だとしたら他の教師たちにも聞かれているであろう。

もっとも、敵をこちらの土俵に上げるには、自尊心をくすぐり、その気にさせねばならない。それには聴衆がいたほうが好都合だ。芳晃は、部活指導について取材したいと告げた。

『なんだ、おれを取材するってか』

案の定、高橋は嬉しそうに言った。声のトーンを上げっぱなしだったから、他の同僚に聞かせたかったのだろう。

一献《いっこん》傾けながらじっくり話を聞きたいので、都合のいい日時を教えてほしいと頼めば、

『近いうちにか？　けっこう予定が入ってるからなあ』

彼は勿体《もったい》をつけたあと、二日後の夜を指定してきた。そこしか空いていないと、忙しさをアピールして。

いちおう場所の希望も訊ねたところ、都心にしてくれと言った。他人の金で飲むのなら、高い店がいいと考えたのではないか。だったらと、新宿駅東口で待ち合わせることにした。時間を確認し、携帯番号も聞いて、芳晃は電話を切ろうとした。ところが高橋は、どんなことを質問するのか、何か必要なものがあれば持っていくぞなどと、会話を続けたがった。

そのため、ようやく解放されたときには、どっと疲れを覚えた。

（まったく、何てやつだ）

しばらく不愉快な気分が抜けなかったが、得たものもあった。高橋がかなり話し好きなのと、自己アピールぶりが顕著なことだ。

（うまく誘導すれば、本当に洗いざらい喋るかもな）

もちろん素面《しらふ》では無理だろう。酔わせて、おだてて、何でも話せる雰囲気に持っていけば、女子生徒との不適切な関係も打ち明けるのではないか。それも、悪びれもせず自慢げ

に。

想像するだけで虫唾《むしず》が走るものの、そこまで持っていかねばならないのだ。当日は嫌悪や反感を包み隠し、愛想笑いとご機嫌取りで乗り切るしかない。

芳晃はさっそく店の予約をすると、二日後の対決のために計画を練った。

4

待ち合わせ場所である紀伊國屋《きのくにや》書店前に、芳晃は早めに到着した。こちらから依頼した手前、先方を待たせるわけにはいかないからだ。

高橋のほうも、約束の五分前に現れた。体育会系ゆえ時間厳守が身についているのだろう。

「おお、久しぶりだなあ」

満面の笑みで右手を挙げた彼は、同僚だったときと変わらぬ短髪ながら、白いものが目立つ。浅黒い顔は、五十前にしてはシワが多く、腹もいくらか出ているようだ。

「お忙しいところ、ありがとうございます」

芳晃が頭を下げると、高橋がかぶりを振る。

「そんな他人行儀にするなよ。こっちも気を遣うだろ」

寛大であることを、昔と変わらぬよく通る声で説く。周囲の何人かの視線がこちらに向いたから、デリカシーのない大声が耳障りだったのか。

「いや、すいません。いつもの取材のクセが出てしまって。有名な教育者に会うことも少なくないから、どうしても腰が低くなるんですよ」

言葉遣いをいくらか改め、適当なことを述べる。彼は「おお、そうか」とうなずいた。自分も有名な取材相手のひとりだと受け止めたのかもしれない。

「じゃあ、席を用意してあるので、案内します」

芳晃は先導して足を進めた。新宿通りから、伊勢丹《いせたん》の裏手側に入る。

予約した店は、魚と日本酒が旨《うま》いところである。店構えも、中に入った上がり口も、居酒屋というよりは和風旅館の趣《おもむき》だ。部屋もすべて畳敷きの個室である。

「なかなかいいところじゃないか」

部屋に通されると、上座《かみざ》に胡坐《あぐら》をかいた高橋が感心した面持ちで言う。お気に召したらしい。

「ここは魚料理が評判なんです。刺身はもちろん、焼き物も煮魚も。旬の魚から、お好みのものが選べるんです」

「なるほど」

「日本酒も、全国の銘酒が揃ってますから、好きなものを頼んでください」

「いいねえ。昔は外食といえば肉が中心だったけど、さすがにこの年になると凭《もた》れるようになってね。酒も強い洋酒をあおるんじゃなくて、日本酒をじっくり味わうようになったよ」

「この年ったって、まだ若いでしょう」

「来年は五十だぜ」

渋い顔を見せた高橋が、メニューを開く。そのタイミングを狙ったかのように、作務衣《さむえ》姿の店員が「失礼します」と部屋に入ってきた。魚を何尾も載せた、大きな竹ざるを持って。

「こちらが、本日のお勧めとなっております」

仕入れてきた旬の魚を、どのように食べるのがお勧めかも併せて紹介する。高橋は文字通りに食指《しょくし》を動かされたらしく、目を輝かせた。三種のお造りの他、焼き魚も注文する。

「最初はビールで乾杯したいな。どうだ？」

言われて、芳晃は「いいですね」と同意した。魚以外の料理はあとでと伝えると、店員が退出する。

「値段なんか見ないで注文しちゃったけど、大丈夫か？」

「ええ。経費というか、取材費で落ちるので」

芳晃が答えると、高橋がなるほどという顔でうなずく。

「自分の懐《ふところ》を痛めずに飲み食いができるなんて、まったく羨ましいよ」

などと言いながら、その実こちらを蔑《さげす》んでいるのは、表情や口振りからわかった。

「まあ、そうでないと、こういう店では飲めませんからね」

「そうだろ。じゃあ、今日はたっぷり飲ませてもらうとするか」

「ええ。遠慮なくどうぞ」

彼はさっそくメニューの料理を眺めだした。

庶民的な居酒屋と比較すれば、値が張るのは間違いない。取材費として週刊文光に認めてもらえなかったとしても、真実を明らかにできるのなら、自腹を切っても惜しくはなかった。

生ビールとお通しが運ばれてくる。高橋は追加の料理を注文し、

「それじゃ、乾杯」

彼の音頭で、ふたりはジョッキを合わせた。

ビールに口をつけ、まずは近況報告から始まったものの、芳晃は自分のことをほとんど話さなかった。こちらが高橋に最近の様子を質問しても、彼のほうは何も訊いてこなかったからだ。要は、かつての同僚に興味がないわけである。

しかし、芳晃にとっては都合がいい。話を聞き出すために、この席を設けたのだから。

ビールを飲み干し、高橋が日本酒を注文したのを見計らって、芳晃はボイスレコーダーと取材ノートを取り出した。

「いちおうメモも取りますけど、録音もさせてもらいます」

了解を求めると、「好きにしていいぞ」と言われる。

機器を録音状態にしてから、芳晃は改めて取材目的を話した。部活指導に関して功績のあった教師に、指導方針や具体的な方法を述べてほしいのだと。また、今後の指導の在り方も提言してもらいたいと、電話で話したよりも詳細に意図を伝えた。

もちろん、本当に聞きたいのは、そんなことではない。

「わかった。いくらでも話してやるぞ」

高橋は冷酒のグラスを口に運び、喉を鳴らして飲んだ。

まだそれほどアルコールが入っていないうちから、彼は饒舌《じょうぜつ》であった。典子が言ったとおり、もともと自慢話が好きなようで、つまるところ称賛されたいのだ。

芳晃は感心したフリを装って耳を傾け、ふんふんとうなずき、なるほどと大袈裟に相槌を打った。それにより、高橋は上機嫌で話を続け、酒も進む。

冷酒が燗酒《かんざけ》になり、一合徳利《どっくり》が二合になる。一を聞いて十を知るどころか、一の質問で十を答えるといった具合に、彼は赤黒くなった顔で弁舌《べんぜつ》を振るった。

途中、探りを入れるかたちで、男子と女子で指導に違いがあったのかを訊ねる。すると、区別したことは一度もないと答えた。

「今はなんだ、男女平等とか男女同権とか、差をつけることが間違っているとうるさく言われてるけどさ、おれはそれを昔からやってたわけだよ。先見の明があったとかじゃなく、それが当たり前だと思っていたんだ。だから、男だろうが女だろうが関係なく、厳しく指導したよ。間違ったら怒鳴りつけて、それこそ昔は手を出したことだってあったさ」

平等や同権の意味を履き違えていても、芳晃は黙ってうなずいた。体罰にしたところで、以前は許されていたという口振りながら、高橋が採用されたときから禁止されていたはずだ。

「同じように厳しくしたら、女子のほうは男子よりも耐性がないでしょうから、反発したり、部活を辞めたりなんてことはなかったんですか？」

「反発はあったな。だけど、それぐらいで怯んでいたら、顧問なんて務まらんよ。大切なのは信頼関係さ。こっちを信頼していれば、生徒は最終的にはついてくるものなんだ。だから、卒業するときにはみんな、バスケットボールをやってよかったと泣いてたよ」

みんながみんなそうじゃなかったはずだと、喉まで出かかった言葉を呑み込む。実際にそういう生徒はいただろうし、彼を尊敬する者も少なくあるまい。だからと言って、都合のいい側面ばかりを見て、負の部分を蔑《ないがし》ろにしていいはずがない。

今後の部活動の在り方について話題を移すと、高橋は初めて表情を曇らせた。

「おれのやり方が通用しなくなってるのは確かだな。そのせいで、部活動が単なるボールゲームになっちまってる。あんなのはスポーツじゃないし、生徒は何も学べない」

現状への不満が、言葉のみならず表情からも窺える。そして、

「だから、今は顧問をやってないんだ」

苦々《にがにが》しげに言う。芳晃は「え、どうしてなんですか？」と、わざと驚いてみせた。

「おれから願い下げだって断ったんだよ。ちょっと厳しくしただけでやる気をなくすような軟弱な連中じゃ、何をどうしたってモノにならないからな」

自分から退《しりぞ》いたと言いたいらしいが、もちろん芳晃は事実として受け止めなかった。

「そうすると、今はバスケットボールに関わってないんですか？」

「社会教育でチームの指導をしてるよ。まあ、ボランティアだけどな。やる気のあるメンバーが集まっているから、ガキ共のお遊びに付き合うよりはずっとマシさ」

高橋が忌《い》ま忌《い》ましそうに鼻を鳴らす。気分を害してはまずいと、芳晃はフォローした。

「だけど、それまでの実績を認めないっていうのは、学校もどうかしてますよね。今回の記事で、部活指導の在り方が見直されて、高橋先生が活躍できるようになればいいんですけど」

心にもないおべんちゃらに、彼は我が意を得たりという顔つきで首肯した。

「そうなんだよ。上の連中は勝て勝てと成果を求めるくせに、あれをするなこれをするなと文句ばかりつけるんだ。無責任なんだよな」

高橋が徳利を勧めてくる。取材だからと、芳晃はなるべく飲まないようにしていたのだ

が、このときは盃《さかずき》を受けた。彼がすっかり気を許したのがわかったからだ。最初に提示したテーマを取材し終えると、芳晃はボイスレコーダーをテーブルの下へ置いた。但し、録音状態をキープしたままで。警戒せずに喋ってもらうためである。

「今日はたくさんの話が聞けて、いい取材ができました。まだ料理が残ってますから、じゃんじゃん飲んでください」

「おお、悪いな」

高橋が嬉しそうに目を細める。すでに八合は飲んでいるはずで、呂律《ろれつ》もあやしい。だいぶ酔いが回っているようだ。

「ところで、ご家族の皆さんはお元気ですか？」

「ああ、元気だよ」

「そう言えば、奥さんってかなりお若かったですよね」

教え子と結婚したのなら、そこから話題に入れると思ったのである。

「若くないさ。もう三十三だ」

「いや、僕の妻よりも下じゃないですか。ウチだって十歳違いなのに、ええと、十六歳も離れてるんですか？」

「そのぐらいの年の差は、べつに普通だよ」

そう言いながら、満更でもなさそうに頬を緩める。芳晃が驚いたから得意になっているのだ。

「ひょっとして、奥さんって教え子なんですか？」

「まあな」

あっさり認めたところを見ると、親しい同僚や友人になら明かしていたのだろうか。

「そうなんですか。そういう方もいると聞いたことはあったんですけど、身近にいたとは思いませんでした」

「筒見君のところも教え子じゃないのかい？」

「違いますよ。妻と知り合ったときには、とっくに成人してましたから。それに、教え子に手を出す勇気もありません」

わざと品のない発言をすると、高橋も乗ってきた。

「おい、誤解するなよ。おれだって、ウチのやつとそういう関係になったのは、卒業させたあとなんだからな」

「ええ、もちろんわかっています」

本当にそうなのか不確かであるが、結婚相手のことはどうでもいい。肝腎なのは、他の少女たちにも手を出したのかどうかだ。

「奥さんもバスケ部の部員だったんですか？」

「ああ、そうだよ」

「なるほど、さっき先生が言われていたとおり、信頼関係があったからこそ、人生を共に歩むまでの仲になったんですね」

「うん。そういうことさ」

「だけど、そうやって信頼関係を築いていったら、それこそ奥さん以外にも、先生を好きになる女子部員がいたんじゃないですか？」

「まあ、そういうのは、毎年のようにいたかな」

ニヤリと下卑《げび》た笑みを浮かべた彼は、教師ではなく牡《おす》の顔になっていた。

「やっぱりモテるんですね」

羨ましそうに言うと、高橋は「当たり前だろ」と顎をしゃくった。

「だからこそ、厳しく指導してもついてくるんだよ。顧問というだけじゃなくて、男としての魅力もあるんだからな。そもそもあの年頃っていうのは、周囲の男どもがガキっぽく見えるから、おれみたいな大人の男に惹《ひ》かれるものなんだよ」

嫌悪感で胸がムカムカするのを覚えつつ、芳晃は話を合わせた。

「確かにそうかもしれないですね。それじゃあ、女子部員から告白されたら、先生はどうしてたんですか？　もちろん、奥さん以外の話ですけど」

「そりゃ、ちゃんと相手をしてやらないと、女は拗《す》ねるからな。部内の士気が乱れても困るし、しっかり満足させてやったさ」

　つまり、関係を持ったということなのか。彼が《わかるだろ》と言いたげに目を細めたことで、芳晃は間違いないと悟った。

　結婚前か、あるいは結婚後も、高橋に想いを寄せる女子生徒がいたのは事実かもしれない。それで味を占めて、気に入った子が自分のものになると思い込んだのではあるまいか。

「いやもう、モテるの次元が違いますね」

　恐れ入りましたという態度で頭を下げると、彼は愉快そうに笑った。

「それこそが男としての差なんだよ。そもそも十六、七になれば、女だって性欲が湧いて、男を欲しがるようになるんだ。だったら、女の扱いを知らない未熟なガキよりは、大人の男に抱かれたほうが彼女たちも幸せなのさ」

　いよいよ箍《たが》が外れて本音が出てきた。もう少しだと、芳晃は不快感を包み隠して訊ねた。

「そうすると、たとえば気に入った女子生徒がいた場合、先生のほうから声をかけるなんてこともあったんですか？」

「まあ、なかったとは言えないな」

　曖昧ながら、あっさり認めたことに驚く。これならどんな質問にも答えるのではないか。

「だけど、そこはテクニックだよ。こっちからぐいぐい行くんじゃなくて、向こうにそういう気持ちを起こさせるのさ。ちょっとしたしぐさとか、言葉とか、ボディタッチで。そうすれば女なんて意のままだよ」

セクハラをしていましたと告白したも同然だ。高橋はますます調子づいた。

「もちろん、多少の強引さは必要だけどな。女は男にリードされたがるものだから」

「そうなんですか。僕はそういうアプローチは、まったくしたことがないので」

「だからモテないのさ」

決めつけに怒りが募ったが、顔には出さない。ここは我慢のしどころだ。

「僕が担任していたクラスにも、バスケ部の女子がいましたけど、高橋先生に憧れていた子もいたんですかね」

「うん、誰がいたんだ？」

「ええと――」

芳晃は涼子以外の名前を順番に挙げた。彼女の件で連絡を取ったバスケ部員たちだ。高橋は記憶を手繰《たぐ》るような面差しで聞き流していたが、

「あとは佐々木涼子も」

最後にその名前を告げるなり、彼の表情に変化が現れる。

「ああ、佐々木か」

相好《そうごう》を崩すという顔つきを、芳晃は初めて目の当たりにした気がした。

「憶えてるんですか？」

声の震えを抑えて訊ねると、「そうだな」とうなずく。

「正直、バスケの腕はそんなによくなかったな。だからマネージャーとして頑張るよう励ましたんだが、それがよかったんだな。しっかりおれのサポートをしてくれたよ」

「サポートというと？」

「まあ、公私ともにってやつかな」

遠い目をして盃を口に運んだ高橋に、芳晃は飛びかかりたくなるのを必死で堪えた。

「じゃあ、彼女も先生を慕ってたんですね」

「ああ。部活を引退したあとも、おれのところに来てくれたぐらいだし。顧問じゃなくて、男として惹かれてたってことさ」

部活を引退したあともというのは、典子がC棟でふたりを目撃した件と合致する。だが、本当に惹かれていたのなら、あんな日記は書かない。まして、自ら命を絶つなんてことも。

「ああ、そう言えば――」

何かを思い出したか、彼が盃をテーブルに置く。

「え、何か？」

「うん。去年だったかな、佐々木に会ったんだよ。おれが社教でバスケのコーチをしている体育館でさ」

やはり涼子は、高橋と再会していたのだ。武井夕紀が推察したとおりに。

「それはたまたまなんですか？」

「いやあ、どうなのかな。もしかしたら、おれがあそこにいると知ってて、佐々木が偶然を装っただけかもしれないし」

ぐふっと、下品な音が彼の喉からこぼれる。

「だから、これからも昔みたいによろしくやろうぜと声をかけたんだが、そのあとは会ってないな。照れくさくなったのか、他に男がいて、おれに夢中になるのはまずいと戒《いまし》めたのか」

偶然ではなく意図的に再会したのなら、そんな心境にはなるまい。発言の矛盾に気づくことなく、高橋はさらなる暴言を口にした。

「まあ、おれのことが忘れられないのは間違いないな。何しろ、女にしてやったんだからら」

これで間違いない。こいつが加害者だ。

涼子の本心も、自殺したことも、彼は知らないのだ。その事実を突きつけたい衝動に駆られ、芳晃は思わず立ちあがった。

「ん、どうした?」

高橋がきょとんとしてこちらを見あげる。少しも悪びれない態度に、今度は著《いちじる》しい脱力感に苛まれた。

「いや——すみません。御手洗いに」

「ああ、行ってこい」

横柄な態度にも、何の感情も湧いてこない。芳晃は「失礼します」と頭を下げ、部屋を出た。

トイレに入り、特に尿意など覚えないまま便器の前に立つ。いったい何をやっているのかと、虚しさが胸に巣くっていた。

真実を暴くという意味では、今回の対決は成功したと言える。涼子を死に追いやったのが高橋なのは、紛う方なき事実だ。

しかしながら、発言以外の証拠はない。録音されたものを盾《たて》に詰め寄ったところで、酔って話を合わせただけだと否定するであろう。彼が反省や後悔、償いとは無縁の人間であることを、芳晃はこの短時間で嫌と言うほど思い知らされた。

ならば、どうすればいいのか。記事にまとめたところで、涼子の妹――葵が望んだように高橋の名前を出すのは、やはり不可能だ。匿名の事例で世に知らせることしかできない。あまりに無力だと、自己嫌悪に陥る。週刊文光の依頼を受けたときには、記事を書くことで何かが変わると期待できたのに。今は期待はおろか、わずかな希望すら持てなかった。

今後も涼子の遺族は、癒えない悲しみと苦しみを抱き続けるであろう。そして、高橋はのうのうと己の生を全《まっと》うするのだ。

芳晃は便器の前を離れ、洗面台で手を洗った。

部屋に戻ると、高橋は横になっていた。かなり酔っていたから、眠気に襲われたのだろう。二つ折りにした座布団を枕に、大きな鼾《いびき》をかいていた。

こんなところで眠れるなんて、どこまで図太い男なのか。無力感からの反動で、怒りが際限なく湧きあがる。

そのとき、芳晃はとんでもないものを目撃した。仰向けになった彼の股間が、隆々《りゅうりゅう》と盛りあがっていたのである。睡眠時の生理現象で、陰茎《いんけい》が膨張したのか。

いや、そうではないと、芳晃は胸の内でかぶりを振った。

さっきまで涼子の話をしていたのである。いたいけな少女を毒牙にかけた記憶が蘇り、こいつは昂奮《こうふん》したのだ。そのため勃起《ぼっき》し、悩ましさを覚えたまま眠りに就いたに違いない。

あるいは今も、淫夢《いんむ》を見ているのではないか。若い命を絶った娘を、そうとは知らずに夢の中でも犯しているとしたら――。

怒りが攻撃欲求を呼び覚ます。今ならこの男を痛めつけることが可能だ。いっそ殺すことも。

明確な殺意を抱いていることに気がつき、芳晃は狼狽した。

（おい、何を考えているんだ？）

恐怖でからだが震える。芳晃は自席に腰をおろし、盃に注がれていた燗酒を飲み干した。

それでは足りず、手酌《てじゃく》で二杯、三杯と空ける。

「ふう」

深く息をついて、ようやく落ち着く。なのに、殺意は胸中から消えてくれなかった。

涼子の無念を晴らしたい気持ちはある。高橋がこの世に存在することも我慢ならなかった。

眠っている今なら、容易に命を奪える。刃物の類いはなくても、たとえば箸を耳の穴に突っ込むだけで、彼は絶命するであろう。あとはこの場から立ち去ればいい。

だが、死体が見つかれば、犯人として追跡されるのは避けられない。店員に顔をしっかり見られているし、何より予約のときに、名前と電話番号を伝えたのである。

（だったら、ここから連れ出して殺すしかないのか）

いっそ事故に見せかけたらどうだろう。駅まで連れて行き、酔って線路に落ちたふうに装えばいいのだ。

都内の駅で、若者がサラリーマン風の男に殴り殺される事件があった。あれは未解決のまま終わったではないか。たとえ目撃者がいても、素性さえ明らかでなければ逃げられる。

高橋を殺すべく、芳晃は本気で知恵を絞っていた。酒をちびちびとすすりながら。

いつまで馬鹿な考えに囚われているのだと、ようやく我に返ったときには、半分ほど残っていた徳利が空になっていた。

（おれ、酔ってるのか？）

そのせいで、妙な執着心が消えないのだろうか。

芳晃は店員を呼んで会計を済ませると、高橋を揺り起こした。彼に肩を貸して店を出て、タクシーを拾って押し込む。酔っていても行き先はちゃんと告げられたようで、走り出した車を見送って肩を落とした。

目的を遂げたはずなのに、少しもすっきりしない。これからどうすべきなのか、考えてもうまくまとまらなかった。

とりあえず帰って眠ろう。芳晃は敗者の気分を拭《ぬぐ》い去れないまま、重い足取りで新宿駅へ向かった。

第五章　闇

1

「パパとママの若いときの写真ってある？」

夕食のとき、沙梨奈が思い出したように言った。

「写真？　探せばあるかな」

芳晃が答えると、彼女が両手を合わせてお願いする。

「だったら探して」

「わかった。だけど、若いって結婚したときぐらいか？」

「ううん、もっと前。わたしと同じぐらいの年のやつ」

言われて、芳晃は眉をひそめた。

「そんなに昔のだと、ここにはないな。子供の頃のアルバムは、パパの実家に置いてあるから」

　すると、沙梨奈が落胆をあらわにする。

「それじゃ、若いときの写真ってないの？」

「大学生ぐらいのやつならあるかも」

「それでもいいよ。ママのは？」

「昔のアルバムがあったかな。あとで見てみるけど、何に使うんだ？」

「今度、授業で自分史を作るの」

　情報の学習で、プレゼンテーション資料を作成するのに必要だという。

「自分史だったら、沙梨奈の写真を使えばいいじゃないか」

「あのね、自分のこれまでをまとめてもいいんだけど、もっと前の、たとえばご先祖がどんなことをしていたのか遡《さかのぼ》ってもいいし、あと、親と自分の似ているところを探すみたいな内容でもいいんだ。昔のことがわからなかったら、未来予想図もありだって」

　プレゼンテーションソフトの使い方を学ぶための課題ゆえ、内容にはこだわらないらしい。

　それに、家庭にはそれぞれ事情がある。自分や家族の過去や現在に触れられたくない場合もあろう。学校側もそのあたりを配慮して、幅を持たせた課題を与えたのではないか。

「そうすると、沙梨奈はパパやママの若い頃と、自分を比べるつもりなのか？」

「んー、まだわかんない。いろいろ集めてみて、できそうなのをやってみるよ」

「なんだか頼りないな」

「だって、難しそうなんだもん」

むくれ顔を見せた娘に、芳晃は苦笑した。

「わかった。写真はご飯のあとで探すよ。その代わり、茶碗やお皿を洗ってくれよ」

「えー？　まあ、いいけど」

渋々《しぶしぶ》というふうにうなずいたものの、彼女は三回に一回ぐらいは洗い物をしてくれるのだ。不在の母親に代わって、父が家事をすべてこなしている苦労を、ちゃんとわかっている。

絵梨がいなくなってだいぶ経ち、今ではそれが当たり前のようになっていた。沙梨奈も、寂しさを表に出すことが少なくなった。

もちろん、早く帰ってきてもらいたい気持ちに変わりはない。絵梨がどんなふうに過ごしているのかも気に懸かる。

週刊文光に依頼された記事の原稿は、すでに送ってあった。担当の水上に素晴らしいと激賞され、照れくさくも安堵した。絵梨を拉致したあいつも、同じように満足して、すぐに彼女を解放してくれるといいのだが。

記事中、高橋の名前は出せなかった。彼が佐々木涼子を辱《はずかし》めたと確信したものの、糾弾できるだけの証拠はない。ただ、学校内で現実に起こった事件として、記事の半分以上を費やした。

文中では、彼をベテランの高校教師と記述し、イニシャルもまったく関係のないAとした。部活動顧問の立場を利用し、女子部員へのセクハラが頻繁だったことにも触れた。武井夕紀や瀬下典子に聞かされたことも、元部員や元同僚の証言として記した。

高橋が被害者少女に何をしたのか、具体的なことは何も書けなかった。そもそもわからないのだし、仮にわかったとしても割愛したであろう。詳述したら、いたずらに劣情を煽るだけで終わる恐れがある。

その代わり、涼子の日記や遺書から、被害者の心情が伝わる部分を多く引用した。そこが最も、読み手に訴える力を持っているはずなのだ。

酔っているときに高橋が言ったことは、終盤にまとめた。自らの行いを反省していないどころか、むしろ誇っているとわかるように。

《Aは現在も教壇に立ち、生徒を指導する立場にある》

それが記事の末文である。

高橋とのやり取りを録音した音声データは水上に託し、葵に渡してもらった。どうするかは、彼女たち家族に任せるしかない。

記事の掲載号が出て、それを高橋が読めば、おそらく自分のことだとわかるだろう。執筆者として芳晃の名前が入っており、偽りの取材を受けたのだと理解するはず。

そして、佐々木涼子が自死したと知るのである。

騙されたと憤《いきどお》る可能性は、充分すぎるほどある。しかし、芳晃や週刊文光を訴えはしまい。不適切な関係を結び、女子生徒を死に至らしめた本人だと、公言することになるからだ。

ただ、芳晃には何か言ってくるだろう。そのときには逃げも隠れもしないで、正面から対峙するつもりだ。覚悟はできている。

あの日、高橋を殺そうと考えたことを、芳晃はあとで何度も思い返した。早まらなくてよかったと安堵し、実行すべきだったと悔やみもした。

もしも自分の娘が被害者だったら、迷いなく殺したかもしれない。

「パパ、どうかしたの?」

沙梨奈に声をかけられ、我に返る。凶悪な考えに耽《ふけ》り、箸が止まっていたようだ。

「ああ、いや。ちょっと仕事のことが気になって」

誤魔化すと、「あ、そう言えば」と、彼女はまた何かを思い出したようだ。

「あれってどうなったの? ほら、ママを誘拐したやつから頼まれた仕事って」

「ああ、うん。そっちはちゃんとできたよ」

「じゃあ、ママが帰ってくるんだね」

明るい声に、一瞬返答に詰まる。それでも、

「うん。もうすぐさ」

力強く答えたのは、きっとそうなのだと、自らに言い聞かせるためでもあった。

食事のあと、後片付けを娘に任せて、芳晃は寝室に行った。絵梨の昔の写真を探すために。

(確かここだったよな)

クローゼットの枕棚に、古い段ボール箱がある。その中に昔の写真や手紙など、妻の私物が入っているはずだ。

結婚後に撮った写真は、すべて芳晃の仕事部屋にある。家族や娘用のアルバムを作るのは、彼の役割だった。

段ボール箱の中には、アルバムが二冊あった。他にDPEショップで渡されるような、写真をしまうだけのファイルが数冊と、整理していない写真が入った大きめの封筒も。

アルバムの一冊は、絵梨の誕生から小学生までの、幼い頃の写真がまとめられていた。

(これって前に見たんだよな)

開いたことで記憶が蘇る。絵梨に見せられたのではない。彼女の実家を初めて訪れたときに、義母が出してきたのである。

　幼い頃の妻を、写真とは言え目にするのは、妙な気分だった。面影がないわけではない。むしろ逆で、赤ん坊の写真であっても、間違いなく絵梨だと確信できた。

　けれど、当時の彼女を、自分はまったく知らない。人生を共に歩んでいるはずなのに、距離があるように感じてしまう。そのため、知り合う前の妻の写真を、積極的に見たいと思わなかったのだ。

　ただ、愛らしいのも間違いないから、頬が自然と緩む。帰ってきたら一緒にこれを眺め、どんな子供だったのか話を聞きたい気がした。そんな心境になったのも、ずっと離れているからなのだ。

　二冊目のアルバムは、小学校の高学年からあとのものだった。こちらは初めて目にする。沙梨奈は生まれたとき、周りのみんなからパパそっくりだと言われた。芳晃もそうかもしれないと思いつつ、あまり似てほしくないというのが本心であった。

　だが、こうして少女時代の妻を見ると、沙梨奈はむしろ母親似なのだとわかる。成長し、女の子らしくなったことで、絵梨の遺伝的な要素が出てきたのかもしれない。

（あ、そうだ。沙梨奈と同じぐらいの年の写真だったな）

　アルバムを引っ張り出した目的を思い出し、よさそうなものを探す。制服姿の写真が出てきて、ここから中学生なのだとわかった。

（あれ？）

芳晃は首をかしげた。もともと写真があったと思しき空白部分があったのだ。

アルバムの写真は、おそらく絵梨の母親が貼ったのだろう。並べ方も、余白の取り方もきちんと整っている。こういう作業は、絵梨は得意ではない。

そのため、一枚だけ抜けているのが、やけに目立ったのだ。

台紙に剝《は》がした跡があり、自然に落ちたふうではない。前後を見るに、おそらく沙梨奈と同じぐらい、中学一、二年生頃のものではなかろうか。

あとになっていい写真だと思い、スタンドに飾ったのか。あるいは、アルバムを見た誰かが欲しがったので、あげたとも考えられる。

そして、中学時代はそこから三ページほどで終わった。

(なんだ、少ないな)

受験生になって、写真を撮る機会が減ったのか。修学旅行も、全体で撮ったものが二枚あるだけで、次が卒業式だった。

高校時代となると、全部で二ページしかない。アルバムの最後のほうは何ページも余っていたから、貼るところがなくなったわけでもないのに。

絵梨は思春期になって、写真を撮られるのが嫌いになったのだろうか。芳晃自身も、その頃から容姿のコンプレックスが強くなったから、気持ちは理解できる。

だが、彼女は今もそうだが、少女時代も充分可愛いのだ。

それでも、多感な十代は、ちょっとしたことで自己嫌悪に陥りやすい。女の子ならニキビができたとか、些細な理由で写真を嫌がったりする。だから絵梨の写真が少なくても、特に奇妙だとは感じなかった。

（こっちにもあるのかな？）

数冊のファイルを確認すると、高校卒業後と思しき写真だった。枚数はやはり少ない。最後に封筒の中を調べたところ、年齢や順番など関係なく、かなりの数が無造作に入っていた。子供時代の写真もあったから、アルバムに貼るまでもないと除《よ》けられたものらしい。

綺麗に貼ってあるアルバムから、写真を剝がすのは気が引ける。沙梨奈に渡すものは、ここから選べばいいだろう。そう考えて、中学時代と思しきものを探す。やはり枚数は少なかったが、十枚近くを見つけ出せた。

その中に、他とは異なる一枚があった。サイズが違うのかと思えば、そうではない。

友人であろう少女とふたり、笑顔で写っている写真。制服ではなく、私服姿のバストショットだ。その片側、絵梨の横の部分が切り取られていたのである。

ふたりの写り方から考えて、三人を撮った写真とは考えにくい。そうすると、余計なものがフレームに入っていたのか。

おかしなところは他にもあった。

(これ、針の跡か?)

絵梨の頭と、それから胸のところに、小さな穴がいくつも空いていたのである。大きさからして、千枚通しかコンパスの針を刺したのではないか。

芳晃は不吉なものを覚えた。そこに明らかな悪意を、いっそ殺意すら感じたからである。胸には心臓がある。また、頭を貫かれたら、人間は間違いなく絶命する。写真に針を刺した者は、絵梨の死を願っていたことになる。

(いったい誰がこんな真似を?)

絵梨がそこまでの恨みを買うとは考えにくい。年齢のわりに子供じみたところはあっても、根は善人なのだ。仮に、無邪気さゆえに他人を傷つける場合があったとしても、ここまで陰湿な仕返しをされるだろうか。

誰がやったのかがわかる手掛かりがないかと、芳晃は写真を裏返した。すると、糊《のり》を剝がしたような跡が見つかった。

(え、それじゃ——)

アルバムにあった空白。これは、あそこに貼ってあった写真ではないのか。

芳晃はもう一度そのページを開き、前後の写真と見比べた。髪型や顔立ちからして、間違いなさそうである。

写真の一部を切った者と、針を刺した者は同じ人物なのか。このアルバムを見られる立場にあったのは間違いないし、家族や友人など、かなり近しい間柄だろう。

（ひょっとして、この子が？）

絵梨と一緒に写っている少女が、あとで喧嘩をして、ツーショットを残すことが許せなくなったのだとか。だが、写真に針を刺すなんて、陰湿なことができるタイプには見えない。一部を切り取った理由も不明だ。

いくら考えたところで、導き出されるのは単なる憶測である。本当のところは絵梨にでも訊かなければわかるまい。

（……ま、いいか）

釈然としなかったが諦めて、芳晃はその写真を袋へ戻した。

そもそも殺意があるなんてのは考えすぎで、単なる悪戯《いたずら》の可能性だってある。自身が厄介なことに巻き込まれているものだから、物騒なほうに考えてしまうのではないか。

きっとそうだと思い直し、残った写真の中から娘の期待に添う一枚を選ぶ。

（これがよさそうだな）

おそらく、中学校の入学式のあとに撮られたのだろう。絵梨は制服が大きめで、笑顔も初々しい。その写真が、最も愛娘に似ていた。

反抗していた母親の少女時代に、自分がそっくりだと知ったら、沙梨奈はどう思うだろう。いなくなって久しく、寂しさが募っている今は、むしろ嬉しいのではないか。

娘がどんな顔を見せるのか、想像して笑みをこぼし、芳晃は段ボール箱をクローゼットの枕棚に戻した。それから、仕事部屋に向かう。自分の若い頃の写真も探さねばならないのだ。

2

翌日、芳晃は神田《かんだ》にある出版社を訪れた。週刊文光の記事にかかりきりで、その前から依頼されていた教育書の執筆が遅れがちだったのである。とりあえずできたところまでを担当者に読んでもらい、方針の確認と、今後の流れについて話をした。

打ち合わせが終わり、神田駅に向かって歩いていると、様子がおかしいことに気がつく。ひとびとが慌ただしく行き来して、何やら騒然としていた。

（事故でもあったのか？）

最初は、交通事故かと思った。それにしては雰囲気が重苦しい。何なのか確かめたくなり、芳晃は足を速めた。

遠目で警官がふたり見えた。さらに、パトカーと救急車のサイレンも聞こえてくる。

「下がって。近づかないで！」

ひとだかりに向かって声をあげる警官の表情や態度にも、動揺が窺える。仮に交通事故だとしたら、暴走車が次々に通行人をはねたとか、そういうレベルだろう。

「え、なに？」

「通り魔だって」

そんな声が聞こえて、心臓が不穏な高鳴りを示す。

「危ないから近寄らないで」

「おい、そっちへ行くな！」

警官の怒声の後、

「あっちへ逃げたぞ！」

さらに離れたところから、叫ぶ声が聞こえた。通り魔は逃亡中らしい。

接近するのは危険だとわかっても、足が止まらなかった。芳晃は集団を回り込むようにして、ひとの群れが切れた狭間《はざま》から、現場らしきところを見た。

神田駅の北口。高架下の店舗が改装中のようで、白いシートで覆われている。そこに虹のようなかたちで、鮮やかな赤い線が描かれていた。

工事現場の味気なさを緩和するための模様か何かだと、最初は思った。だが、真新しいと思しきそこから、赤い雫《しずく》が筋になっていくつも垂れているのに気がつく。

(血だ！)

太い動脈でも切ったのか、かなりの量が一気に飛び散ったようだ。

赤い虹のすぐ下には、男が横たわっていた。きっと被害者だ。そして、こちらを向いていた彼と、まともに目が合った。

まったく動かないから、すでに絶命していると思われる。よって、目が合ったというのは錯覚《さっかく》で、単に見開かれた目を見てしまっただけなのだ。

にもかかわらず、芳晃が激しく動揺したのは、知っている人間だったからである。

（高橋――）

かつての同僚で、教え子の佐々木涼子が自殺する原因となった男。そいつがただの骸《むくろ》となって、地面に転がっていた。

ここにいてはいけないと、何かが命じる。自分はあのとき、彼を殺したいと思ったのだ。

なのに、近くにいたとわかったら、きっと容疑者にされる。

そんなあり得ないことを考えたのは、激しく動揺していたためだ。

血流が途切れたみたいに痺れる下半身を叱りつけ、芳晃はその場から離れた。遠回りをして、南口のほうから駅舎に入る。その頃には、どうにか普通に歩けるようになった。

神田駅の中も騒がしかった。サイレンの音が、いっそう大きく鳴り響いている。

「何人やられたんだ？」

「ふたりだってさ」

そんなやり取りが聞こえてハッとする。改札口の近くにいた大学生らしきグループが、蒼《あお》ざめた顔で駅の外に視線を向けていた。

（ふたりってことは、高橋は巻き込まれただけなのか？）

てっきり、彼を狙った犯行なのかと思ったのである。そうでないのなら、自分が疑われる心配はない。あれだけ血が飛び散って、他にも被害者がいるのなら、犯人も返り血を浴びただろう。逃げたところで、すぐに逮捕されるはずである。

高橋が気の毒だとは思わなかった。これは天罰なのだ。悪行を世間に知られることなくこの世を去れたのは、逆に幸運なぐらいだ。

ただ、こういうことになったのなら、あの記事を修正すべきなのか。

死者に鞭《むち》打つ行為を好ましくないと考えるからではない。そもそもあれが高橋のことだと、本人と芳晃以外に知っている者はごくわずかだ。

引っかかるのはただひとつ、最後に書いた一文である。高橋は現在も教壇に立っていると記してしまった。雑誌が世に出るとき、そこだけは事実に反することになる。

いちおう水上に連絡したほうがいいかなと考えながら、芳晃は改札口を通った。トイレの前に差し掛かったとき、中から出てきた男とすれ違う。

（え――）

視界の端に入っただけであったが、見知った人物だという気がした。

振り返って後ろ姿を確認する。小さなスーツケースを引いて歩く彼は、杉並警察署生活安全課の、小柴刑事ではなかったか。

しかし、顔を確認できぬまま、彼は改札の外へ出てしまった。

あれが本当に小柴だとしたら、通り魔の捜査に来たのだろうか。思いかけて、そんなわけがないとかぶりを振る。たった今起きた事件を、管轄も部署も関係ない彼が、どうして捜査するのか。そもそも、退職したと聞いている。

(他人の空似かもしれないしな)

結論づけ、芳晃はホームへの階段を上がった。通り魔の被害者が増えないことと、犯人が早く捕まることを願いながら。

3

自宅に戻ると、芳晃はさっそくテレビを点けた。

白昼の駅前で、複数の人間が襲われたのである。血が派手に飛び散っていたから、おそらく刃物による凶行であろう。少なくともひとり——高橋は絶命していたと思われる。現場は騒然となっていた。あれだけの事件なら、臨時ニュースになってもおかしくない。

思ったとおり、神田駅前で通り魔事件が発生したと、複数の局が伝えていた。

襲われたのはふたりで、どちらも心肺停止であると、アナウンサーが早口で原稿を読む。また、犯人は未だ見つかっておらず、付近の住人に注意をするよう呼びかけた。

被害者の氏名は明らかにされなかった。まだ警察からの発表がないのだろう。心肺停止というのも、これまでの同種の報道からして、死亡と同義だと推定される。

他に目新しい情報はなく、芳晃はパソコンを立ち上げ、ネットで調べた。ニュースサイトは似たり寄ったりだったので、SNSをチェックする。

かなりの通行人や野次馬がいたし、中にはスマホで撮影している者もいた。案の定、通り魔に関する写真や映像、つぶやきなどが、タイムラインに数多《あまた》流れていた。

中でも目を引いたのは、被害者のひとりが刃物で滅多刺しにされていたという言及である。さすがに画像は添えられていなかったが、何人かが同じことを書いていた。そちらはアスファルトの路面に、大きな血溜まりができていたとも。

（これは高橋のことじゃないな……）

彼が刺されたか切りつけられた現場は、白いシートに一条《ひとすじ》の血飛沫《ちしぶき》があっただけだ。本人も血まみれではなかったし、何度も刺されたのはもうひとりの被害者なのだ。

高橋は一撃で倒れたから、それだけで終わったのか。もうひとりは抵抗したために、何度も刺されたのかもしれない。目撃したときのことを振り返るに、犯人は現場から遠ざかっていた様子だったから、先に高橋がやられたのではないか。

SNSの書き込みを探したところ、滅多刺しにされた被害者の現場は、駅の南口のほうだとわかった。高橋が倒れていたのは、北口の近くである。

そして、芳晃がひとだかりを避けて遠回りをし、駅に入ったのは南口からだ。

（もしかしたら、あのとき犯人が近くにいたのかもしれないぞ）

特に怪しい人物は見かけなかったし、犯人は返り血を浴びただろうから、遭遇すればすぐにわかったはずである。また、南口も騒然とした雰囲気ではあったが、パニックになったひとびとはいなかった。犯人は逃走したあとだったのではないか。

昼下がりでも、駅周辺の通行量はそこそこあった。目撃者も相当いたと考えられる。なのに、いったいどうやって逃げおおせたのか。

（ていうか、犯人の目的は何なんだ？）

衆人の中での通り魔的な事件は、過去にもあった。世間への反発やら、罪を犯して刑務所に入りたいやら、だいたいは自暴自棄になった上での犯行だ。そのため、犯人は直ちに逮捕されていたのである。

ところが、今回は違う。心肺停止のふたり以外に、切りつけられた者はいないようだ。犯人も逃走し、未だに捕まっていない。

ということは、最初から彼らの殺害が目的だったのではないか。ひとりが複数回刺されているから、本来のターゲットはそちらだった可能性が高い。

（やっぱり高橋は、巻き添えだったのか）

先に高橋がやられたのだとすれば、巻き添えではなく囮《おとり》だったとも考えられる。つまり、彼を切りつけて衆人の目をそちらに惹きつけ、その間に本来殺すべき相手を襲ったのだ。

(いや、逆もあり得るぞ)

殺したかったのは高橋で、もうひとりを切りつけたのは、ターゲットを隠すためだった可能性もある。そちらを過剰殺傷したのも、目的を悟られないためだとか。

そこまで推理を巡らせて、またも疑問にぶつかる。もしも殺す相手が決まっていたのなら、真っ昼間のひとが大勢いる場所で犯行に及ぶであろうか。通り魔の仕業に見せかけるためという推論も成り立つが、あまりにリスクが大きい。

(だけど、高橋はどうしてあんなところにいたんだ?)

平日の昼間である。本来なら勤務校にいなければならない時間だ。行事の代休だったとか、午前がテストで午後放課だったため、休みを取ったとも考えられるが。

合点がいかないことばかりで、苛立ちが募る。あとは続報に期待するしかなかった。

その晩のニュースで、被害者がふたりとも死亡したと伝えられた。

高橋のほうは、高校教諭という肩書き付きで名前が出た。もうひとりは、還暦を過ぎた男性である。名前と顔写真に見覚えはなく、学校関係者でもなかった。

警察では通り魔との見方を強めていますと、キャスターが述べる。本当だろうかと、芳晃は首をかしげた。

通り魔事件で狙われるのは、女性や子供が多い印象がある。犯行に及ぶ人間が、そもそも社会に見限られた存在なのだ。さらに弱い立場の者を狙うのは当然であろう。

もうひとりの被害者はともかく、高橋は体育教師である。見た目もごつく、通り魔に狙われるタイプとは真逆だ。無差別であれば、好んで襲おうとはしまい。

(やっぱり、どちらかが狙われたんじゃないのかな)

眉をひそめて画面に見入っていると、

「どうしたの、パパ?」

沙梨奈に声をかけられる。夕食の最中だったのを思い出した。

「ああ、ごめん。ニュースが気になって」

「通り魔のやつでしょ。ネットニュースもこればかりだったよ」

帰ってきて、部屋のパソコンで見たようだ。

「でも、パパって、こういうニュースはそんなに好きじゃなかったじゃない。テレビを消しちゃうこともあったし」

子供の教育上よくないと、そうしていたのである。なのに、食事も忘れて画面に釘付けだったから、奇妙に思ったらしい。

「いや、ちょっと気になってさ。今日、打ち合わせで出かけたときに、この近くを通りかかったんだよ」

「え、ホントに?」

沙梨奈が身を乗り出し、目を輝かせる。芳晃はまずかったと悔やんだ。好奇心が旺盛な年頃なのは理解しつつも、こういう猟奇的なものに興味を持ってほしくなかったのだ。

「ひょっとして、犯人を見たの？」

「見てないよ。通ったのは事件のあとで、ひとだかりがしてただけだから」

「なあんだ」

もの足りなさそうに唇を歪め、彼女が坐り直す。それから、不意に表情を曇らせた。

「でも……よかったのかも」

「え、何が？」

「もう少し早くそこへ行ってたら、パパが刺されたかもしれないでしょ」

「いや、どうだろう」

「ママがいないのに、パパまでそんなことになったら、わたし――」

沙梨奈が涙ぐむ。近頃はだいぶマシになったとは言え、絵梨がいなくなってから情緒不安定になりがちだったのだ。

「大丈夫だよ。パパは通り魔なんかに刺されないさ。逃げ足だけは速いんだから」

冗談めかして答えても、彼女はクスリともしない。それどころか、涙の雫が頬を伝った。

「……ママは大丈夫だよね」

「え？」

「悪いやつに、殺されたりしないよね」

不安が高まり、すべてを悪いほうに考えているようだ。

「心配ないさ。頼まれた仕事は済んだし、ママはもうすぐ帰ってくるよ」

元気づけると、小さくうなずく。食欲がなくなったようで、「ご馳走《ちそう》さま」と両手を合わせた。

「もういいのか？」

「うん」

「後片付けはパパがするから、宿題をしなさい」

「わかった……」

沙梨奈が自室に向かうのを見送り、芳晃はため息をついた。

（余計なことを言っちゃったな）

近くを通ったなんて、口にしなければよかった。二度と不安にさせないよう、気をつけなければならない。

反省しつつも通り魔事件のことが気になり、チャンネルを替える。凄惨《せいさん》な事件で、しかも犯人が捕まっていないため、報道特別番組を放送しているところもあった。

現場からの中継があり、通行人へのインタビュー映像が流れる。『怖いですね』『早く捕まってほしいです』なんてありきたりな回答に、危機感はほとんどなかった。テレビ局のスタッフも含めて、自身が襲われるとは露《つゆ》ほども思っていないのだ。何事も当事者にならないと、つらさや苦しさ、恐怖心を知ることはできない。

犯人の情報は、ほとんど出てこなかった。目撃した者がいたはずなのに、フードを被った男という以外、情報は皆無に等しかった。

（逃げるのがうまかったんだな）

前もって逃走ルートを調べてあったのではないか。犯行そのものも、かなり手際がよかったのかもしれない。そうなると、ますますただの通り魔とは思えなくなる。

現場は駅の近くだから、防犯カメラもかなりあるだろう。いずれ犯人の映像が公開され、それで情報が集まれば、逮捕も近いのではないか。

事件に関して、ひとりが何度も刺されたというのは、目撃情報として簡単に伝えられただけであった。テレビでは刺激が強すぎるし、詳細は週刊誌などで書かれるに違いない。

そこまで考えて、週刊文光の水上に連絡しなければならないのを思い出した。

高橋の名前がニュースで出たのを、彼も目にしたのではないか。記事では仮名にしたが、高橋のフルネームやプロフィールは伝えてあった。高校教師で年齢も合っているし、同姓同名の別人とは思うまい。

今がいいタイミングだと、携帯を手にする。しかし、ここではまずいなと思い直し、自室に入った。沙梨奈が部屋から出てこないとも限らないし、聞かれたくなかったのだ。

編集部ではなく、水上の携帯にかける。呼び出し音が一度鳴って、すぐに先方が出た。

『はい、水上です』

「あ、筒見です」

『ああ、どうも。ちょうど今、お電話をしようと思っていたところなんです』

彼の言葉に、やはりニュースを見たのだなと芳晃は思った。ところが、

『記事の掲載が決まりました。再来週発売の号になります』

と、別のことを伝えられる。

「あ、そうなんですか」

『発売日には見本誌がご自宅に届くと思いますので、もうしばらくお待ちください』

掲載号が決まったのなら尚のこと、通り魔の件を話さねばならない。

「ありがとうございます。実は、お電話をしたのは、今日の通り魔事件の件なんですけど」

それだけで、水上はすべてを察したようだ。

『ああ、はいはい。驚きましたよね。まさか、あの男が被害者だなんて』

やはり高橋本人だとわかっていたのだ。

「そうなんです。私、たまたま現場を通りかかって、彼が倒れていたところを見たんです」

『え、本当ですか？』

「まあ、それはべつにいいんですけど」

また余計なことを言ってしまったと悔やみ、芳晃は本題に入った。

「記事のほう、あのまま載せて大丈夫なんでしょうか。名前こそ出していませんが、正直、彼が亡くなったとなると、あまり気分のいいものではありませんので」

『確かにそうですね。ですが、あれは特定の個人を糾弾する記事ではなく、学校における性被害の事実を知らせることが目的です。何ら問題はないと思いますよ』

自分の考えと同じことを言われ、芳晃は安心した。

『今の件、編集長にも確認して了承を得ておりますので、筒見先生はご心配なさらずに』

「そうですか。ありがとうございます」

『今後、記事の内容を精査して、個人が特定されることのないよう今一度チェックしますが、ほぼあのまま出るとお考えください』

「わかりました」

『ところで、通り魔事件の現場を目撃されたとおっしゃいましたけど』

水上が声のトーンを変える。それだけで、芳晃は察するものがあった。

『その件について、ウチのほうでお話を伺うというのは可能でしょうか？』

案の定、事件に関するインタビューの申し込みであった。

「いや、私が見たのは事件のあとですし、犯人を目撃したわけでもありません。目新しい情報は何もありませんよ」

やんわり断ると、彼は『そうですか』と引き下がった。だが、即座に声をかけてきたぐらいに、事件に注目しているのは間違いない。

「そちらでも、通り魔事件は記事にされるんですよね？」

『はい。私は担当ではないんですけど、編集部内でもかなり人員を割くようです』

「まあ、あれだけの事件ですからね」

『ウチの中では、ただの通り魔じゃないっていう見方が強いんですよ』

「どうしてですか？」

『まだ推測の段階ですけど、最初からあのふたりを狙った犯行なんじゃないかって』

芳晃も同じことを考えたのである。事件を多く扱ってきた記者たちも同じ意見ならば、やはり正しい見立てなのだろう。

『あと、目撃情報が少ないのは、プロの犯行だからだと見る者もいましたね』

「プロって、殺し屋ですか？」

『まあ、さすがにそれはないかという話になりましたけど』

だが、犯行も逃走も、かなりスムーズだったと思われる。少なくとも計画的だったのは間違いあるまい。

『所轄署に詰めている者の情報だと、防犯カメラの映像にも、ほとんど映っていないらしいです。わかるのは着衣と、背格好ぐらいだとか』

「じゃあ、カメラがどこにあるのかも、犯人はわかっていたんですか?」

『どうなんでしょう。防犯カメラがあるところは、だいたい表示もされてますから、事前に調べたのかもしれませんね』

水上との通話を終えると、芳晃は食卓に戻った。冷めた夕食を平らげ、後片付けをする。茶碗や皿を洗いながら通り魔事件のことを考えたのは、胸にモヤモヤするものがあったからだ。

もしかしたら犯行目的は殺害そのものではなく、騒ぎを起こすことだったのではないか。現に、テレビやネットのニュースはそれ一色だし、週刊文光もかなり力を注ぐようだ。犯人が捕まらない限り、報道合戦は続くだろう。

そして、犯人がわからないうちは、被害者にスポットが当てられることになる。

(おれの書いた記事が利用されることはないよな)

水上は、記事について編集長に確認を取ったと言った。つまり、通り魔の被害者である教師が、かつて女子生徒と不適切な関係を結んだと知ったわけである。これを利用しない手はないと考えてもおかしくない。

また、佐々木涼子の親族も、高橋が加害者だと知っている。彼が良い教師だったと持ち上げられるようなことになれば、教え子を犯し、自殺させたと世間に公表するかもしれない。

さりとて、被害者バッシングは世間の非難を浴びる。不正まみれの政治家ですら、鬼籍《きせき》に入れば何も言われなくなるぐらいだ。死者に鞭打つ行為は疎《うと》まれる傾向にある。

(高橋は性加害者であり、通り魔の被害者でもあるんだよな)

この場合はどっちが優先されるのかと考え、まさかと蒼くなる。

通り魔の真のターゲットが高橋だったとすれば、彼が殺された理由は復讐であろう。すなわち、涼子を死に追いやったことについて。もちろん、他にも被害者がいた可能性はあるけれど。

あの通り魔は、佐々木家に依頼された殺し屋ではないのか。

(いや、まさか――)

短絡的な想像を打ち消す。そもそも、高橋が殺害の本命だと確定したわけではないのだ。では、もうひとりの被害者はどんな人物なのか。それが明らかになれば、事件の全貌が見えるかもしれない。

芳晃は洗い物を終えると、さっそくネットで調べた。テレビのニュースでは、被害者の情報がほとんど出ていなかったからだ。

名前は木内和久《きうちかずひさ》。六十四歳。住所は東京都千代田区《ちよだく》とあった。あるいは、神田駅からそう遠くないところに住んでいたのか。

（じゃあ、たまたま通りかかって巻き込まれたのか？）

高橋殺害の動機を悟られないために殺されたのだとすれば、その可能性はある。巻き添えで滅多刺しなんて、それこそ気の毒以外の何ものでもない。

（待てよ。滅多刺し――）

その言葉に既視感を覚える。何なのか考えて、時間をかけることなく思い出せた。沼田弁護士だ。彼もまた、刃物で複数回刺されたのである。

芳晃と関わって殺されたのは、高橋がふたり目だ。しかも、どちらの現場にも滅多刺しの遺体がある。これは果たして偶然なのか。

というより、偶然でなければ、今回の通り魔事件もあいつの仕業ということになる。絵梨を誘拐し、今なお監禁しているあの男。そもそも高橋を調べることになったのも、彼に命じられて仕事を請けたからなのだ。

すべてが繫がっていることに、芳晃は愕然《がくぜん》とした。

（――いや、あいつひとりで全部をやり遂げるなんて無理だ）

学校帰りの沙梨奈に声をかけたのは確かでも、それ以外の弁護士殺しや今日の通り魔、絵梨の誘拐や監禁だって、五十路《いそじ》を過ぎた優しそうな男というそいつが、単独で遂行《すいこう》できるとは思えない。きっと仲間がいるはずだ。

というより、これは組織的なものが絡んでいるのではないか。

（まさか、葵さんもその一員なんじゃ――）

記事を執筆することになったタイミングで、かつての教え子の妹が現れた。あまりに出来すぎていると、どうして疑問を覚えなかったのだろう。

だが、姉の死を悼む妹の涙は、まがい物ではなかった。ならば、彼女に週刊文光を見せた祖父が一味なのか。

さらに言えば、連載記事を企画したという副編集長。あとは高橋たちを襲撃した通り魔と、沼田弁護士殺害の実行犯、それから絵梨の身代わりを務めた女。他にもまだ、メンバーがいるのかもしれない。

恐怖心が募り、芳晃は身震いした。

これまで自分が関わってきた人物が敵なのか味方なのか、さっぱりわからなくなる。涼子に関して様々な情報を与えてくれた教え子や元同僚ですら、何者かに仕込まれた存在のように思えてきた。このままでは、誰も信用できなくなりそうだ。

敵は個人だと見なしていたからこそ、要求に応えれば絵梨は帰してもらえると信じられたのである。しかし、相手が組織となると、そう簡単にはいかない気がする。妻を人質に取られたまま、また新たな命令を与えられるのではないか。

暗澹《あんたん》たる気分に苛まれ、胃がどんよりと痛む。絶望が無意識に救いを求めたのか、もうひとりの自分が声を出した。

（そんなことあるわけがないだろう。組織がどうのとか、ただの臆測じゃないか）

凄惨な事件を目の当たりにして、思考が不吉な方向に偏《かたよ》っただけなのだ。そもそも高橋が殺害されたのだって、あの場に居合わせただけと考えるのが自然である。

きっとそうだと自らに強く言い聞かせ、芳晃はようやく気持ちが楽になった。

（絵梨はもうすぐ帰ってくるんだぞ。余計なことを考えるな）

再来週、週刊文光が発売されれば、親子三人の生活が取り戻せるのだ。その日を待てばいい。

不吉な物思いから、芳晃は懸命に目を逸らした。

4

自分の書いた記事が載る号は来週発売なのに、芳晃が週刊文光を発売日に買い求めたのは、例の通り魔事件が気になったからである。

これまでの報道では、目新しい事実はほとんど出てこなかった。犯行後の犯人の足取りはまったく摑めず、目撃者の証言も似たり寄ったりで、容疑者の特定に結びつくものは皆無だった。

そうなると、マスコミの矛先《ほこさき》は被害者へと向かう。

高橋がバスケットボールの指導で名声を得ていたことは、早いうちに伝えられた。教え子たちの、いい先生だったというコメントも添えられて。

佐々木涼子の遺族は、それらの報道をどんな思いで受け止めたのだろう。大切な家族を自殺に追い込んだ男が称賛され、かなり苦しんだのではないか。それとも、殺されたことで溜飲《りゅういん》を下げたのか。

気になったものの、連絡を取って確かめようとは思わなかった。復讐のため、何者かに高橋を殺させたのではないかという疑念を拭い去れなかったのである。

もしもそうだったら、芳晃も片棒を担いだことになる。共犯の誹《そし》りを免れたくて、不都合な可能性から目を背けたのだ。

高橋について他にわかったのは、彼が年休を取っていたことと、たまたま神田を訪れて事件に遭遇したことぐらいだった。彼はあっ気なく絶命したようだったが、もうひとりの被害者、木内という男性は過剰に刺され、かなり苦しんだらしい。

そのため、犯人のもともとの狙いは木内であり、高橋は巻き込まれただけだという見方が、事件の翌々日ぐらいからテレビのニュースやワイドショーで取り上げられた。勢いをつけるために、あるいは度胸試しで体育教師を一刀のもとに殺害したと、警察関係者の談話として伝えた局もあった。

木内は不動産業を営んでいた。トラブルに巻き込まれていた、あるいは恨みを買っていたなんて話は、何も出てこない。なのに、どうして惨殺されねばならないのか。個人的な妬《ねた》み嫉《そね》みがあったんじゃないですかと、無責任に述べる犯罪評論家もいた。

結局のところ、すべては推測の域を出なかった。

どれだけ悲惨な事件であっても、目新しい事実が見つからないと、マスコミの食いつきが悪くなる。神田駅前通り魔事件も、犯人の目星どころか足取りすら摑めないものだから、扱いが目に見えて小さくなった。無差別ではなさそうだという見解も、ひとびとに危機感を抱かせない方向に働いたようだ。

振り返ってみれば、沼田弁護士の事件もそうだ。容疑者が確保されていないのに、世間から忘れ去られている。わざわざ家までやって来た杉並警察署の刑事も、あれ以来音沙汰なしだ。管轄は箱根警察署とのことだったから、こちらで調べた事実を向こうに報告し、それで終わったのかもしれない。

ともあれ、通り魔事件も続報が望めない状況だったから、週刊文光の記事に期待したのである。新たな事実が書かれているのではないかと。

お昼過ぎ、コンビニで買ってきた雑誌を、芳晃は自室に持ち込んだ。

通り魔事件は中程で取り上げられていた。「独自取材」という煽り文句付きで。

最初に事件の概要と、これまでに判明したことが書かれていた。高橋についても、勤務校こそ伏せられていたが、経歴が詳細に載っていた。

だが、記事のメインはもうひとりの被害者、木内だった。なぜだかKというイニシャル表記で、これまでの報道で触れられなかった彼の過去が、綿密に調べられていたのである。

今から二十年以上も前、K――木内は、ある事件の容疑者であった。自身が管理していたアパートの一室に侵入し、当時十九歳の女性をレイプしたというのだ。

裁判で、木内は無罪を主張した。性行為の事実は認めたものの、相手の女性に誘われたと供述したのである。

被害者とされた女性には、知的障害があった。強姦も本人の訴えではない。様子がおかしいことに気がついた家族が問い詰め、明らかになったとのことだった。

そのため、両者の合意が認められるか否かが、裁判の争点となった。

木内は、関係が複数回に及んだと証言した。それは被害者には極めて不利な事実であった。無理強いなら何度も受け入れるはずがないという、加害者側の主張を裏づけるものだからだ。

女性の知的障害の程度について、記事中では言及がなかった。しかし、加害者が障害に乗じ、抵抗されないとわかった上で関係を結んだと結論づけられなかったところを見ると、客観的な判断が難しかったのではないか。また、被害者が十九歳では、淫行条例にも問えない。

そのとき、女性は妊娠していた。

行為のとき、常に避妊していたから自分の子供ではないと、木内は断言した。女性が複数の男と関係があったと、暗に示唆したわけである。今なら出生前のＤＮＡ鑑定が可能であるが、当時はその技術はなく、誕生するまで父親が誰かはわからない。

　間もなく、裁判は判決を待つことなく終了した。家族が訴えを取り下げたのだ。当時はまだ、強姦は親告罪だった。

　その後、女性は出産を待たずに死亡した。アパートが火事になり、焼死したという。お腹の中の子供と一緒に。

　木内が管理していた不動産では、わかっているだけでも十件以上の盗難、盗聴、不審者の侵入事件があったという。複数の物件で長期にわたっていたのと、範囲も都内の数区に跨《また》がっていたため、事件の関連については捜査されなかったらしい。加えて、表に出ていないレイプ事件があったと証言した住人もいた。

　記事中では、すべてに木内が関わっていたとは断言していなかった。それでも、彼が恨みを買っていたのだとすれば、過去の事件が関係しているのではないかと書かれていた。

　最後に、独自に入手したという、木内の検死報告書が載っていた。死因は失血もしくは刺されたことによる心停止。全身を十三箇所刺されており、九箇所は股間《こかん》に集中していたとあった。

　芳晃は、胸がムカムカした。読みながら、何度も吐き気を覚えた。

（じゃあ、狙われたのは高橋じゃなくて、本当にこいつだったのか）

あとのほうで多くの犯罪が挙げられていたが、最初のレイプ裁判だけで充分だった。

女性は火事で亡くなったとのことだが、それも木内の仕業に違いない。生まれてくる子供の父親であるとバレないよう、証拠を隠滅するために放火したのだ。そこまで非道なことをしたのであれば、恨みを買うのも当然と言える。

それにしても、週刊文光は思い切った記事を載せたものだ。木内が怨恨《えんこん》で殺害されたと仮定した場合、その理由は——という書き方ながら、被害者バッシングと受け取られてもおかしくない内容である。

まず間違いなく、遺族に訴えられるであろう。イニシャルだから問題ないなんて弁明も通用しまい。これまでの報道で、さんざん名前が出ているのだから。

さらに、レイプ裁判の被害者遺族が犯人だと、誤解を招きかねない。いや、いっそ決めつけているかにも読める。そちらから訴訟を起こされる可能性だってあるのだ。

にもかかわらず記事を載せたのは、取材内容に自信があるのはもちろんのこと、

(訴えられないと確信してるのかな？)

そう言えば、新聞やテレビの報道では、木内の遺族の談話が一切なかった。独り暮らしで、近しい身内がいないのかもしれない。ニュースの顔写真も、集合写真の一部を引き伸ばしたみたいな、やけにぼんやりしたものだった。

では、訴える遺族がいないとわかって、掲載を決めたのだろうか。

（だったら、木内に犯された女性の遺族は？）

記事中に名前は出ていない。未成年だし、おそらく裁判記録を探しても、氏名はわからないのではないか。ならば訴訟を起こしたら、藪蛇《やぶへび》になりかねない。

そこまで考えて、不意に思い出す。涼子の性被害を調査することになったとき、妹の葵が言ったことを。記事中に涼子の名前を出してもかまわない、その代わりに、

『相手の男の名前も出していただきたいんです――』

そう条件を提示したのだ。姉を死に追いやった男の断罪を願って。

木内の事件も、亡くなった女性の遺族は、むしろ広く知らしめてほしかったのではないか。彼がただの被害者ではなく、加害者でもあったのだと。

週刊文光が、事前に了承を取り付けていたのかどうかはわからない。ただ、仮に遺族の仕業だと勘繰る者が出てきても、名前は明らかになっていないのだ。実害を被《こうむ》る心配はない。

かくして、訴訟は回避できたとしても、記事が世間の非難を浴びるのは避けられまい。いかなる反論もできない被害者を、一方的に悪人だと決めつけるのは倫理に反すると、良識あるひとびとは声を上げるはずだ。

芳晃も以前だったら、その中に加わっていただろう。だが、今は違う。

（これが事実なら、暴かれて然《しか》るべきだ）

あくまでも記事が正しいという前提であるが、必要悪だと芳晃は感じた。木内の過去には不快感しか覚えなかったし、殺されて当然だとすら思った。もちろん、高橋に対しても。罪を犯して逃げおおせるなんて、あってはならない。

(被害者の気持ちは、その立場にならないとわからないんだ——)

涼子の性被害を調べてから、いや、妻が拉致されてから、犯罪への認識が変わってきた気がする。さらに、加害者への復讐は認められるべきだと、教育に携わる者には相応《ふさわ》しくない思考に陥ることもしばしばだ。実際、眠っている高橋を殺そうとまで考えたのである。自身の変化を恐れる気持ちはある。これではいけない、ちゃんと理性的に物事を捉えるべきだとも思う。けれど、少なくとも絵梨が帰らないうちは、元の自分に戻れそうもなかった。

芳晃は雑誌を閉じた。天井を見あげ、ふうと息をつく。

(……そうすると、高橋は巻き込まれただけだったのか)

そうとわかって、いくらかホッとする。自ら手を下そうとまで憎んだ男が殺されたのだ。実際に殺したわけではなくても、心中は穏やかではなかった。

では、いったい誰が犯人なのかと首を捻《ひね》る。

木内に犯された女性の遺族だとは考えにくい。何よりも時間が経ちすぎている。そのつもりがあったのなら、もっと早くに復讐したのではないか。

記事によれば、木内には余罪がかなりあったらしい。証言通りなら他の女性もレイプしたわけで、そちらの被害者の線もあり得る。股間を集中して刺されたというのも、いかにも性犯罪者への報復じみていた。

その場合でも、被害者本人が殺害を実行したわけではあるまい。手際のよさと目撃者の証言から、犯人が男なのは確実だ。被害者の恋人か夫、あるいは身内であろう。

それから、可能性はかなり低いが、依頼された第三者とか。

（あ、そうだ）

ふと思い出して、芳晃は週刊文光を開いた。

来週発売の号には、自分の書いた記事が載る。ということは今週号にも教育の連載記事があるのではないか。そう思ってパラパラとめくったものの、教育のきょの字もなかった。

（ということは、おれのあれが連載の一回目なのか？）

念のため予告を探したが、巻末グラビアの前に次号の発売日が記載されているのみだった。記事の情報はない。

水上に渡された企画書を、芳晃はファイルから取り出した。

執筆者の顔ぶれと、取り上げられる内容からして、自分の記事がスタートを飾るに相応しいとは思えない。もちろん重要なテーマではあるが、そもそもが教育改革を提言する連載なのである。もっとスタンダードなところから始めるべきではないのか。

（水上さんに確認してみようか）

携帯を手にしようとしたとき、玄関のドアが開く音がした。

時計を確認したところ、まだ沙梨奈が帰ってくる時刻ではない。今日はいつもより下校が早いとも聞いていなかった。

空耳だったのかと思い直したところで、今度はリビングのほうから物音がした。さらに、ひとの気配も伝わってくる。間違いない。誰かが家の中にいる。

沙梨奈であれば、「ただいま」と言うはずである。足音もパタパタとせわしないし、すぐ自室へ入るはずだ。ところが、そいつはリビングあたりでとどまっているらしい。

芳晃は蒼くなった。泥棒か何かだと思ったのだ。

（……そうか。コンビニから戻ったとき、ドアをロックしなかったんだ）

あとで沙梨奈が帰ってくるからと、そのままにしておいたのである。

マンションの玄関は、中から解錠されない場合、暗証番号を入力するか鍵で開けるしかない。外部からの侵入は、けれど不可能ではなかった。誰かが玄関から入るときに、住人のフリをしてあとに続けばいいのである。

玄関のセキュリティーを当てにして、ちょっと不在にするぐらいなら大丈夫だろうと、ドアに鍵をかけない住人がけっこういるらしい。そういうところを狙って空き巣が入ったと、先月ぐらいに聞いたばかりだった。

迂闊だったと、芳晃は下唇を噛んだ。ここは自分で撃退するしかない。

部屋の中を見回し、武器になりそうなものを探す。カッターぐらいしか見つからなかったが、ないよりはマシだ。

いつでも一一〇番通報ができるようにした携帯と、刃を出したカッターを手に部屋を出る。足音を忍ばせ、リビングを覗き込んだところで、

（え――）

芳晃は硬直した。そこにいたのは、想像したような招かれざる客ではなかったのだ。むしろ、会いたくてたまらなかった、大切なひと。

「……絵梨」

掠れ声で呼びかけると、彼女――妻がこちらを見る。顔をくしゃっと歪め、小走りで駆け寄ってきた。

「あなた」

絵梨に抱きつかれても、芳晃は動けなかった。彼女の背中に腕を回し、しっかりと抱いてあげるべき場面なのに。

それができなかったのは、左右の手に携帯とカッターがあったのと、あまりに突然で現実と思えなかったからだ。そのため、思考と肉体がフリーズ状態に陥ったのである。

けれど、着衣でもわかるからだの柔らかさとぬくみ、長年親しんだ匂いを嗅ぐことで、

ようやく脳が命令を発するまでになる。

「絵梨……よかった」

携帯とカッターを床に落とし、芳晃は愛しい妻を抱きしめた。目の前がぼやけ、熱いものが堪えようもなく溢れ出すのを感じながら。

「ごめんなさい……あなた、ごめんなさい——」

絵梨がしゃくり上げ、何度も謝る。その気持ちは、容易に理解できた。

自らが望んでではなくても、長い期間、家を空けていたのである。そのあいだ、夫と娘がどうしているのか、彼女も案じていたのだ。ようやく解放された今、ふたりに苦労をかけ、心配させたことに、罪悪感を抱かずにいられなかったのだろう。

「いいんだよ、絵梨。お前が悪いんじゃない。お前はよく頑張ったよ。帰ってこられて、本当によかった」

芳晃は涙声で彼女をねぎらい、背中を優しくさすった。訊きたいことは山ほどあるが、今はただ、再会した喜びにひたりたかった。

ズボンの前が突っ張る感覚がある。芳晃は勃起していた。いつ以来だろうと思えるほどの、猛々《たけだけ》しい怒張《どちょう》であった。

ようやく戻った妻に、どうして欲情するのか。いや、これは自然な反応だ。愛しさがふくれあがり、二度と離したくないという思いも募る。それが牡の本能を燃えあがらせたのだ。

さりとて、この場で押し倒し、性愛行為に及ぶわけにはいかない。何よりも絵梨を大事にしたかったから、芳晃は欲望を包み隠し、彼女が泣きやむまで腕の力を緩めなかった。


その晩、筒見家の食卓に笑顔が戻った。

帰宅した沙梨奈は、キッチンに立つ母親を目にするなり、抱きついて泣きじゃくった。絵梨も涙をこぼし、また「ごめんね」と謝った。そんなふたりに、芳晃はもらい泣きを抑えることができなかった。

夕食のとき、沙梨奈は絵梨がいないあいだ、父親と自分がいかに頑張ったかを、得意げに披露した。それはきっと、母親を安心させたかったからだ。

絵梨が不自由な日々をどんなふうに過ごしていたのか、芳晃も沙梨奈も訊ねなかった。嫌なことを思い出させたくなかったし、事件に触れることはタブーのような雰囲気が、自然と醸成《じょうせい》されていたのだ。

夕食後、後片付けを父親に任せて、母と娘は一緒に入浴した。

浴室から楽しげな声が聞こえるのを耳にして、芳晃は家庭を持った幸せを嚙み締めた。こんな気持ちになったのは、ずいぶんと久しぶりだ。

そして、家族の絆《きずな》がいっそう強まったのを感じる。

風呂から上がったふたりは、リビングでテレビを見ながら話を続けた。芳晃は加わることなく浴室へ向かう。母と娘の時間を邪魔したくなかったのだ。

家族三人揃うのが当たり前になったら、沙梨奈はまた反抗期に戻るかもしれない。しかし、以前とは違うだろう。たとえ口答えをしても、そこには必ず思いやりがあるはずだ。

長湯をして上がると、沙梨奈が絵梨におねだりをしていた。寝つくまでベッドのそばにいてほしいと。反抗どころか、幼児のような甘えっぷりである。

ふたりが子供部屋に入ったのを見届け、芳晃は自室で仕事をした。だが、妙に落ち着かない。今夜は久しぶりに絵梨と寝るのだと思うと、新婚時代、いや、いっそ付き合いたての頃みたいに胸が高鳴ったのだ。

5

仕事がなかなかはかどらないまま、一時間以上も経ったろうか。

（そろそろいいかな）

我慢できなくなり、芳晃は寝室に向かった。絵梨が待っているに違いないと考えて。

果たして、妻はダブルベッドにいた。ナイトスタンドを灯《とも》し、ヘッドボードに背中をあずけて、携帯を見ていた。

彼女が目の前にいるという現実が、たまらなく嬉しい。芳晃は泣きそうだった。

「どうかしたの？」

絵梨が顔をあげ、首をかしげる。

「ああ、いや」

芳晃はかぶりを振り、彼女の隣に入った。

「沙梨奈は寝た？」

「うん。寝つくまで、ずっと喋りっぱなしだったわ。お風呂でもそうだったけど」

「どんな話をしてたんだ？」

「いろいろ。学校であったこととか、友達のこととか」

二ヶ月近くも離れていれば、積もる話もあるだろう。特に何かを報告したいわけではなく、ただ一緒にいたかっただけかもしれない。

（またいなくなっちゃうんじゃないかって、心配しているのかな）

二度と離れまいと、無意識に引き留めようとしたとも考えられる。

「もう寝る？」

妻の問いかけに、芳晃は「ああ」とうなずいた。そんなごく普通のやり取りすら、たまらなく愛しいものに感じられた。

ナイトスタンドの明かりを落とし、絵梨が携帯をベッド脇のテーブルに置く。

（ちゃんと返してもらえたんだな）

彼女に成りすまして逮捕された女が持っていたのだ。あとで首謀者の手に渡ったようだが、本人の手に戻し、約束どおり無事に帰してくれた。悪人のわりに誠実だったと言える。

だからと言って、許そうとは思わない。

そもそも週刊文光の記事を書かせるために、絵梨をさらったやつなのだ。実行犯かはさておいて、弁護士も殺害した。手段を選ばない冷酷な人物である上に、身代わりの女を雇ったり、出版社と繋がりがあったりと、金と権力があるとも考えられる。そんなやつに、芳晃は嫌悪しか持たなかった。

それでいて、本気を出させるために絵梨を誘拐したという彼の言葉には、あとで納得した部分があった。

涼子の性被害を調査する中で、妹の葵や母親の気持ちを慮《おもんぱか》った。他人事でいられなかったのは、自身も妻と離ればなれだったからだ。

芳晃の場合は、いずれ戻ってくるという希望があった。けれど、彼女たちは違う。真相が明らかになったとて、涼子は生き返らない。大切な姉を、娘を、失ったままなのだ。高橋と直接対決をしたのは、遺族のためでもあった。

あそこまでやり遂げられたのは、絵梨の件と無縁ではなかったろう。要は、あいつが謀《はか》ったとおりになったわけである。

結果的に教え子の自殺理由が判明し、満足できる記事も書けたが、いいように操《あやつ》られたことが腹立たしい。あの男も罪を償うべきだ。たとえ絵梨をさらった目的が、涼子を自殺させた男を明らかにするためであっても。

（いや、そうとも限らないのか……）

彼は週刊文光の依頼を受けるよう命じただけだ。涼子の件は付随的に知らされたのである。

だが、単に教育問題の記事を書かせるためなら、あそこまでする必要はなかった。やはり涼子の自殺理由を明らかにすることが目的だったのではないか。

つまり、首謀者は佐々木家と繋がりがあるのだ。おそらくは祖父あたりと。

彼は沙梨奈の声を録音して聞かせたというから、絵梨とも直接話をしたはずだ。顔を見られていないから解放したのかもしれないが、どんなやつかぐらいは証言できるだろう。

（明日にでも訊いてみようか）

それから、どんな日々を送っていたのかも。

「何を考えてるの？」

問いかけられ、芳晃はハッとした。視線を向けると、絵梨が横臥《おうが》してこちらを向いている。薄明かりの中で、目をぱっちりと開いて。

「ああ、ごめん。さっきまでしてた仕事のことが気になって」

誤魔化して抱き寄せると、絵梨が胸に縋って甘えた。

いなくなる前から、夫婦生活こそご無沙汰であっても、抱擁やくちづけは普通にしていた。但し、求めるのはいつも彼女のほうであった。

けれど、今夜はそれだけで済みそうにない。芳晃のほうが、肉体的な交わりを欲していた。寝室に来る前から、気もそぞろだったほどに。今もパジャマ越しに柔らかなからだを感じて、中心部分が膨張しつつあった。

とは言え、絵梨も同じだとは限らない。監禁されてストレスと疲労が溜まり、性的なスキンシップを受け入れる気分になれないであろう。

今夜はおとなしく眠ったほうがいい。自らに言い聞かせ、芳晃は唇を重ねた。あくまでもおやすみのキスのつもりで。

離れると、絵梨が驚いた顔で見つめてくる。

「な、なんだよ?」

「あなたからキスしてくれたのって、久しぶりね」

「そうだっけ?」

「うん……でも、よかった。ずっと家にいなかったから、わたしのことなんて、もうどうでもよくなったんじゃないかと思ってたの」

絵梨が安堵を浮かべ、目を潤ませる。軽いくちづけでも、情愛を感じ取ってくれたらしい。

「どうでもいいなんて思うはずがないだろ。絵梨はおれにとって、それから沙梨奈にとっても、大切な存在なんだから」

気恥ずかしさを包み隠し、本心を打ち明ける。しかし、まだ足りない。

「愛してるよ」

それこそ、久しぶりの告白であった。

「あなた……」

涙ぐんだ彼女が唇を求める。今度はすぐに離れず、芳晃は情熱的に吸った。強く抱きしめ、求める気持ちをあらわにして。

ふたりは自然と結ばれるかたちになった。下だけを脱ぎ、からだを重ねる。

しなやかな指で握られたペニスが、たちまち力を漲《みなぎ》らせる。絵梨のほうは、すぐには濡れなかった。それでも穂先《ほさき》を入り口にあてがい、小刻みな前進と後退を繰り返すうちに、その部分が柔らかくほどけてくる。

熱さと潤みが充分に広がったところで、芳晃は彼女の中に身を投じた。

「あ、あ――」

絵梨が喘《あえ》ぐ。すぐに唇を引き結んだのは、我が子に悟られまいとしてなのだ。

芳晃も音を立てないよう、慎重に動いた。久しく味わっていなかった妻の内部は新鮮で、激しく責め苛みたくなるのを懸命に堪えながら。

薄明かりの部屋に、軋みと呻きが静かに流れる。声を殺して交わることで、かえって熱情が高まるようだった。

時間をかけることなく芳晃が果てたのは、昂奮しすぎていたためもあったろう。すぐには離れがたくて、からだを重ねたまま余韻《よいん》にひたる。濡れた股間を拭うのも億劫《おっくう》だ。絵梨も息をはずませ、じっとしていた。

幸福感が胸に満ちる。セックスのあと、こんな気分になったのはいつ以来だろう。

「あなた——」

絵梨が気怠《けだる》げな声を発する。

「あ、ごめん。重かったか?」

「ううん」

彼女は甘えるようにしがみつき、くちづけを求めた。それから夫の耳元に口を寄せ、そっと囁《ささや》く。

「ねえ、沙梨奈の弟か妹ができたらどうする?」

芳晃は大いにうろたえた。

第六章　家族

1

それからの日々は、何事もなく平和であった。

親子三人、以前のままの生活に戻る。違っていたのは、沙梨奈が母親に反抗しなくなったことぐらいか。

かと言って、遠慮していたわけではない。むしろ甘える態度をあからさまにした。離れていた期間を、スキンシップで埋めようとするみたいに。そんなほのぼのとした場面を目にすると、事件に翻弄《ほんろう》されたこともよかったのではないかと思えてくる。

絵梨はさらった男のことも、どんなふうに監禁されていたのかも話さなかった。芳晃も訊ねなかったから、すべては不明なままだ。

話さないのは話したくないためだと、芳晃は判断した。彼女はお喋り好きだし、こちらから訊かずとも何でも打ち明けるタイプである。なのに、監禁中のことについて口を閉ざしているのは、思い出したくないからに決まっている。

気にならないと言えば嘘になる。だが、今が幸せならかまわない。絵梨を暗い気持ちにさせたくないし、せっかく取り戻した平穏な日々を失いたくなかった。

ただ、沙梨奈は気になって、あれこれ質問するかもしれない。そうなったらしょうがないと見守っていたけれど、母と娘のあいだで、それが話題にされる様子はなかった。子供ながらに、余計なことを蒸し返すべきではないと悟ったのだろうか。

とにかく、このまま何も起こらなければいい。

弁護士殺害や神田の通り魔は気になるが、事件の捜査は警察の仕事だ。芳晃も無関係ではないものの、巻き込まれただけで手を下したわけではない。余計なことを通報して、あいつに報復されたくもなかった。

行方不明者届は、あっさりと取り下げることができた。杉並警察署に電話をかけ、生活安全課の担当者に、本人が帰宅したので取り下げたいと伝えたところ、こちらの住所氏名と、書類の受理番号を確認しただけで手続きが終わった。

何らかの捜査が行われていたのであれば、もっと面倒だったに違いない。やはり受理しただけで放っておかれたのだ。その後、担当の小柴も退職したというし。

今後は妙なことに巻き込まれないよう、自分が妻と娘を守るのだ。それが家長としての務めなのだと、芳晃は自らに言い聞かせた。

だからこそ、絵梨を情熱的に愛したのである。

彼女が帰ってきた日から四日続けて、芳晃は夜の営みを持った。沙梨奈が甘えたのと同じように、離れていた時間を埋めたかったのだ。

五日目にしなかったのは、連日の交わりで疲れたためではない。その日の夕食の席で、

「パパとママって、前よりも仲良くなった感じだよね」

と、沙梨奈が唐突にからかったからである。

おそらくそれは、普段の様子を指しての発言だったのだろう。以前なら妻のスキンシップを適当にあしらうことが多かったのに、芳晃は喜んで受け入れていたのだ。

「そう？　昔からラブラブだったけど」

絵梨は無邪気な笑顔で答えたものの、芳晃は動揺した。夫婦の寝室から洩れる睦言《むつごと》の気配を、目を覚ました沙梨奈が感じ取ったのではないかと訝《いぶか》ったのだ。

気になって、その夜はセックスをしなかった。キスを交わし、抱き合って眠るだけにした。

なのに、翌日はまた我慢できなくなった。娘がよく眠っていることを確認したあと、声ばかりか息づかいも殺して交わった。

避妊はしていない。最初の日に、妊娠した場合のことを絵梨に訊ねられて狼狽したもの

の、ふたり目をという気持ちは芳晃にもあったのだ。ところが、夫と妻ではなくパパとママになり、子育てにも追われたことで、いつしか男女の関係から遠ざかった。教職を辞め、家で仕事をするようになって生活が不規則になり、一緒に寝ることが少なくなったためもあった。

少々時間が空きすぎたきらいはあるものの、絵梨は三十代である。まだ充分に産める年齢だ。芳晃のほうも定年とは無関係の仕事だし、子供が増えれば働きがいもあって、いっそうやる気になれる。

心配なのは沙梨奈である。中学生だし、どうすれば子供ができるのか知っている。性的なことに過剰な反応をしがちな年頃でもあるから、いい年をしてそんなことをするなんてと、親に反発するかもしれない。

まあ、そのときはそのときだ。だいたい、本当に妊娠するかどうかわからない。

七日目には、昼間からベッドに入った。夜にこだわる必要がないことに気がついたからだ。ふたりとも家にいるのであり、娘が学校に行って不在のあいだなら、声や物音に気を配る必要はない。終わってすぐにシャワーを使うこともできる。

絵梨のほうは躊躇した。明るいうちからそんなことをするなんてと、抵抗があったらしい。

もっとも、付き合っていた頃や新婚時代には、休日に昼間から励むのは普通だったのだ。実際、いざベッドに入ったら、ためらいも消え失せたようだ。

誰にも遠慮する必要はないから、ふたりは全裸になった。肌を合わせる快《こころよ》さにひたり、前戯にも時間をかけた。充分に高まってから挿入すると、絵梨は声を抑えられなかった。芳晃の二の腕にしがみつき、杭《くい》打たれた裸身を切なげに波打たせた。

終わったあと、ふたりでシャワーを浴びるあいだも、彼女はボーッとしていた。歓びの余韻が続いていたらしい。芳晃は甲斐甲斐しくからだを洗ってあげた。

すると、夜には絵梨のほうから求めてきたのである。

四十代の半ばを過ぎて、昼も夜もというのはさすがにこたえる。翌朝、芳晃は寝坊をした。起きたときには、沙梨奈はとっくに登校したあとだった。

「ゆっくり寝ててもよかったのに」

絵梨が朗らかに言う。毎日のように精を浴びたのと関係しているのか、以前にも増して綺麗になった気がする。おそらく愛されている実感が、彼女を内面から輝かせるのだろう。

などと、柄にもないことを考えたとき、

「わたし、ちょっと出かけてくるね」

キッチンの後片付けを終えた絵梨が、さらりと告げる。遠出するような口振りだったから、芳晃はドキッとした。

「出かけるって、どこへ？」

「お店のほう。店長に会ってくるわ」

言われて、勤めていた店のことだとわかった。

（リサイクルショップだったよな）

店の経営者だという島本春香が、絵梨を心配して訪ねてきたのを思い出す。療養中ということになっていたから、元気になったと挨拶にでも行くつもりなのか。

「店長って、島本さん？」

何気なく確認すると、絵梨が「うん」とうなずく。それから、怪訝そうに首をかしげた。

「あれ、店長の名前、教えたことあった？」

もちろん彼女から聞いたのではない。

春香が家に来たのを教えようとして、芳晃は迷った。絵梨が不在中のことは、できれば話題にしたくなかったからだ。嫌な記憶が蘇らないとも限らないから。

それでも口に出した以上、説明しないわけにはいかない。

「島本さんが家に来たんだよ。絵梨のことを心配して」

「え？」

絵梨が驚きを浮かべる。目をパチパチさせ、戸惑いと混乱の反応も窺えた。

「そっか……そうだったのね、うん」

自らを納得させるようにつぶやく。何か妙なことを言っただろうか。気になったものの、彼女は出かける準備をした。

「おれも下まで行くよ」

心配だったので、玄関まで付き合うことにする。

「え、どうして？」

「ポスト。郵便があるかもしれないし」

一階に着くまで、彼女は無言だった。マンションの外へ出るとき、「気をつけて」と声をかけても、わずかにうなずいただけであった。

（どうしたんだ、いったい？）

春香が家に来たことが、そんなにショックだったのか。まさか、夫と何かあったと、疑っているわけではあるまい。

閉じた自動ドアの向こう、どことなく不安定な足取りで去って行く妻の後ろ姿に、芳晃は不安を隠せなかった。後ろ髪を引かれる思いで玄関を離れ、ホールのポストを確認する。中に「文光社」と印字された、大きめの封筒があった。

（あ、今日は週刊文光の発売日か）

掲載誌が送られてきたのだ。芳晃はうちに戻り、早速封を開けた。

目次を確認すると、例の通り魔事件の続報があった。そちらも気になるが、自分の記事がどうなっているのかまず確認したい。芳晃は教育の文字を探したが、どこにも見当たらなかった。

（あれ、おかしいな）

かなり力を入れた企画のようだったし、目次での扱いも大きいと思っていた。けれど、小さな見出しのところにも載っていなかった。

首をかしげながら、ページをパラパラとめくる。政治関連や不祥事など、世間の注目を浴びている記事に続いて、特集の二文字が目に入った。

（え、これは――）

目次を見たときには、芸能関係の色事めいたスキャンダルかと思い、注目しなかったのである。何やら煽情的な言葉が並んでいるようであったから。

しかし、それは早合点であった。確かにセックスを扱っていたものの、レイプや虐待といった、性被害の実態を取り上げた特集記事だったのだ。まさかと思ってページを繰れば、果たして中のひとつが芳晃の執筆したものであった。

（ひょっとして企画が頓挫《とんざ》したのか？）

教育問題は総合週刊誌で扱うには堅すぎて、上から待ったがかかったのだとか。そして、芳晃の記事だけが読者に受け入れられると判断され、他の特集に組み入れられたのだろうか。

（だったら、事前に連絡があるはずだよな）

とは言え、一般誌での仕事は初めてだ。記事が没になったわけではないし、誌面での扱いを執筆者に断りなく変更するのは、普通にあることなのかもしれない。

それに、目を通したところ、この特集もかなり硬派なものであった。

芳晃が書いた学校での性被害の他は、レイプ裁判や報道における二次被害、被害者や家族の苦悩、加害者の更生、さらに男性被害者の実情など、問題を広く深く掘り下げているようだ。

教育問題の連載では、自分の記事は浮いてしまうのではないかと危惧《きぐ》した芳晃は、むしろ安堵した。結果的によかったかもしれないと思ったところで懸念が浮かぶ。もしかしたらこの特集は、先週号の記事への批判をかわす意図で企画されたのではないかと。

通り魔事件の被害者、木内の過去を週刊文光が暴いたことについては、かなりの批判があった。たとえ事実でも、殺された人間を悪く書く必要はないという、いたって良識的な見解がほとんどだった。だからこそ、今回の特集で性被害の深刻さを訴え、加害者を糾弾することは間違っていないと主張したいのではないか。

（いや、考えすぎか）

芳晃はかぶりを振った。

詳細に読んでいないものの、そんな付け焼き刃で企画された特集ではなさそうだ。芳晃以外にも専門家が書いた記事があり、手記や裁判記録、被害実態のデータなどもある。短い期間で準備できるとは思えなかった。

木内の記事と今週号の特集が続いたのは、偶然なのだろう。思い直し、自分が書いたものに目を通した芳晃は、違和感を覚えた。ところどころ、記述が微妙に変わっていたのである。

それは、高橋に関して述べた部分であった。

個人が特定されることのないよう、芳晃も注意して書いた。それに輪をかけて、例えば年齢や勤務地、過去の実績などが、よりぼやかしたものになっていた。

通り魔事件のあとで水上と電話をしたとき、彼も記事をもう一度チェックすると言った。よって、ある程度手が入るのは想定していたのである。事件の被害者として高橋の経歴も詳しく報道されたから、同一人物だと悟られないよう配慮する必要があった。

ただ、同じ被害者である木内をあそこまで書き立てておきながら、やはり性被害の加害者である高橋の所業を暴かないのはなぜなのか。むしろ、記事に書かれた悪徳教師と同一人物だと、暗に示してもいいぐらいなのに。

もっとも、木内は裁判沙汰になったものの、高橋のやったことは知られていない。佐々木涼子の件だって、確実な証拠はないのだ。そのため、加害者として責めるのを諦めたのか。

特集はあとでゆっくりと読むことにして、芳晃は通り魔事件の続報のページを開いた。捜査には進展がないようで、記事で触れられていたのは、やはり木内に関することであった。

　それによると、彼に犯された女性の家族は、刑事裁判を諦めたあと、民事で訴える準備を進めていたという。その前に立ちはだかったのが、木内の雇った弁護士であった。Nというイニシャルで示されたその弁護士は、家族の動きをどこで聞きつけたのか、逆に名誉毀損で訴えると恫喝《どうかつ》したそうだ。どうして木内を罪人扱いするのかと非難し、被害者の人格を否定する発言も口にしたらしい。

　そこまでして裁判を逃れようとしたのは、木内に弱みがあったからだと記事は述べていた。被害者の女性が出産し、鑑定で木内が父親であるとわかったら、一気に立場がまずくなる。避妊をしたという裁判での証言が、偽証だったとバレてしまうのだ。

　結局、被害者が火事で死亡したために、民事訴訟も行われなかった。木内が放火したと芳晃は考えたが、彼が疑われなかったのは、確固としたアリバイがあったためだと書かれてあった。出火元が被害者とは別の部屋だったこともあり、失火として処理されたようである。

　その後、N弁護士は木内から様々な便宜を受け、住まいや事務所も世話されたという。記事には弁護士事務所の写真が、モザイク処理をされた上で載っていた。

（え、これは――）

　モノクロのはっきりしない画像に、芳晃は目を凝らした。見覚えがある気がしたのだ。

(沼田弁護士の事務所じゃないか)

似たような建物はそこかしこにあるから、断定はできない。ただ、ひとつ思い出したことがある。家にやって来た杉並警察署の刑事が、沼田は民事が専門なのに、どうして絵梨の件を担当したのか疑問だと言っていたのだ。

N弁護士は、民事訴訟を避けるために雇われた。つまり、そちらが専門だったわけだ。やったことはただの恫喝だが、要はNイコール沼田ではないのか。

だとすれば、沼田弁護士も木内のレイプ事件絡みで殺されたのかもしれない。彼も刃物で十数カ所を刺されていたのだ。やったのは木内を殺した犯人と同じ人物の可能性がある。

そして、沼田がそこまでの恨みを買ったのは——、

(被害者女性を放火して殺したのは、沼田じゃないのか?)

そのお礼として、彼は木内の便宜を受けたのではないか。

では、仮にNが沼田で、被害者や家族への恫喝、さらには放火殺人への恨みから惨殺されたのだとしたら、沼田が絵梨の弁護士として雇われたのは偶然なのだろうか。

(——いや、違う)

絵梨を誘拐した首謀者は『いずれわかる』と、沼田の殺害に関与していることを匂わせたではないか。最初から彼を亡き者にするために引き込み、罠にかけたと考えるほうが自然だ。

　芳晃は、からだがどうしようもなく震えるのを感じた。

　自分のまわりで三人が殺された。そのうちのふたり、沼田と高橋は、芳晃が直接関わった人物だ。さらに沼田がNだとすれば、木内だってまったく繋がりがないとは言えない。

　そして、その三人は全員が、性被害の加害者側の人間だ。これも偶然とは思えない。

　芳晃は確信した。高橋は巻き込まれたわけではないのだと。あの場に誘い出され、巻き込まれたふうに見せかけて、殺されたに違いない。

　何か大きな力が働いている。未だ正体の見えていないそれに、自分は操られていたのだ。

　芳晃は携帯を取り出し、週刊文光の水上に電話をかけた。今回の記事の扱いについて確認するとともに、N弁護士の情報が得られるのではないかと思ったのである。

　それから、自分に記事の執筆を依頼した人物が、本当は誰なのかも知りたかった。

　水上は通話口に出なかった。電源が入っていないか電波の届かないところにと、定番のメッセージが流れただけであった。

　ならばと、編集部の直通番号へかける。そちらは二コールで先方が出た。

『はい、週刊文光です』

　かなり若い声での返答だ。

「私、筒見と申しますが、水上さんはいらっしゃいますでしょうか？」

『ええと……少々お待ちください』

保留音が流れ、二十秒ほど待って音楽が止まる。

『はい、副編集長の野崎《のざき》です』

「あ――」

芳晃が言葉を失ったのは、もともとの連載を企画したのが副編集長であることを思い出したからだ。

『もしもし？』

訝る口調の応答に、焦って言葉を絞り出す。

「あの、私、今週号の特集で記事を書かせていただいた、筒見芳晃と申します」

名乗るなり、電話の声が明るいトーンに変わった。

『ああ、どうもどうも、筒見先生ですか。お世話になっております。この度《たび》は素晴らしい原稿をありがとうございました』

口振りからしてお世辞ではなく、書いたものを気に入ってもらえたらしい。

「いえ、どういたしまして。あの、水上さんはいらっしゃいますか？」

『ええと、しばらくこちらには来ません』

「え、どうしてですか？」

『水上は、もともとフリーの編集者でして、一年契約でウチで仕事をしていたんです。私としては契約を更新して、続けて頑張ってもらいたかったのですが、本人がしばらく休みたいというので、とりあえず辞めることになりました』

「そうだったんですか……」

『まあ、気が向いたら戻ってこいとは言ったんですが、いつになるかはわかりません』

フリーの編集者とは、芳晃も仕事をしたことがある。水上がそうであったことに驚きはない。ただ、このタイミングでいなくなるのは、単なる偶然とは思えなかった。

「水上さんの携帯にかけたのですが、繋がらなかったんですけど」

『ああ、それは仕事用に、ウチで渡したやつだと思います。返却されたはずですので、今は総務のほうにあるのかな？』

どうりで繋がらないはずである。ならば、水上個人の連絡先を訊ねようとしたとき、

『まあ、彼も今回の特集がかたちになって、気が抜けたのかもしれませんね。しばらく休みたいというのも無理ないでしょう』

野崎の言葉に、芳晃は眉根を寄せた。

「今回の特集というのは、あの性被害の？」

『ええ。あれは水上がどうしてもやりたかったもので、ウチに入ったときから他の仕事の合間にも、熱心に資料やデータを集めてましたよ』

ということは、そもそも教育問題の連載などなかったというのか。

（あの企画書は、水上さんがでっち上げたものだったのか？）

それも芳晃に記事を書かせるために。どうしてそこまでする必要があったのだろう。

「そうだったんですか。副編集長さんの企画だと、私は水上さんに伺ったのですが」

事実をぼやかして伝えると、

『そんなことを言いましたか。ゴーサインは私が出しましたけど、企画を立ち上げたのは彼です。あれで照れ屋のところがありますから、前に出るのを避けたのかもしれませんね』

やはり野崎の企画ではなかったようだ。そうすると、黒幕と繋がっていたのは水上ということになる。

(そのことがバレないように、副編集長の企画だと嘘をついたのか)

どうにかして水上と連絡を取り、本当の意図を確かめたい。詮索するなとあの男には言われたが、絵梨が帰ってきた今は真相を明らかにしたかった。

『それに、企画書をご覧になったのならおわかりかと思いますが、今回の特集は彼自身の過去にも触れるわけですから、曖昧にしたかったのかもしれません』

野崎が思いもよらなかったことを口にする。どういうことなのか知りたくて、芳晃は話を合わせた。

「ええ、その件は、私も水上さんにお聞きしました」

『私も最初は驚きました。性被害に遭うのは女性がほとんどだという認識でいましたから、まさか身近に男性の被害者がいたとは思いませんでした』

つまり、水上自身が性被害に遭ったのか。

『特集でも、自分のことを包み隠さず書いていたようです。本人もずいぶん長く悩んでいたそうですが、過去と向き合い、前に進みたいというのも、特集を企画した動機だったんです』

確かに、特集の中に男性の性被害を取り上げたものがあった。詳しく読んでいないが、十代の少年が教会で聖職者にという、かなりショッキングな内容であった。

それがまさか、水上のことだったなんて。

訪問を受け、執筆を依頼されたときには、彼が何らかの影を背負っているようには見えなかった。ただ、今になってあるいはと思うことがある。

(おれがどうして教師を辞めたのかを訊いたのは、おれに記事を書く資格があるかどうか、見極めるためだったのかもしれないな)

教師も聖職者と呼ばれる職業であり、彼自身のつらい過去とも繋がる。まして、本人がすべてを賭けた特集だ。芳晃に記事を書かせるよう、誰かに命じられたのだとしても、いい加減な執筆者に依頼するわけにはいかなかったであろう。

そうすると、教育の連載記事だと嘘をついたのは、芳晃が気負わず執筆できるように、水上が配慮したのか。いや、死者が出ていることを思えば、本来の意図を悟られまいと、黒幕が指示したとも考えられる。

その意図とは何なのか。ぼんやりと見えているようながら、最も大事なピースが欠けている気がした。

「水上さんがそこまで力を尽くされていたとなると、私の書いたものが期待に添えたのかどうか、いささか不安ですね」

『いや、彼も筒見先生の原稿に満足していましたよ。私も読ませていただきましたが、被害者が残した言葉をうまく取り入れられて、心に訴えるものになったと感じました』

「そのように受け止めていただけたのなら、幸いです」

『いや、まったく、酷い教師がいたものですね。そんなやつがまだ教壇に立っているのかと思うと、腸《はらわた》が煮えくり返ります』

その教師が通り魔に殺された高橋であると、野崎は知らないのだ。彼が読んだ時点で、すでに原稿には手が入れられていたのではないか。

（だから通り魔事件の記事には、木内のことしか書かれていなかったのか）

高橋の所業は、水上のところで情報がストップしていたようである。それも黒幕の指示なのだろう。

「水上さんの連絡先を教えていただけませんか。お世話になったお礼が言いたいのですが」

『個人情報はちょっと。伝言がありましたら、私のほうから伝えます』

「では、良い機会を与えてくださり、感謝していますとお伝えください。いい勉強になりました。それから、もしもよろしかったら、お電話をいただきたいとも」

『承知いたしました。私のほうも、編集長に代わってお礼を申し上げます。この度はありがとうございました』

「こちらこそ。では、今後ともよろしくお願いいたします」

『はい。失礼いたします』

電話を切り、芳晃はすっきりしない思いを噛み締めた。

様々な事実が明らかになっても、また新たな疑問が浮かんでくる。霧《きり》の深い湖で、オールのないボートに乗せられているような心境だ。いつになったら岸に辿り着けるのか、さっぱりわからない。

そんなモヤモヤを解消するためでもなかったが、週刊文光を手に取る。水上のことだという、少年が被害者となった記事を読むために。

男女を問わず性被害者が存在することは、もちろん知っていた。ただ、深刻さは男女で差があると、芳晃は思っていた。社会的に弱い立場の女性は失うものが多く、男のほうはまだ気楽であろうと。しかし、それが誤りであったと気づかされた。

意に反して犯されれば、肉体と心の両方に傷を負う。それは男も女も変わりがない。むしろ男のほうが羞恥心が著しいかもしれない。誰にも相談できず、誇りと自信を失って、日々自己嫌悪と罪悪感に苛まれる。異性と関係を持つことはおろか、同性との友達付き合いも困難になる。そんな中で、いつしか自らの命を絶とうと考える——。

水上が送った苦難の日々に、芳晃は胸が潰れそうであった。男性の性被害者を安易に捉えていたことを恥じ、胸の内で謝罪する。

せめてもの救いは、水上の期待したものが書けて、特集の一翼を担えたことである。たとえそこに、別の人間の意志が加わっていたのだとしても。

（どうする、これから——？）

芳晃は考え込んだ。

野崎に言伝を頼んだものの、おそらく水上は連絡を寄越すまい。これ以上、何かが明らかになるとは思えなかった。そもそも、明らかになったらどうだというのか。

殺された者がいるのは事実である。しかし、死んだのはすべて悪人だ。沼田弁護士については不確定ながら、十中八九間違いあるまい。少なくとも善人とは思えなかった。

（だったらいいじゃないか——）

何よりも大切なのは家族だ。絵梨を、沙梨奈を、三人での生活を、芳晃は守りたかった。ならば、余計なことをしないのが得策ではないか。

意に反して巻き込まれたのは不本意ながら、すべてが望ましいところに帰着したのも事実だ。さらに何かが起こるとは思えない。すべて終わったのである。

それでいて、大事な何かを見落としている気もする。

(疲れてるんだよ、おれは)

昨日、昼も夜も妻を抱いて、その疲労も回復していない。服を着たままベッドに入った。

瞼を閉じると、様々なことが浮かんでくる。それらを追い払い、芳晃は眠りに落ちた。

2

絵梨は夕方前に帰ってきた。

「ただいま」

明るい笑顔を見せた彼女に、芳晃は心から安堵した。

「お帰り」

抱きしめてキスをしたい衝動に駆られたものの、やめておいた。昼間、三時間も眠ったことで体力が回復し、妻を押し倒すかもしれなかったからだ。

絵梨は買い物をしてきており、夕食の準備に取りかかる。芳晃はリビングのソファーで、ノートパソコンを膝に仕事をした。時おり、料理をする妻を見て、幸せな気分にひたりながら。

「ねえ、沙梨奈、遅くない？」

絵梨が訊ねたのは、窓の外がだいぶ暗くなってからであった。

時計を見ると、いつもの帰宅時刻を過ぎている。だが、せいぜい十分ぐらいだ。これまでにも友達とお喋りをしていたとかで、今よりも帰りが遅くなったことがあった。

なのに、彼女はやけに不安げな面持ちを見せている。自分が誘拐されたものだから、娘も同じ目に遭ったのではないかと気を回しているのか。

とは言え、芳晃にも懸念することがあった。

(そう言えば、不審者情報のメールが来てたんだよな)

区内の事件や事故、行方不明者などの情報をメールで受け取れるように、芳晃は登録してあった。昼間、寝て起きたあと、区内に不審者が出たというメールが届いていたのである。

何でも、女子中学生への声かけと、つきまといがあったという。現場は隣の中学校区だ。

そいつがこっちまで足をのばし、沙梨奈が被害に遭ったのではないか。不吉な物思いに囚われたのは、絵梨が誘拐されたことと無縁ではなかった。当事者になったあとでは、すべてが他人事では済まされなくなる。

「じゃあ、ちょっとそこらへんを見てくるよ」

芳晃が腰を浮かせかけたとき、玄関のドアが開く。

「ただいまあ」

いたって能天気な、沙梨奈の声が聞こえた。途端に、絵梨は脱兎《だっと》のごとくリビングダイニングを飛び出した。

慌ててあとを追った芳晃が目撃したのは、玄関先で娘を抱きしめる、妻の後ろ姿であった。

「遅いじゃない……ママを心配させないで」

涙声で叱る母親に戸惑いを隠せないまま、娘も目に涙を浮かべて「ごめんなさい」と謝る。そんなふたりに、芳晃はほほ笑ましさを覚えるより先に、妻の不安定な心を察したのである。

「大丈夫か？」

夜、ベッドに入ってから芳晃が問いかけると、絵梨はきょとんとした顔を見せた。

「え、何が？」

「いや……沙梨奈のこと、やけに心配してたからさ」

これに、彼女は心外だというふうに眉をひそめた。

「子供を心配するのは当然でしょ。まして女の子だし、何かあったら大変じゃない」

それは芳晃も同じ気持ちだ。

沙梨奈の帰宅が遅くなったのは、予想どおり、友達とお喋りに興じていたためであった。

母親を泣かせたことがショックだったのか、彼女はもう絶対に遅くならないと約束し、その場は終わったのである。

夕餉《ゆうげ》の席では、ふたりとも明るさを取り戻し、楽しく語らって家族団欒《だんらん》のひとときを過ごした。芳晃は安堵しながらも、娘よりも妻を気に懸けずにいられなかった。

もともと年のわりに子供っぽく、感情の起伏が激しいところはあった。けれど、今日の彼女はそれとは違っていたようだ。

ＰＴＳＤ——心的外傷後ストレス障害という言葉は、芳晃も知っている。長らく監禁されていた絵梨は、心に少なからず傷を負ったに違いない。そのせいで情緒不安定になるのだろう。ここは夫として、妻をいたわってあげるべきだ。

「ごめん。絵梨が泣いてたから、ちょっと気になってさ」

取り繕って弁明すると、また怪訝な面持ちを向けられる。

「わたし、泣いてないわよ」

「え、そう？　涙声だったし、目が赤くなってたけど」

「ちょっとウルッとしただけよ。泣いたなんて大袈裟だわ」

むくれ顔でなじられ、芳晃は苦笑した。

（ムキになって、絵梨らしいな……）

本質は何も変わっていないのを実感する。

「なに笑ってるの？」

「笑ってないよ。絵梨が以前のままだから安心したのさ」

「何よ、それ」

まだ何か言いたそうな妻の唇を、芳晃は咄嗟《とっさ》に塞いだ。黙らせるためではなく、愛しさが募ったからだ。

絵梨が切なげな吐息をこぼす。パジャマに包まれたからだを、しなやかにくねらせた。

今夜はセックスをしないつもりでいた。昨日は昼も夜も交わり、さすがに荒淫《こういん》が過ぎると反省したのだ。それなのに、彼女を抱きしめるなり股間が疼《うず》きだす。昼寝をして体力が回復したから、容易にその気になってしまったらしい。

絵梨は今日、久しぶりに仕事先へ行ったのである。挨拶だけのつもりが、少し手伝ってきたと聞いた。沙梨奈のことでも気を揉んで、疲れているかもしれない。無理をさせないほうがいいと思いつつ唇を外すと、濡れた瞳が探るように見つめてきた。

「するの？」

ストレートに訊ねられ、「ああ、いや」と迷う。すると、

「あのね、さっき生理が来ちゃったの」

申し訳なさそうに言われて、芳晃はむしろ安堵した。

「ごめんね」

「べつに謝らなくてもいいよ」

「だけど、このところずっと頑張ってくれてたし、ふたり目が欲しかったんじゃないの？」

妊娠しなかったことに、責任を感じているようだ。

「いや、子供ができたら嬉しいけど、べつに子作りのためだけにしてたわけじゃないし」

もっとも、この年でただ妻を抱きたかったというのも気恥ずかしい。

「ふうん、そうなんだ」

絵梨がすべてを察したみたいに、にんまりと目を細める。愛されることに満足している顔つきだ。おかげで、ますます居たたまれなくなる。

背中にあった彼女の手が、ふたりのあいだに入り込む。パジャマ越しに握られて、牡の部分がいっそう力を漲らせた。

「おい、ちょっと」

「ね、手でしてあげようか？」

真顔で訊かれてどぎまぎする。

「いや、いいよ」

「遠慮しなくていいのに」

「そういうわけじゃなくって、絵梨だって疲れてるだろ」

断ったのは、そればかりが理由ではない。性欲の有り余っている若い頃ならいざしらず、四十代の半ばにもなって欲望を手で処理されるなんて、みっともないからだ。

「こんなになってても平気なの?」

「それは絵梨がさわったからじゃないか」

「じゃあ、わたしが責任を取らなくちゃいけないみたいじゃない」

そんなことは言っていないと、反論しようとして諦める。彼女の目が妙にきらめいて、すっかり呑まれてしまったのだ。

結局、押し切られるかたちで身を任せ、芳晃は妻の手で精をほとばしらせたのである。

3

翌日、絵梨は仕事へ出かけた。本格的に復帰するつもりらしい。

送り出すことに、正直なところ不安はあった。しかし、楽しそうに準備をする彼女の顔を見たら、もうしばらく休んだほうがいいとは言えなかった。

それでも心配していることを伝えるために、気遣う言葉をかけた。

「いきなり連続で出勤なんて、疲れないか?」

「大丈夫。からだが慣れるまで、休み休みするから」

そこまで言われたら、あとは信じるより他ない。

(店長さんも、ちゃんと考えてくれるだろう)

春香とのやり取りを思い出す。絵梨が病気で休んでいたと、彼女は信じているのだ。ならば無理をさせないはず。

ひとりになると、芳晃は自室で仕事をした。昨日は三時間も昼寝をしたため、予定したところまで終わらなかったのだ。遅れたぶんを取り戻すべく、集中してノートパソコンのキーを叩く。ようやく本来の進行に追いついたのは、お昼を回ったときだった。

(腹減ったな……)

空きっ腹を満たすべく、デスクを離れてキッチンへ向かう。何かあるかなと冷蔵庫を開けたところで、メールの着信があった。区からの不審者情報だった。

いつも来るそれは、発生日時と場所、不審者の特徴と概要が簡潔に述べられているぐらいである。ところが、今日は長いものだった。

(これ、昨日と同じ不審者じゃないか)

隣の中学校区で起こった、女子中学生への声かけ。その続報と、新たに発生した事例についてであった。

昨日のメールに書かれていたのは、一昨日《おととい》の出来事だ。その後、他の学校でも同様の報告が生徒からあり、さらに今朝も登校時に、跡をつけられた少女がいたという。

しかも今朝の事案の被害者は、発生場所からして沙梨奈が通う中学校の生徒らしい。

不審者情報とは言っても、本当に不審者なのかどうか、判然としないものも中にはある。

単に知らないひとから道を訊ねられたのを、怪しい人物だと早合点して、親なり教師なりに訴えたと思われるものも過去にはあった。

だが、こうして続報まで出るのは珍しい。それだけに、邪悪な意図を持った人間の仕業である可能性が高いと言える。

報告が増えたことで、不審者の特徴も具体的になった。年齢は四十歳前後、身長は百六十センチぐらいで小太り、頭髪は七三分けでグレイのスーツ姿、黒いデイパックを背負っていたという。声かけの内容は「道を教えてほしい」「一緒に犬を捜してほしい」「お父さんの知り合いだから送ってあげる」など、常に同じではないようだ。

身なりだけなら、それほど不審者という感じはしない。怪しまれないように、勤め人を装っているとも考えられる。学区を移動してきたことや、誘う言葉からして、とにかく少女をモノにしたいという強い意志も感じられた。

つまり、愛娘が被害に遭う可能性があるということだ。

不安に駆られたところで新たなメールが届く。沙梨奈の学校から、保護者宛の一斉連絡だった。やはり今朝の事例は、同校の女子生徒であった。

生徒の安全に配慮して、下校時にはひとりにならないよう指導するとのこと。必要ならば迎えに来てもかまわないと書かれてあった。学校も危機感を持っているわけである。不審者の特徴を、生徒にも細かく説明するであろう。

（だったら大丈夫か）

芳晃はひとまず胸を撫で下ろした。

不審者とわかれば、沙梨奈もすぐに逃げるだろう。まかり間違っても、ついていくなんてことはあるまい。母親がさらわれたのであり、他の誰よりも危険を回避しようとするはずだ。

ただ、このマンションは学区のはずれにある。同じ学校の生徒と一緒に帰るにしても、三百メートルほどはひとりで歩かねばならない。

途中まで迎えに行ったほうがいいかなと考えたとき、来客を知らせるチャイムが鳴る。誰かなとモニターを確認した芳晃は、そこに映っていた人物に目を疑った。

（え、どうして？）

絵梨が勤めるリサイクルショップの店長、島本春香だった。

『お忙しいところ申し訳ありません。島本です。筒見さんにお話ししたいことがあってまいりました』

春香が用件を口にする。特に慌てている様子は見られない。まだ出勤していないがどうしたのかと、心配して駆けつけたわけではなさそうだ。

芳晃はすぐさまマンションの玄関を解錠し、春香を家に招き入れた。

「さ、どうぞ」

「お邪魔いたします」

リビングに通してから、「あの、絵梨は？」と、いちおう確認する。

「お店です。今日は在庫の整理をお願いしてあります」

春香が答える。何かあったわけではないとはっきりして、芳晃は安堵した。

（絵梨がいないところで、おれだけに話したいってことなんだよな）

誘拐、監禁されていたことを、絵梨は友人に打ち明けたのだろうか。

「お話といいますと、妻のことですか？」

ソファーに腰掛け、芳晃は慎重に問いかけた。彼女がどこまで知っているのか、まだ明らかではないからだ。

「その前に、わたしは筒見さんに謝らなければいけないんです」

春香が居住まいを正したので、芳晃も背すじをのばした。

「以前、こちらに伺ったとき、奥様――絵梨さんがどうしているのか訊ねましたけど、実は、わたしは知っていたんです」

「え、何を？」

「絵梨さんがご病気ではなかったことを」

心臓が不穏な高鳴りを示す。頰がジーンと痺れる感覚があった。

「……病気ではなかったというと？」

「別のところにいて、筒見さんやお嬢さんに会えなかったんですよね。筒見さんは、誘拐されたように考えておられたと思うんですけど」

話を聞いて事実を知った様子ではない。彼女は、最初からすべてわかっていたのか。

（それじゃあ、やっぱりこのひとは——）

最初の訪問を受けたあと、春香も絵梨をさらったやつの仲間ではないのかと疑った。さすがに考えすぎかと疑念を打ち消したが、あれは真実を衝《つ》いていたらしい。

「その前には、絵梨さんが逮捕されたと伝えられていたわけですから、筒見さんはずっと苦しまれていたんですよね。心中お察しいたします」

咄嗟に立ちあがろうとした芳晃であったが、できなかった。様々な感情に翻弄されたためか、膝に力が入らなかったのだ。

「……つまり、島本さんも絵梨を誘拐したやつの仲間だったんですか？」

どうにか問いかけを絞り出すと、彼女は他人事のように首をかしげた。

「仲間というか、筒見さんから絵梨さんを引き離したのが、わたしたちであるのは事実です」

「わたしたち？」

これも密かに想像したとおり、組織的なものが動いていたようだ。春香はその一員、いや、こうして話をしに来たということは、一味のトップなのか。

「じゃあ、絵梨に成りすまして逮捕された女も仲間なんですね」

「そうですね。存じ上げています」

「週刊文光の水上さんも？」

「はい」

「刑事のフリをして沙梨奈に近づいた男――執筆の依頼を受けるように脅したやつも」

春香がうなずく。他にも関わった人間がいたはずだが、軽いパニックに陥っていたため、すぐには出てこなかった。

「誤解しないでいただきたいんですけど、わたしたちは悪事を働くために集まったわけではないんです。犯罪組織とか、そういうものを想像されているのかもしれませんけど」

「だけど、現に沼田弁護士を殺したでしょう」

春香は口を開かなかった。こちらをじっと見つめてくる。否定も動揺もしないから、間違いなく彼女の組織による犯行なのだ。おそらくは、あの通り魔事件も。

無言の時間が流れ、芳晃もいくらか冷静になれた。信じ難い告白をされたあとも、春香が悪人だとは感じられなかったためだろう。

「疑いを持たれるのも無理ありません。絵梨さんのことでお怒りになるのも当然です」

そう言って、彼女が視線を落とす。少し間を置いて、

「先に、わたし自身のことをお話しします。そのほうが、ご理解いただけるはずですか

ら」

顔をあげた春香の真剣な眼差しに、芳晃は気圧《けお》されるものを感じた。聞かなければならないと、自分の中で誰かが命じる。たとえ、知りたくもない事実を暴かれることになっても。

「筒見さんは、佐々木涼子さんの件を調べられましたよね」

「ええ」

「その前にも、教育現場における性被害について専門誌に書かれていましたけど、被害者の話を聞かれたことはありますか？」

「いいえ。今回、佐々木の妹に会ったぐらいです」

「わたしは被害者なんです」

出し抜けの告白に、言葉を失う。

「……え、被害者？」

ようやく問い返したものの、答えは聞くまでもなかったろう。

「性被害に遭ったんです。高校一年生の終わりに、レイプされました」

より具体的な返答に、今度こそ何を言えばいいのかわからなくなる。

「相手は、涼子さんのように学校の先生ではなかったんですけど、似たようなものですね。塾の先生に、無理やり関係を持たされたんです。その塾には個別指導の部屋があって、わたしはテーブルに押さえつけられ、一時間もかからずに唇から何から、すべて奪われました」

淡々と述べる春香の目から、いつの間にか光が消えていた。当時味わった絶望感が蘇っているかに見えた。

「こういう話をすると、どうして抵抗しなかったのかとか、助けを求められたはずだとか、非難するひとがいるんです。だけど、心から慕っていた、信じていたひとから酷いことをされたんです。たかが十六歳では混乱するばかりで、冷静な対処ができるはずありません」

言われて、芳晃の脳裏に浮かんだのは、佐々木涼子だった。

（あの子もそうだったんだろうな……）

信頼していた顧問に凌辱され、春香と同じく抵抗すらできなかったのではないか。

「している最中に、そのひとは愛の言葉も囁いたようでした。一方で、声を出したらみんなにバレるとか、ボクもキミもおしまいだとか脅され、キミが誘ったんだとも言われました。わたしはどうすることもできず、早く終わってほしいと、それだけを願っていました」

なんて下劣な男なのか。芳晃は募る怒りに拳を握りしめた。

塾の講師でも学校の教師でも、教え子とのあいだに信頼関係が必要であることに変わりはない。そいつは、その大切なものを自ら破壊し、少女自身をも踏みにじったのだ。

「……それで、そのあとは？」

問いかけてから、芳晃は悔やんだ。嫌なことを思い出させるに違いなかったからだ。

「わたしは塾を辞めました。年度の変わり目だったので、そこは合わないからと親に言って」

「あったことを、誰にも話さなかったんですか？」

「話せると思いますか？」

問い返され、芳晃は口をつぐんだ。

「わたしは忘れようとしました。だけど、無理でした。だって、穢されたからだは、わたしに一生ついて回るんです。一時は、着替えやシャワーのときにもまともに見られないぐらい、自分のからだを嫌悪しました」

彼女は絵梨と同級生なのだから、そのときから二十年も経っているのか。それでも、未だに負の感情を引きずっているのが窺えた。

春香だけではない。彼女のような目に遭った人間は、閉じない傷口を一生庇《かば》い続けることになるのだ。中には耐えきれず、自らの命を絶つ者もいる。佐々木涼子のように。

「一番つらかったのは、十代のあいだでした。あのひとに、キミが誘ったと言われたせいもあって、わたしが悪かったのかと、ずっと自分を責めていました」

「いや、島本さんは悪くありません。悪いのはそいつのほうなんですから」

たまらず口を挟むと、彼女が「ええ」とうなずいた。

「だけど、あの頃はそうでもしないと、自分を保てなかったんです。自分を責めることで、ようやく生きる価値を見出せたんです」

十代の少女にとって、過酷でしかない日々であったろう。想像するだけで胸が痛む。

「その講師は、島本さんに酷いことをしたあとも、塾に勤めていたんですか？」

「そうですね。四年ぐらいは」

「その後は、別の塾に移ったんですか？」

「いいえ。この世から消えました」

さらりと告げられ、芳晃は息を呑んだ。春香の唇に、薄い笑みが浮かんだ気がしたからだ。

「それは——こ、殺したってことなんですか？」

反射的に口から出た問いかけに、芳晃は狼狽した。

「いいえ、事故死です。交通事故だと聞いています。わたしが二十歳《はたち》のときでした」

「そうだったんですか……」

「そのことを知ったときに、わたしがどんな気持ちになったかわかりますか？」

「さあ……天罰が下ったと思ったとか」

つい荒《すさ》んだことを口にしてしまったのは、春香の問いかけが挑発的に聞こえたからだ。

「違います。安心したんです」

「え、安心？」

「レイプされてから、わたしには一日たりとも、心の休まる日がなかったんです」

そうだろうなと、芳晃はうなずいた。

「確かに安心できないでしょうね。またそいつに襲われるかもしれませんし」

「そんな単純なことではないんです」

「え？」

「わたしが恐れていたのは、あのひとの存在そのものだったんです。わたしをレイプした男がこの世にいるという、その事実が怖くてたまらなかったんです。また襲われたらどうしようなんて、ほんの些末な問題なんです」

静かな語り口なのに、ひとつひとつの言葉が胸に深く突き刺さる。当事者にしかわからない、真実の重みが載せられていた。

「そうですね……悪魔が本当にいると、知らされたような気分でしょうか。仮に、あのひとが遠くに引っ越したとしても、恐怖心は消えなかったでしょう。どこにいてもレイプされた過去と、あのひとがどこかにいるという事実からは、決して逃れられないんですから」

当時の心境を思い起こしたのか、春香の頬がわずかに引き攣《つ》った。

「あのひとが死んで、わたしが安心した理由がおわかりになりましたか？」

「はい。いえ、たぶん」

芳晃は恥じ入り、正直に打ち明けた。

「おれは、性被害に関することを調べて、事の深刻さを理解した気になってました。だけど、それは事象を知っただけであって、被害者の方たちがどれだけ傷ついたのか、実はわかっていなかったんです。島本さんのお話を伺って、そのことを痛感しました」

「いいえ。少なくとも筒見さんは、理解しようと努力してくださいました。それだけでも、わたしたちには心強いんです」

そうだろうかと疑念を抱きつつ、芳晃は無言で頭を下げた。

「もちろん、あのひとが死んだからといって、すべてが元に戻ったわけではありません。わたしは今でもあの日のことを思い出して、眠れなくなることがあります。それに、あのひとが死んだことを、いい気味だなんて思えないんです。むしろ、同情している部分もあるんですよ」

「え、どうしてですか？」

「自分でもよくわかりません。ただ、あのひとは死んで、わたしは生きているわけです。立場が上になって、ようやく見返せるみたいな気持ちになったのかもしれません」

彼女がずっと「あのひと」と呼んでいた理由が、腑に落ちた気がした。本来なら嫌悪し、「あいつ」と蔑《さげす》んでもいいはずなのに。

「わたしが被害者の方たちと苦しみを分かち合い、立ち直る手助けをしたいと考えられるようになったのも、あのひとが死んだおかげなんです。そういうひとたちが集まって、自由に語り合い、少しでも前向きになれるようにと、『会合』の拠点を作りました。メンバーが増えたら拠点を増やして、その流れでリサイクルショップの経営も始めたんです」

では、被害者をスタッフとして雇っているのか。

性暴力を受けたひとびとのための支援センターや自助グループについては、芳晃も調べたことがあった。薬物やアルコールなどの依存症にも、サポートをする施設や団体がある。要はそういう活動なのだろうと、芳晃は受け止めた。

「わたしたちの会合には、被害者の方はもちろん、家族や身内の方もいらっしゃいます。本人はもちろん、周りの人間も苦しんでいますから」

「水上さんも会合の一員なんですね」

「はい。それから、絵梨さんに成りすまして逮捕された方は、ご本人ではなく、娘さんが被害に遭われたんです」

一度はうなずいた芳晃であったが、次の瞬間、顔から血の気が引くのを覚えた。

（あの女性……絵梨と変わらない年に見えたよな）

身代わりだったのだから、それも当然だ。その娘となると、沙梨奈と同い年ぐらいか、あるいはもっと下――。

「……娘さんというのは、おいくつなんですか？」

恐る恐る訊ねても、春香は首を横に振るだけであった。ただひと言、

「レイプしたのはご主人です」

そう言って唇を引き結んだ。

幼い娘を夫に犯された母親の心境など、芳晃に推察できるはずがなかった。自身が娘の父親であってもだ。それこそ罪なくして勾留されるよりもつらい、地獄を味わったに違いない。

重苦しい沈黙のあと、春香が口を開く。

「筒見さんに週刊誌の依頼を受けるようお電話した方も、ご家族の方が被害者です。それからお察しかもしれませんけど、佐々木涼子さんのお祖父《じい》様も、わたしたちの一員です」

とにかく、ただの自助グループではないのだと、芳晃は悟った。

「通り魔に殺された木内がレイプしたという、あの女性の遺族もメンバーなんですか？」

質問するあいだにも喉がやたらと渇き、芳晃は何度も唾《つば》を呑み込まねばならなかった。

「週刊誌に書かれていた、焼死した女性ですよね。ええ、弟さんが」

「じゃあ、その弟が殺し――」

木内と、彼に荷担した沼田は、刃物で滅多刺しにされたのだ。復讐の匂いがする過剰殺傷であり、そこまでするのは身内しか考えられない。

春香は無言だった。それが何を意味するのか、もちろん芳晃は理解していた。

「……勘違いをされては困るんですけど、弟さんはあくまでも、真っ当な裁きを望んでいたんです。お姉さんの身に起こったことを自ら調べて、真実を明らかにしようとしました。あの火事が放火と認められれば殺人罪が成立して、時効は関係なくなるわけですから。どれだけ時間がかかっても、犯罪の事実を解き明かすつもりでいたんです」

「だけど、立証することができなかったと？」

「いいえ。調べたことを世に問えなかったんです。妨害が入って」

「妨害？」

「あれはすでに、終わったことになっていましたから。それを蒸し返されたら、関わったひとたちは面白くないですよね。自分たちの捜査を否定されるようなものですから」

関わったひとたちとは捜査関係者、つまり警察のことらしい。

(てことは、弟は警察官になったのか？)

それならば、捜査資料などを見ることはできよう。しかし、すでに解決したとされている事件を司法の場で問うのは、容易ではあるまい。

未解決事件や冤罪には、警察組織のメンツによって生み出されたものもあるという。当初の見込みを押し通したり、関係機関との連携を怠《おこた》るなどして、真犯人を取り逃がした例はひとつやふたつではない。芳晃もいくつかのルポルタージュを読み、義憤《ぎふん》に駆られた。

被害者の弟も、望んで警官になったのに、どうにもならなかったのではないか。配属の部署や所轄が異なっていれば、口を出すなと門前払いを喰うだろう。上に進言したところで、面倒がって味方になってくれまい。

(あ、それじゃ——)

芳晃の脳裏に、ひとりの男が浮かんでいた。あの日、神田駅で見かけたと思った、杉並警察署の小柴だ。彼が被害者の弟で、会合の一員だとすれば、絵梨の件をまともに取り合わなかったことも納得がいく。事情を知っていたからなのだ。逮捕した女を聴取したときも、偽者だとわかって対応していたのだろう。

警察を辞めたのは、正義が執行されないことに絶望してなのか。それとも、法律ではなく自らの手で裁く路《みち》を選んだのか。捜査一課の刑事たちの反応からして、そのときにひと悶着《もんちゃく》あったのは間違いあるまい。たとえば、組織の不正や隠された不祥事を暴露しようとしたとか。

「被害者の弟とは、小柴刑事ですね」

断定の口調で確認しても、春香は無言であった。否定しないから、やはりそうなのだ。

「つまり、司法の場では裁けないから、自ら手を下すことにしたと」

「それだけじゃありません」

春香が答える。彼が木内たちを殺したと認めたわけである。

「レイプされたのがお姉さんだけでなく、他にもいたことがわかったんです。それから、さらに被害者が増えるであろうことも」

木内の余罪については、週刊文光にも書かれていた。ネタ元はおそらく小柴であり、水上を通じて編集部に情報が渡ったのではないか。そこまで調べたのであれば、現在進行で狙われている女性がいるのも突き止められただろう。

「じゃあ、新たな被害者が出るのを防ぐために?」

「そうですね。あの日殺されたふたりに関しては」

ふたりとは木内と、高橋のことだ。

(木内を殺すついでに、高橋も亡き者にしたわけか)

適当な理由であの場に呼び出し、一撃で仕留めたのではないか。同時にふたりを殺したのは、高橋は巻き添えだったと世間に思わせるためなのだ。

涼子の妹は、姉の性被害を世間に公表してもかまわないと言った。けれど、メンバーだという祖父は、孫が辱められた事実を隠したかったのではないか。芳晃が執筆した記事に、高橋だとわからないよう巧みに直しが入ったのもそのためなのだろう。

高橋の被害者が、涼子の他にもいたのはほぼ明らかだったものの、さらに狙っていた教え子がいたとは初耳だ。意外でこそなくても、春香たちはその情報を、いったいどこから得たのだろう。

（仲間は他にもいるってことか……）

芳晃は察した。ここまで挙がった以外にもメンバーがいるのだと。

被害者や、被害者の家族だけではないように思える。拠点は複数あるようだし、賛同者や協力者もいて、ある種のネットワークをこしらえているのではないか。たとえば週刊文光の編集部や、もしかしたら警察関係にも、水上や小柴をサポートする者がいたと考えられる。

「いったい何人の人間が、島本さんの会合に関わっているんですか？」

春香はまたも無言だった。ただじっとこちらを見つめてくる。まだわからないのかと責められているようでもあった。

悪事を働くために集まったわけではない、犯罪組織とは異なると、彼女は弁明した。しかし、結託して殺人を犯したのである。なのに犯罪組織ではないなんて、どの口が言えるのか。

目の前にいる女性は、気の毒な被害者ではない。被害に遭ったのは事実でも、それを撥《は》ね返す力を持っている。むしろ今は加害者だ。

「間違ってますよ」

　芳晃は絞り出すように告げた。

「何がですか？」

「おれ自身、復讐は許されると考えました。加害者は非道なことをしたのであり、報《むく》いを受けるのは当然だと。でも、組織という強大な力を得て、有無を言わさず命を奪うのは、復讐でも何でもありません。血の通っていないテロリズムです。明らかにやり過ぎです」

　自分の発言が的を射ているのかどうか、芳晃はわからなかった。彼女たちにシンパシーを覚えていたのは確かながら、やり方が気に食わないから反発しているだけかもしれない。とにかく、何かが引っかかり、手放しで受け入れられなかった。

　すると、春香が静かに反論する。

「わたしたちは、誰彼かまわず殺したわけではありません。その必要があると判断した場合、やむを得ず最終手段を採っただけです。今回も、それから、これまでも」

　葬られたのは沼田と高橋、木内だけではないのだ。以前から、彼女たちは密かに制裁を実行していたのである。

　正直、驚きはなかった。ただの支援グループではなく、しかもかなりの人間が関わっていると察した時点で、過去にも同様のことがあったと推測できたのだ。

「筒見さんは、性犯罪者の再犯率をご存知ですか？」

「おれが見た資料には、十四パーセントぐらいだと書かれてました」

「そうですね。子供を狙う犯罪者は、再犯が八割以上だという説もあるようですけど」

春香がやるせなさげに肩を落とす。

「でも、そんな数値に意味はありません。あくまでも立件された事例についてのみなんですから。逮捕されても釈放されたり、逮捕すらされなかったり、事件そのものが公《おおやけ》にならない場合のほうがずっと多いんです」

芳晃はうなずいた。性犯罪に関しては、きちんと裁かれることは稀《まれ》なのだ。

「何の咎も受けず、罪を重ねている性犯罪者がたくさんいるんです。そいつらによって今日も、たった今も、被害者が生まれているんです。なのに、何もしないで、ただされるままになっていろとおっしゃるんですか？」

「だけど、殺すのは……」

「先ほども言いましたが、命を奪うのは最終手段です。わたしたちも、彼らが真っ当な人間になることを望んでいるんです。それから、同じ苦しみを味わうひとを、新たな被害者を生みたくないんです」

だったら沼田はどうなのかと、芳晃は思った。放火殺人をして木内を助けたのだとしても、また同じことをするとは言い切れまい。あれは完全に私怨《しえん》の制裁だ。

しかし、木内が再び罪を犯せば、弁護士として、あるいはその職務を逸脱して、彼が無罪放免になるよう画策するだろう。要はレイプ魔の共犯者であり、同罪と言える。

（……小柴は、沼田の放火殺人を、どうやって暴いたのかな？）

ふと疑問が湧く。残っていた捜査資料だけで、それが立証できたとは思えない。

おそらく、最後は脅して白状させたのではないか。犯行現場になった温泉旅館に誘い出して。絵梨の成りすましの弁護を務めたお礼とか、あの場に招く口実はいくらでも考えられる。木内の件からして、沼田は饗応《きようおう》に慣れていたようであるし。

小柴が現れて、沼田はかなり驚いたはず。それとも、顔を隠して脅したのか。何にせよ、その場で殺したのは激昂《げっこう》に駆られてなのだろう。春香が口にした理想論とはかけ離れている。

そうだと確信しても、今の芳晃には反論するだけの気力がなかった。このひとには何を言っても通じない。

また、彼女たちのすべてを否定したいわけでもなかったのである。

悪事を働き、反省も後悔もしない連中は山ほどいる。犯罪者とは限らない。政治家などの権力者から市井《しせい》の一般人まで、善良なひとびとにとっては害悪でしかない連中は、そこかしこに存在する。そして、日々誰かを苦しめるのだ。

そいつらをこの世から消し去ることができればと、芳晃とて考えたことはある。まして、レイプは魂《たましい》の殺人とも呼ばれる犯罪だ。誰かの人生を奪うにも等しいことをした連中に、果たして生きる価値や権利があるだろうか。

彼女たちに同意しながらも、胸の内につかえるものがある。道徳心や倫理観ではなく、別の何かが春香に反旗を翻《ひるがえ》していた。

それがようやく見つかる。

「そのために、おれを利用したんですね」

芳晃は彼女を睨みつけた。

「高橋の罪を、佐々木涼子を犯したことを明らかにするために、絵梨をさらっておれを操り、調査をさせた。挙げ句、高橋を殺したんだ」

知らず知らずのうちに殺人の片棒を担がされたばかりか、家族まで巻き込まれたのである。そのことに怒りがこみ上げる。

「絵梨を苦しめ、おれや娘にもつらい思いをさせたあなたに、理想を口にする資格はない。何が被害者を生みたくないだ。おれたち家族が被害者じゃないか」

積もり積もった思いを吐き出しても、芳晃の気は晴れなかった。別の何かが、まだ胸につかえていたのである。

「涼子さんの件で確証が得られたのは、筒見さんのおかげです。それは間違いありません」

春香の口振りは、どこか他人事のように感じられた。

「ですが、彼があなることは、前々から決まっていたんです。その前に、残されていた

あろう罪について、処刑宣告を受けていたと。


では、高橋の死は、すでに確定事項だったというのか。他のレイプや、今後行われるであろう罪について、処刑宣告を受けていたと。

「おれは無駄な努力をしていたっていうんですか？」

「違います。涼子さんの件で真相を明らかにしたいというのが、お祖父様の願いでしたから。わたしたちもある程度は摑んでいましたが、詰めの部分は涼子さんの担任で、高橋の同僚だった筒見さんにお任せするしかなかったんです」

「だったら、絵梨を誘拐しなくてもいいでしょう。訳のわからない取材記事を書かせるんじゃなくて、直接おれのところに来ればよかったんだ」

「つまり、わたしなり誰かが筒見さんのところにお邪魔して、涼子さんの自殺の真相を突き止めたいから調べてほしいと依頼すればよかったんですか？」

「ええ、そうです」

「そうすれば、筒見さんは調査をしてくださいましたか？」

「当たり前でしょう。教え子のことなんですから」

「でも、あのときは絵梨さんがいなかったから、犯罪に巻き込まれたと信じていたからこそ、涼子さんのことも真剣に調べられたんじゃありませんか？」

本気を出させるためだとあの男にも言われたし、芳晃もあとで納得したところがあった。

だが、意図的に仕組まれたと明らかになった今は、反撥《はんぱつ》しか湧いてこない。

「そんな理由で、絵梨を引き離したっていうんですか？」

「それがすべてではありませんけど、いい方向に働くだろうとは思いました」

持って回った言い方が焦れったい。肝腎なところに触れず、逃げ回っているようだ。

「涼子さんのことを調べていただいたのは、性被害の実態を深く知ってもらいたい意味もあったんです。被害者の苦しみを、我が事として受け止めるために」

説教くさいことを言われて、いよいよ我慢ならなくなる。

「おれが被害者を知りもせず、性被害のことを書いていたって非難したいんですか？」

「そうじゃありません。当事者として理解されるのを期待したんです」

「当事者？　そりゃ、ちゃんと理解していたとは口が裂けても言えません。だけど、おれはおれなりに――」

そこまで言って絶句したのは、こちらを見つめる春香の目が、最後の問いを投げかけているのがわかったからだ。

《――もう、わかっているんでしょう？》

からだがどうしようもなく震える。これ以上、彼女の言葉を聞くんじゃないと、防衛本能が訴えていた。

「本当の目的は、絵梨さんを救うためだったんです。いよいよ限界が近くて、もう、どうしようもなかったから、一度ご家族から離す必要があったんです」

「絵梨を救う……それは、いったいどういう」

「絵梨さんはお嬢さん――沙梨奈さんを気に懸けていました。そのせいで、過去のご自身を投影しすぎて、心が壊れそうだったんです」

もういい、やめろと、何かが命じる。芳晃は耳を塞ぎ、闇雲《やみくも》に叫びたかった。何も聞きたくなかったのだ。

「わたしと絵梨さんは、高校時代の友人ではありません。会合で知り合ったんです」

それが何を意味するのか、改めて問うまでもない。

4

「ただいま」

絵梨の声で、芳晃は我に返った。

「あ、ああ、お帰り」

「どうしたの、明かりも点けないで？」

言われてようやく、日が陰っていたことに気がつく。リビングダイニングは薄暗く、彼女の表情もよく見えなかった。

「ごめん。考え事をしてたんだ」

「考え事って？」

「仕事のことでちょっと」

曖昧な返答に、絵梨が「そう」と相槌を打つ。壁のスイッチに触れ、室内に光を満たした。

「すぐにご飯を作るわね」

持っていた買い物袋をダイニングテーブルに置き、彼女は寝室に向かった。普段着に着替えるのだろう。その後ろ姿に、芳晃は胸が締めつけられるのを覚えた。

（絵梨が……本当に——）

信じられないし、信じたくもない。できれば本人に問い詰めて、嘘だと言ってもらいたかった。そんなことができるはずないと、わかりつつも。

春香が帰ってひとりになったあと、芳晃はずっと絵梨のことを考えていた。初めて会ったときから今に至るまでを振り返ったのだが、思い出にひたっていたわけではない。彼女が「被害者」であることを示唆《しさ》する事柄を探したのである。

絵梨と出会ったのは、当時勤めていた高校の飲み会の場だ。同じ学年部の親睦会で、芳晃は初めて訪れた居酒屋であったが、彼女はそこで働いていた。

チェーン店ではなく、小料理屋っぽい店。カウンターとテーブルの他に小上がりもあり、雰囲気がよくて料理も美味しかった。

その後、仕事帰りなどにプライベートでも訪れたのは、店そのものが気に入ったからである。やがて絵梨とも顔見知りになり、気軽に言葉を交わす間柄になった。教師という仕事柄なのか、芳晃は真面目に頑張っている子を応援したくなる。絵梨はそういう女性だった。器用でないのが自分でもわかるのか、手を抜かず誠意を持って働く。愛らしい笑顔にも惹かれた。好感が好意へと変わり、恋慕の情を抱くのに長くはかからなかった。

店の外で会いたいと初めて誘ったとき、芳晃はかなり緊張していた。彼女が戸惑った顔を見せたため、これは駄目なのかと落胆しかけたものの、笑顔でオーケーしてくれて、天にも昇る心地を味わった。

付き合っていても、十歳という年の差は気にならなかった。まだ若い絵梨に、芳晃は保護者のようなつもりでいたが、実は彼女のおおらかさに救われていたのだと気がついたのは、結婚して教師を辞めたあとである。

絵梨と初めて肉体を繋げた場所は、当時芳晃が住んでいたアパートだ。彼女もそのつもりでいたようで、キスをして服を脱がせても拒まなかった。ただ、いよいよという段になって、

『妊娠したら責任取ってね』

と、真面目な顔で言われて怯んだのを、今でもはっきりと憶えている。

行為のあいだ、絵梨はずっと受け身だった。それでも、まったく経験がないわけではなさそうだった。

絵梨が過去にどんな男と付き合ったのか、芳晃は一度も質問しなかった。知る必要はなかったし、知りたいとも思わなかった。嫉妬に駆られるだけだとわかっていたのだ。

彼女もまた、芳晃の女性関係を訊ねたことはない。同じように知りたくないという気持ちからだったのか、それとも、

(自分のことを訊かれたくないから、黙ってたのか?)

妻の過去を知らされた今は、そんなふうにも思えるのである。


「おわかりですよね? 絵梨さんもわたしと同じ被害者——サバイバーなんです」

春香の宣告は、どこか虚ろに響いた。おそらく信じたくなくて、心が全力で拒絶していたためだ。それを見抜いたのか、彼女が険しい面差しを見せる。

「おつらいのはわかります。だけど、絵梨さんはもっとつらい目に遭ったんですよ」

強い口調で諭されたせいか、反発心が頭をもたげた。

「本当なんですか、それは?」

自然と喧嘩腰になったのは、どうあっても否定したい気持ちの表れだったろう。

「絵梨は、おれと普通に夜の営みをしてましたし、拒まれたことは一度もありません。こ

のあいだ帰ってきてからだって――」

頭に血が上り、余計なことまで言いそうになる。芳晃はさすがに口をつぐんだ。

「レイプされた女性は男嫌いになって、セックスもできなくなると言いたいんですか？」

そんな反論は予想していたと言わんばかりに、春香が問い返す。

「もちろん、そういうひともいます。現にわたしは、しばらくは父親とすら、まともに会話ができませんでした。今はだいぶマシになって、こうして男の方とも一対一で話せるようになりましたけど、セックスは未だにできません。ひと混みで男性に囲まれるとからだが強ばって、動けなくなることもあります」

唇を震わせての告白に、芳晃は己の軽率さを悔いた。愚かなことを言ったせいで、彼女の傷口を開くことになったのだ。

「だけど、みんながみんなそうではありません。逆に男性に依存したり、行きずりの相手と肉体関係を持つひともいます。どうせ穢されたのだからと自棄《やけ》になっている場合もあれば、もともと自分は誰とでもセックスができる人間なんだと思い込むことで、被害者としての苦しみを打ち消そうと振る舞うひともいます」

そこまで極端な事例は、芳晃が参考にした文献にはなかった。ただ、あったとしてもおかしくはない。当事者の口から語られるぶん、説得力もあった。

「女性でも男性でも、被害に遭ったあとの行動は様々です。確かなのは、絵梨さんが筒見さんに身を任せられるのは、それだけ信頼しているからなんです。だからこそ筒見さんにも、絵梨さんのことをしっかりと理解していただきたいんです」

芳晃は返事もできずに黙りこくった。絵梨が自分に抱かれたのも、一種の依存だったのではないか。そう考えると、何もかも信じられなくなりそうだ。

妻を犯したのは誰なのか、どんな状況だったのか、疑問は次々と湧いてくる。一方で、そんなことまで知りたくない気持ちも強かった。もしも春香が詳細をこの場で語りだしたら、芳晃は今度こそ耳を塞いだであろう。

愛するひとを穢されたなんて、ありきたりな感傷とは異なる。どうして最初から打ち明けてくれなかったのかという苛立ちもあった。自分でもよくわからない、着地点のない感情が、胸の中で渦巻いていた。

(もしかしたら、絵梨はおれに抱かれるたびに、レイプされたときのことを思い出してたんじゃないだろうか)

そんな想像も浮かんで、無意識に奥歯を嚙み締める。ようやく帰ってきた妻に欲情し、調子に乗ってからだを求めた自分が、薄汚い獣《けもの》のように思えた。

「……それは、いつのことなんですか？」

ようやくひとつの問いかけが、唇からこぼれ落ちる。

「詳しいことは、わたしも聞いていなかったんです」

春香が静かな声音で話す。

「会合は、自分のことを話して共感や理解を得て、少しでも前に進むことを目的にしているのですが、何もかも包み隠さず打ち明けられるひとは稀なんです。先ほど、筒見さんにわたし自身の経験をお話ししましたけど、あれがすべてではありません。気持ちの面も含めて、誰にも言えないことがあります」

芳晃は納得してうなずいた。

「絵梨さんは、ご自身のことをほとんど話しませんでした。わたしたちに心を許していないわけではなく、まだ話す準備ができていなかったんです」

「じゃあ、家族にも？」

「打ち明けてないと言ってました」

絵梨の実家を訪れると、向こうの家族は快く迎えてくれる。結婚の挨拶をしたときも、両親は朗らかに応じてくれた。娘の過去を知っていたら、あんな顔はできなかったであろう。

「それ以外のことなら、絵梨さんは何でも話しました。筒見さんが以前は学校の先生をされていて、今は本などを書かれているのも、わたしは絵梨さんから聞いて知ったんです。それで、わたしたちは涼子さんの件を、筒見さんにお願いすることにしました」

絵梨の話を受けて、様々なツテで経歴や現状を調べたのだろう。

「ただ、今回、絵梨さんがどうしようもないところまで追い詰められたために、わたしたちにもわかったことがあったんです」

「……何がわかったんですか？」

「絵梨さんが、いつ被害に遭われたのか。今の沙梨奈さんと同じ年頃だったようです」

途端に、激しい怒りが全身に満ちる。顔が紅潮したのが、鏡を見なくてもわかった。

（それじゃあ、絵梨は中学生のときに――）

まだあどけない少女がレイプされたのだ。

誰ともわからぬ加害者に、芳晃は殺意を抱いた。高橋が涼子を辱めた確証を得たときも、彼を殺したくなったが、それを優に超える激しい衝動であった。

そのとき、あることを思い出して、衝動がいくらか鎮《しず》まる。

（あ、あの写真）

沙梨奈に頼まれて、絵梨の昔の写真を漁ったときに見つけた一枚。一部が切り取られ、頭と胸に針を刺した跡があった。あの切り取られたところに、加害者が写っていたのかもしれない。そして、穢された自身への嫌悪から、絵梨が自らに針を刺したのではないか。

あれ以降、写真が少なかったのも納得できる。被害者である自分の記録を残したくなかったのだ。そして今回、彼女が追い詰められたというのは――、

「沙梨奈が……自分の娘も同じ目に遭うんじゃないかと考えて、絵梨は耐えられなくなっ

たっていうんですか？」

　声を震わせての問いかけに、春香が首肯する。

「沙梨奈さん、昔の絵梨さんにそっくりなんだそうですね。顔だけじゃなくて、お母さんにだけ反抗するところなんかも」

　子供が自分と似ているのは、親として嬉しいはず。なのに、絵梨の中では最悪な記憶を呼び覚ますほうに働いたのだ。それにより、娘が同じ目に遭うのではないかという危惧が、取り越し苦労では済まされないほどにふくれ上がったのだろう。

「お家では、何でもないように振る舞っていらしたと思いますけど、絵梨さんはかなり苦しんでいたんです。わたしたちのところへ来るたびに泣いてましたし、できることなら沙梨奈さんを家に閉じ込めて、一歩も外に出したくないとまで言ってました」

「……まったく気がつきませんでした」

　打ちひしがれた気分で、芳晃は告げた。

「無理もありません。ご家族には心配をかけないよう、気を張っていたと思いますから。でも、それもいよいよ限界で、このままだと最悪の事態を引き起こしかねないと判断して、わたしたちはしばらく家を離れるよう提案したんです」

「最悪の事態？」

「考えたくはありませんけど、無理心中とか」

明るくて子供っぽく、自由気ままというのが、芳晃から見た妻の姿である。まさか、そこまで深刻に悩んでいたなんて。沙梨奈の反抗も、芳晃はいずれおさまると楽観視していたが、絵梨は自身の過去を投影し、居ても立ってもいられなかったのであろう。

「……絵梨が会合に参加するようになったのは、いつからなんですか？」

「準備段階からです。わたしは大学在学中に、ネットを通じて呼びかけていたんですけど、絵梨さんはわりと早くに応えてくださったんです。最初は、ボランティアとしてお手伝いがしたいということだったんですけど」

「え、ボランティア？」

「わたしと絵梨さんは同い年で、すぐに仲良くなったんです。でも、サバイバーだと打ち明けてくれたのは、だいぶ経ってからです。そういう印象がほとんどなかったので、わたしも驚きました」

おそらく絵梨は、内に秘めたものを見せまいとしていたのだ。家族にも、周囲にも。佐々木涼子がそうしたのと同じように。

「絵梨とは、かなり長い付き合いなんですね」

「そうですね。沙梨奈さんが生まれた前後は、しばらく顔を見ない期間がありましたけど」

妊娠後期と出産後を除けば、絵梨はけっこう外出をしていた。そのとき、会合にも参加していたのだろう。パートタイマーの仕事は近所のスーパーマーケットだったが、あれも会合絡みで紹介されたのかもしれない。

そして、沙梨奈が中学に入ってから、休日以外は春香のところへ行くようになったのは、仲間に縋らずにはいられなくなったためなのだ。

「ええ。リサイクルショップは、実際に経営されているんですよね」

「スタッフはみんな会合のメンバーですけど、四六時中悩みを打ち明けあっているわけではありません。同じ境遇の仲間と働くことで気も紛れますし、閉じこもっていないで外に出る勇気も得られますから」

「おれや沙梨奈と離れていたあいだ、絵梨はずっと店にいたんですか？」

「どこにいたのかは、今はお教えできません。いくつかある拠点のひとつとしか」

仲間でない人間には、組織の全貌を明らかにできないというわけか。そのとき、芳晃は顔から血の気が引くのを覚えた。

「絵梨は、何があったのかすべて知ってるんですか？　高橋たちが殺されたことや、おれも関わっていたのを」

「いいえ、何も」

春香が首を横に振る。嘘ではなさそうで、芳晃はとりあえずホッとした。

「わたしたちは、全員がすべての情報を共有し、行動を等しくしているわけではないんです。あくまでも個々の立ち直りが目的なので。ただ、同じ規範を持った者同士が協力して、秘密裏に行動することはあります」

「では、過去のレイプ魔への制裁にも、絵梨は荷担していないと？」

制裁という言葉が気に食わなかったのか、春香がわずかに眉を寄せる。それでも、「そうですね」とうなずいた。

「何らかの動きがあったのは察していたかもしれませんが、性格的に賛同しないだろうと思いましたので、そっちの件には声をかけていません」

「じゃあ、家を離れることについては、どう説得したんですか？」

「旦那さんたちには、からだを壊したので療養すると伝えるからと、そう言い聞かせました。それで納得したかどうかはわかりませんが、絵梨さんも時間を置く必要があると理解していましたから、わたしたちに従ったんです」

夫や娘に事情を説明できない以上、会合の仲間に任せるしかなかったのだろう。帰ってきたとき、絵梨が何度も謝ったのは、自分の都合で家を空けて、迷惑をかけたという思いからだったのだ。

（そうすると、どこで誰といたのか絵梨に訊ねなかったのは、結果的によかったわけか……）

実は誘拐、監禁されていたことになっていたと知ったら、彼女は混乱したかもしれない。

そうなったら、春香たちはどう説明をしたのだろう。それとも、夫と娘が余計なことを訊かずに受け入れると見抜いていたのか。

何にせよ、もはや手段を選んでいられないところまで、絵梨は追い込まれていたようだ。

(偽刑事と沙梨奈の会話も、支障のないところだけを絵梨に聞かせたのかな)

そんなことも、ふと思い出す。あの男は、絵梨が娘を恋しがって泣いたと言ったが、実際にそうだったに違いない。

事情を理解しつつも、未だ全容の見えない組織に踊らされていたことに、吐き気に似た怒りがこみ上げる。何もかもわかっているふうな口を利く、目の前の女性にも嫌悪感が募った。

「つまり、おれたち家族に本当のことを知らせず、操っていたってことですよね。絵梨は逮捕なんかされていなかったのに、おれにそう思い込ませて、将棋の駒《こま》みたいに動かしていたわけだ。さぞ気分がよかったでしょう。おれだけじゃなく、沙梨奈がどれだけつらい思いをしたのかも知らないで。自分たちの目的のためなら、誰が苦しもうが知ったこっちゃないんだ」

憎しみをあらわにされても、春香は冷静であった。顔色ひとつ変えずにこちらを見据える。おかげで、芳晃は気を殺《そ》がれてしまった。

「筒見さんやお嬢さんが苦しまれたことは、もちろん承知しています。それでも、絵梨さんを救うためには仕方がなかったんです」

「仕方ないって……」

「事情をすべてお話しできればよかったんですが、絵梨さんがそれを望まない以上、違うかたちでご家族から遠ざける以外に方法がなかったんです。だったらと、この機会を利用して、筒見さんに動いていただいたんです」

芳晃には、ただの開き直りにしか聞こえなかった。絵梨のためだというのは理解できても、他に方法があったはずだという思いを拭い去れない。

けれど、娘の帰りが遅くなったときに取り乱した妻を思い出し、やはりそうするしかなかったのかと唇を歪める。

(沙梨奈は反抗しなくなったし、絵梨が安心できる状況になったのは確かなんだ……)

不安が完全になくなったわけではないにせよ、前よりも落ち着いたのは間違いあるまい。ならば、済んだことで春香たちを責めても無意味である。

「筒見さんは、絵梨さんは逮捕されていなかったとおっしゃいましたよね」

静かな問いかけに、芳晃は顔をあげた。

「え？」

「確かに、今回勾留されていたのは身代わりの女性で、絵梨さんではありません。だけど、絵梨さんは被害に遭ったそのときから、ずっと囚われているんです。逃れられない過去に幽閉されて、自由になれずに苦しんでいるんです」

春香の目が潤んでいる。彼女自身もそうだったのだろう。加害者の男が死ぬまでは。

「絵梨さんが過去の呪縛から解き放たれ、自由になれる手助けをしてあげることが、わたしたちの務めだと思いませんか？」

「いや、それは——だけど……」

言葉が続かず、芳晃は口を引き結んだ。

「わたしが絵梨さんには内緒で、こうして筒見さんにすべてをお話ししたのは、実はお願いがあるからなんです」

「お願い……絵梨のことで？」

「それもあるんですけど、まずはわたしたちの一員になっていただけませんか？」

組織に勧誘されたのだと理解するのに時間を要したのは、あまりに唐突だったからである。だが、ただの思いつきや成り行きで、彼女は誘ったわけではないらしい。

「今回、こういうことになった以前から、わたしたちのあいだでは、筒見さんを仲間にしてはどうかという話があったんです。性被害に問題意識を持ち、真剣に向き合っているのが、書かれたものでわかりましたから」

「いや、あれは」

「筒見さんも、そのほうが安心じゃありませんか？　絵梨さんがどんなふうにわたしたちと関わっているのか、間近で見られるんですから。その前に、過去をすべて知った上で受け入れることを、絵梨さんに伝えていただく必要がありますけど」

「あの――」

「すぐにとは申しません。最初は外部から、わたしたちに協力してくださるだけでもいいんです。今回、涼子さんの件を調べていただいたみたいに」

「ちょっと待ってください」

芳晃は右手を前に出し、春香を黙らせた。

「つまり、またおれにひと殺しの手伝いをしろというんですか？」

懐柔《かいじゅう》されまいと、わざと悪意のある問いかけをする。妻を救いたい気持ちはあっても、犯罪の片棒を担がされるのは御免だった。絶対に発覚しない保証はないし、できることなら絵梨にも、彼女たちとの関係を絶ってもらいたいぐらいだ。

（そうさ。絵梨を助けるのは、おれひとりでだってできる）

新たな決意を胸に抱いた芳晃に、春香が向けたのは冷淡な眼差しだった。

「そこまでは言ってません。筒見さんの意に添わないことを、無理にさせるつもりはありませんので」

何を今さらと、彼女を睨みつける。実際、高橋殺しに関わらせたではないか。

「でも、筒見さんは、わたしたちの方針に心から反対なさっているわけではないですよね？」

「それは——いや……」

「先ほど、まだ中学生だった絵梨さんがレイプされたと知ったとき、相手の男をどうしたいと考えましたか？」

胸を抉《えぐ》る問いかけに、芳晃は絶句した。

5

「沙梨奈、遅いわね」

絵梨の言葉に、芳晃はノートパソコンに向けていた視線を上げた。壁の時計を見ると、普段の帰宅時刻を二十分ほど過ぎている。

「学校を出るのが遅くなったんじゃないか？　先生に用事を頼まれたとか、友達と話し込んでいたとかして」

「でも、注意したばかりなのに」

絵梨が不安げな面持ちを見せる。つい昨日、いつもより帰りが遅かった娘を心配し、彼女が平静を失ったのを思い出した。

そのときは大袈裟だと感じたが、妻の過去を知った今は、無理もないと受け入れられる。自分と同じ目に遭ったらと、心配でたまらないのだ。

「じゃあ、ちょっと見てくるよ」

芳晃はすぐに立ちあがった。少しでも絵梨の気持ちが安らぐならと。

テーブルに置いていた携帯を手にし、ノートパソコンを閉じる。その画面には、ワープロソフトの白い画面が映し出されていた。仕事をしているふうを装いながら、指はキーに触れてもおらず、ずっと考え事をしていたのである。

『わたしたちの一員になっていただけませんか？――』

勧誘の台詞が、頭から消えずに残っている。断るつもりが断り切れず、保留というかたちで春香との話し合いは終了した。

仲間になったところで、すぐさま加害者への制裁に荷担させられるわけではあるまい。性被害に遭って傷ついたひとびとが、前に進むための手助けをするのだろう。だが、何ができるのかわからないし、心に深い傷を負ったひとの助けになれる自信はなかった。

しかし、会合の他のメンバーはともかく、絵梨だけは救いたい。

少女時代に凌辱されたと知ったときには、さすがにショックを受けた。しかし、それによって妻への愛情が変わることはない。むしろ、支えてあげなければならないと思った。

けれど、隠していた過去を、友人が夫に暴露したと、絵梨はまだ知らないのだ。すべて知っていることを、どう切り出せばいいのだろう。不用意に告げたら彼女を動揺させ、傷つけるのは目に見えている。

但し、仲間に加われば話は別だ。そうなれば春香が経緯を説明するだろう。絵梨も納得して受け入れてくれるかもしれない。

だったら、不都合な事実に目をつぶってでも、会合の一員になるのが最善の策だと思える。制裁に携わっているのは一部の人間なのだろうし、そちらに関わらなければいいのだ。

さりとて、高橋の件を調べたみたいに、知らぬ間に協力させられる可能性がある。

芳晃がためらうのは、自らの邪悪な一面に気がついたためもあった。高橋や、妻を犯した男に明確な殺意を抱いたぐらいなのだ。いつしか彼らの活動に共鳴し、暴力的な解決方法をも辞さなくなるのではないか。

そんな人間に、教育を語る資格があるとは思えない。

芳晃は悩みながらマンションを出た。沙梨奈が通う中学校に向かって、足を進める。

途中、制服や体操着姿の生徒たちとすれ違う。その中に沙梨奈の姿はなかった。

(どこかで寄り道してるんじゃないだろうな?)

もっとも、昨日の今日でというのは考えにくい。心配した母親に抱きしめられて、彼女は涙を浮かべたのだから。

不安が募ってくる。二日続けて届いた不審者情報のメールを思い出したからだ。注意して帰るよう、先生も指導したはずだ。

学校が近くなるにつれ、生徒の姿が見えなくなる。空はすでに暗い。結局、中学校の前に来るまで、沙梨奈と会わなかった。

校門は閉まっており、校舎も静まりかえっている。生徒が残っている様子はない。

（行き違ったのか？）

芳晃は最短ルートを歩いたが、道はひとつではない。友達と一緒に帰るため、彼女は他のところを通った可能性がある。

芳晃は絵梨に電話をかけた。待ち構えていたらしく、ワンコールが鳴り終わる前に出る。

「沙梨奈は帰ったか？」

『ううん、まだ』

彼女の声は震えていた。泣き出しそうなのを、懸命に堪えているふうに。

「おれ、学校の前にいるから、先生に確認してみるよ。絵梨も沙梨奈の友達に連絡して、何か知らないか訊いてみてくれ」

『うん、そうする……』

「どうせまた、友達と話し込んでるんだろう。そういう年頃だし、仕方ないさ」

努めて明るく告げたのは妻を不安がらせないためと、芳晃自身もそうであってほしいと願っていたからだ。

電話を切ると、芳晃は校門脇の通用口から中に入った。職員玄関へと回り、インターホンのボタンを押す。

『はい、管理員室です』

「あの、生徒の保護者です。うちの子がまだ帰ってこないんですが、ひょっとして学校に残っていませんでしょうか」

我が子の氏名、学年とクラスを告げると、『少々お待ちください』と言われる。おそらく、残っている教師たちに問い合わせるのだろう。

しばらくすると、ガラス戸の向こうに男が現れた。ロックを解除し、戸を開けてくれる。

「筒見沙梨奈さんのお父様ですか？」

「はい」

「私、一学年主任の屋敷《やしき》と申します。沙梨奈さん、まだ帰宅してないんですか？」

「ええ。ここに来るまで会いませんでしたし、今し方家に電話したのですが、まだ帰っていません」

芳晃が答えると、学年主任の教師は眉間にシワを刻んだ。

「生徒は全員下校したはずなんですが。友達のところに寄ったとは考えられませんか？」

「それは何とも……いちおう、妻には友達に確認するように言ってあります。ただ、昨日も少し遅くなって注意したばかりですので、さすがに今日は」

屋敷の表情が少しだけ和らぐ。そういうことがあったのなら、また性懲《しょうこ》りもなくと思ったのではないか。

「そうですか。では、こちらでも捜してみます。もしも本人が帰りましたら、学校にお電話をいただけますか？」

「わかりました。よろしくお願いします」

芳晃は一礼し、その場を辞した。早足で自宅へと急ぐ。

今度は違う道を通った。そこらの路地で、娘が友達と立ち話をしているのを期待しながら。

しかし、やはり姿が見えない。住宅街ゆえひと通りもあまりなく、いても勤め帰りらしき大人たちばかりであった。

（きっと、もう帰ったのさ）

懸命に言い聞かせるあいだにも、膝が妙にガクガクして歩きづらくなる。胸底から湧き起こる不吉な予感を、芳晃は懸命に抑え込んだ。

マンションの前に着き、玄関のインターホンで自宅を呼び出す。

『え、あなた？』

スピーカーから絵梨の声が流れる。あるいは娘だと思ったのか、落胆した声音であった。

「沙梨奈は？」

『まだ帰ってないけど……』

「友達には連絡したのか？」

『うん……誰も知らないって』

「そうか。学校のほうでも捜してくれるそうだから、すぐに見つかるよ」

『でも、どこにいるのかしら？』

不安を抑えきれない様子の妻を、芳晃は励ました。

「大丈夫。どうせ寄り道でもしてるんだから心配するな。おれはもうちょっと捜してみるから、絵梨は家にいろよ。沙梨奈が帰ったとき、誰もいなかったら困るからさ」

『わかった……』

「じゃあ、沙梨奈が帰ったら、すぐに電話してくれ」

玄関前を離れ、芳晃は路上で周囲を見渡した。そこらから娘がひょっこりと現れるのを望んだものの、誰の姿もない。

腕時計を確認すると、いつもの帰宅時刻から一時間近く経っている。もはや事件か事故の可能性を否定できない。警察に知らせるべきだ。

（だけど、そんなすぐに捜してくれるのか？）

駅前の交番を目指しながら、不安にも駆られる。行方不明者が出たからと言って、警察が直ちに動くとは限らない。失踪関連の報道を見ても、本格的な捜索が始まるのは、ある程度時間が経過してからだ。

絵梨のときがそうだったように、沙梨奈も単なる家出だと思われ、せいぜい関係各所に情報を伝達する程度で、しばらく様子を見るのではないか。犯罪に巻き込まれたといった、確実な証拠でも出ない限り。

だとしても、頼れるものにはすべて頼っておきたい。

アメリカだと、未成年者の誘拐や行方不明者が判明した場合、アンバーアラートというものが発令され、すぐさまメディアなどを通じて情報が伝達されるらしい。向こうのミステリードラマで、そういうシーンを目にしたことがあった。

そんなシステムができたのは、事件に巻き込まれる子供がそれだけ多いからだろう。

（沙梨奈は大丈夫だ。心配ない）

妻に告げた言葉を、自身にも向ける。

パトロールで不在だったら一一〇番通報をするつもりでいたが、幸いにも交番に警官の姿があった。絵梨が帰ってこなかったときに問い合わせをしてくれた、宮永という若い巡査だ。

「すみません、よろしいですか？」

声をかけると、デスクに着いていた彼が立ちあがる。芳晃を見て怪訝な面持ちを見せたあと、すぐさまうなずいた。

「ああ、どうも」

笑顔がどこかぎこちなかったのは、妻が逮捕された男だと思い出したからであろう。

「その節はお世話になりました」

とりあえず礼を述べると、宮永巡査が「いいえ」とかぶりを振る。絵梨がすでに帰っていることを教えたほうがいいかなと思ったものの、そんな悠長《ゆうちょう》なことをしている場合ではない。

「実は、中学生の娘のことでお願いがありまして」

「え、どうかされましたか？」

「まだ学校から帰らないんです」

普段の帰宅時刻から一時間も過ぎていること、学校や友人にも問い合わせたことを伝え、

「この近辺で、女子中学生に声をかける不審者が出たようですし、何かあったらと心配で」

事件に巻き込まれたらという不安を訴えると、宮永巡査は深刻な面持ちを見せた。

「そうですね……あの不審者の件は、まだ解決していませんし」

彼も心得ているようで、すぐさま書類を準備した。

「こちらにお嬢さんのお名前など、ご記入いただけますか」

すぐに対応してもらえそうで、芳晃は安堵した。ペンを借り、娘の氏名や生年月日、住所を記入する。生活安全課に提出した行方不明者届とは、書式が異なっていた。

「その下の備考欄に、学校名と学年もお願いします。それから、お父さんの携帯番号も」

「わかりました」

芳晃がペンを走らせているあいだに、宮永は地図を取り出した。

「学校がここで、ご自宅がこちらのマンションですね」

場所を確認され、「はい」とうなずく。

「登下校のルートはどちらになりますか？」

「ええと、最短ですと――」

芳晃が道順をなぞると、宮永が鉛筆で印をつけた。

「いつもここを通りますか？」

「いいえ、変えることもあると思います。友達と一緒に帰るときなどは」

「なるほど。それでも、大きく逸れることはないですよね」

「ええ、たぶん」

「それから、念のため伺いますけど、家出の可能性はありませんか？」

「ありません」

芳晃はきっぱりと答えた。

「以前は反抗的な態度を見せたこともありましたが、今はそういうこともなくなって、家族関係は良好でした。悪い友達と付き合っている様子もありませんでしたし、家出は絶対に考えられません」

「わかりました。ところで、お嬢さんの顔写真はありますか？」

「あ、はい」

芳晃は携帯を出して、沙梨奈の写真を見せた。中学校に入学したとき、校門の前で撮った制服姿のものだ。

「春に撮った写真です」

「学校帰りですと、今日もこちらの制服を着ているんですね？」

「はい」

「私の携帯に転送していただいてもよろしいですか？」

「ええ、かまいません」

写真を必要とするのなら、本格的に捜索してもらえそうだ。芳晃は無線通信で、宮永巡査の携帯に写真を送った。

「では、本署に状況を伝えて、私のほうでも付近をパトロールいたします」

その言葉がやけに力強く響き、芳晃は目頭が熱くなった。警察に対して、ずっと不信感を抱いていたが、初めてというぐらいに頼もしく感じられた。

「よろしくお願いします」

「それから、お嬢さんが戻りましたら、こちらにお電話をください」

手早くメモした紙片を渡される。書かれていた携帯番号は、彼のものなのだろう。

「万が一携帯が通じなかったら、××署のほうでもかまいません。お嬢さんの捜索の件だと言っていただければ、わかると思いますので。ところで、奥様はもうご自宅に？」

「ええ、おります」

「そうですか。よかったですね。それではご自宅のほうで、おふたりでお待ちになってください。奥様もご不安でしょうから」

「わかりました。ありがとうございます」

芳晃は深々と頭を下げた。絵梨の件を詮索しなかったのに加え、彼女が心配していると気遣ってくれたことも嬉しかった。

交番を出て振り返ると、電話をかける若い巡査がガラス越しに見えた。さっそく各所に連絡してくれているらしい。不審者が出たあとなのが幸いしたようだ。

しかしながら、沙梨奈がその不審者に狙われたかもしれないのである。

（おれも、もう少し捜したほうがいいかな）

家に帰ってもやきもきするだけで、落ち着かないだろう。外で捜し回っていたほうが気が紛れるものの、絵梨のことも気掛かりだ。

（宮永巡査が言ったとおり、そばにいて安心させてやらないと、どうかなってしまうかもしれない）

とりあえず帰ろうと、芳晃は家へ急いだ。沙梨奈は無事だという連絡を聞きたくて、ずっと携帯を握りしめていたが、帰るまで着信はなかった。

「ただいま」

ドアを開けて自宅に入るなり、絵梨が奥から出てくる。

「沙梨奈は？」

開口一番に訊ね、すぐさま肩を落とした。芳晃がひとりだとわかったからだ。

「今、交番に行ってきた。警察のほうでも、すぐに捜してくれるって。沙梨奈の写真も渡したから、見つかったらすぐに連絡が来るよ」

彼女がホッとしたように見えたのは、ほんの一瞬だった。

「警察……じゃあ、沙梨奈は事件に――」

「そんなわけない。大丈夫だよ」

芳晃は妻の肩を抱き、奥へ進んだ。リビングのソファーに並んで腰掛けたものの、彼女が目に涙を溜めていたものだから、何も言えなかった。

「ちょっと学校にも訊いてみる」

間が持たず、中学校に電話をかける。呼び出し音がしばらく鳴ってから聞こえたのは、若い女性の声だった。

『はい、××中学校です』

「あの、私、筒見と申しますが」

名乗っただけで、向こうは用件を理解してくれた。

『筒見沙梨奈さんのお父様ですね。沙梨奈さん、もう帰りましたか？』

「いえ、まだですけど」

『そうですか。こちらでも生徒たちに連絡して、一緒に帰った子たちにも訊いてみたんですけど、どこにいるのかまだわからなくて』

先生たちのほうでも、手を尽くしてくれているようだ。さっき話した学年主任は、あるいは外で捜し回っているのかもしれない。

「そうなんですか……お手数をおかけして申し訳ありません」

『いいえ。きっと見つかりますから、あまりご心配なさらないように』

「ありがとうございます。あと、いちおう警察のほうにも捜索をお願いしましたので、そのようにお伝えください」

『承知いたしました』

通話を終え、芳晃はふうと息をついた。隣を見れば、絵梨は虚ろな目で宙を眺めている。

「先生たちも捜してくれているよ。生徒にも電話で訊いてくれたらしい」

電話の内容を伝えても反応はない。いよいよ心が壊れそうになっているのか。

早く帰ってきてくれと願っても、いたずらに時間が過ぎるばかり。事件か事故に巻き込まれた可能性が、いよいよ大きくなってきた。

例の不審者かどうかはともかく、沙梨奈は誘拐されたのだろうか。目的は身代金か、それとも彼女自身なのか。できればお金目当ての犯行であってほしい。

(もしも沙梨奈を傷つけたら、そいつを絶対に許さないからな)

何が起こったのかはっきりしないまま、怒りを募らせている自分に気がついて、芳晃は気持ちを落ち着かせた。不吉なことばかり考えていたら、それこそどうかなってしまう。

事件よりは事故のほうがまだマシだ。たとえば交通事故に遭って怪我《けが》を負い、運転手が病院へ連れて行ったとか。

(いや、それなら家に電話ぐらいさせるか……)

事故を隠蔽《いんぺい》すべく、車で轢《ひ》いたやつが沙梨奈を連れ去ったとは考えたくなかった。それではどうあっても無事では済まないからだ。

いっそのこと、家出だったらいいのに。自らの意思で帰らないのなら、少なくとも無事でいるはずである。

かつての反抗的な沙梨奈であれば、まず家出を疑ったであろう。しかし、今となっては出ていく理由が見当たらない。両親を不安がらせようと悪戯っ気を起こしたとも考えたが、母親が帰らずに自身が胸を痛めたあとで、そんな悪趣味な企みはしまい。

(早く帰ってこい、沙梨奈。パパもママも、こんなに心配してるんだ)

どこかにいる娘に向けて、思いを発信する。けれど、何も返ってこなかった。

夫婦のあいだに言葉はなく、ふたりはソファーに並び、それぞれが違うところを見ていた。気がつけば、三時間近くが経過していた。

（いったいどこにいるんだ……）

いよいよ堪えきれなくなり、芳晃は身を震わせた。意味もなく叫びたい衝動にも駆られる。

そのとき、携帯の着信音が鳴った。

「ひッ」

絵梨が息を吸い込むみたいな声を洩らす。突然でかなり驚いたようだ。

芳晃も心臓を音高く鳴らしながら、携帯の画面を見た。そこに表示されたのは、登録されていない番号であった。

第七章　鬼窟《きくつ》

1

——まだ終わらないのかしら？

虚ろな目で天井を見あげながら、少女は思った。

最初の激しい痛みは、もうなくなっている。そればかりか、下半身全体が麻痺《まひ》したみたいで、何をされているのかはっきりとわからなかった。

だが、犯されている事実は消せないのである。

「おい、まだかよ」

「もう少し……あ、あ、ううう」

呻き声に続いて、からだの上に何かが覆い被さる。生臭い息を吹きかけるそいつの名前を、少女は知らない。さっき初めて顔を見たのだから。

「ほら、どけよ」

「ああ、うん」

短いやり取りに続いて、また何かがからだの中に入ってきた。感覚が麻痺していても、そのぐらいはわかる。そして、これが三人目であることも。

最初に地べたに押さえつけられ、下着を奪われたとき、少女は必死で抵抗した。脚を大きく開かされ、見られたくないところをあらわにされても、恥ずかしさよりも恐怖が勝っていた。

ひとりが手に唾を出し、それを性器に塗りつけたものだから、おぞましさに総毛立った。何のためにそんなことをするのかと考える余裕もなく、少女は純潔を奪われた。

激痛に身をよじり、泣き叫んだのは憶えている。いくら声を上げてもどこにも届かず、助けが来ないとわかったあとは、絶望と虚無感に苛まれ、すべてが億劫になった。とにかく早く終わって欲しいと、それだけを願った。

「おおお」

滑稽《こっけい》な呻き声をあげ、三人目が終わる。嵌《は》まっていたものが抜かれ、こぼれた何かがおしりのほうに伝ったのがわかった。麻痺していた感覚が戻ったのだろうか。

──あ、赤ちゃんができるかも。

新たな心配事が胸に溢れる。

小学校のときも、それから中学生になってからも、学校で性教育の授業を受けた。セックスは受精のための行為であり、少女漫画や小説でいくらロマンチックに描かれても、現実に待ち受けているのは体内に起こる変化なのだ。

少女も妊娠を恐れた。性教育で教わった避妊は、病気予防の目的も含めたゴム製品に関してのみ。彼らがそれを使った様子はなく、すでに精子が卵子に届いているのではないか。セックスをすれば、必ず子供ができるわけではない。そのぐらいは知っている。でも、いつなら安全なのかなんて、先生も教えてくれなかった。

一度に三人を相手にしたら、妊娠の確率も三倍になる。何の根拠もない単純計算が浮かんで、少女は身の震える心地がした。レイプされただけでも最悪なのに、さらなる重荷が心にのしかかってくる。

一度は涸《か》れたはずの涙が、再びこぼれた。際限のない絶望に打ちひしがれ、死んでしまったほうがどんなに楽だろう。

「おい、オマエもやれよ」

その言葉でハッとする。少女は思い出した。この場に、もうひとりいたことを。

「いや、オレはいいよ」

「何だよ。オマエがこいつを連れてきたんだろ」

「べつに連れてきたってわけじゃないし」

「自分だけイイコぶるんじゃねえよ。オマエも共犯なんだからな」

「いや、でも……」

「度胸ねえなあ。そんなんじゃ、死ぬまで童貞だぞ」

「三人にヤラれるのも四人にヤラれるのも一緒なんだし、気にすることはねえんだよ」

「そうそう。もう痛がってねえし、頑張って感じさせてやれよ」

身勝手なやり取りに怖気《おぞけ》が走る。自分は彼らにとってひとりの人間ではなく、簡単に捨てられるオモチャにも等しいのだ。

他の三人に促された四人目が、からだを重ねてくる。彼のことは知っていた。中学は別々になったが、同じ小学校だったからだ。

だからと言って、知らない相手よりはマシなんてことはない。仲も良かったし、多少は好意もあったけれど。中学に入ったあとも何度か会って、友達と撮った写真に写り込んでいたこともあった。

そんな彼に誘われるまま、こんなところへ来てしまったことを、少女はひどく悔やんだ。力ずくでも殴られないだけマシかもと、些末なことに救いを求める。

「ご、ごめん」

ペニスを入れたあとで、彼が謝る。少女は顔を背け、何も答えなかった。

警戒することなくついて来た自分が悪いと、彼らに向けた敵意が跳ね返ってくる。落ち度を認めれば、少しは楽になれるかと思ったが、何の意味もなかった。

「ほらほら、ケツが動いてねえぞ」

「もっとしっかりやれよ」

少年の荒い息づかいと、他の連中の囃《はや》す声が、耳を通り抜ける。この時間が終わったとき、自分はどうなっているのだろう。考えるだけで背すじが寒くなる。

少女は感情を殺し、無になろうと意識を閉ざした。

2

所轄署からの連絡を受けて、芳晃と絵梨は市内の病院へ向かった。沙梨奈が発見されたとしか聞いていなかったため、いったい何があったのかと気が気ではなかった。

そのため、病室で我が子と対面するなり、全身から力が抜けるようだった。

「パパ、ママ……」

ベッドの上に身を起こし、両親を目にするなり泣きそうになった彼女は、怪我を負った様子はない。ただ顔が青白く、怯えているかに映る。

「沙梨奈──」

絵梨がベッドに駆け寄り、娘を抱きしめる。ふたりのしゃくり上げる声が病室に流れ、芳晃も瞼の裏が熱くなった。

もしかしたら、下校中に具合が悪くなって倒れ、病院に担ぎ込まれたのであろうか。そんなことを考えたとき、

「筒見沙梨奈さんのお父様ですか？」

声をかけてきたのは、病室にいた四十代と思しきスーツ姿の男であった。

「はい、そうですが」

「私、××署生活安全課の澤辺《さわべ》と申します」

警察手帳を呈示され、芳晃は嫌な予感を覚えた。絵梨が逮捕されたと聞かされたときも、担当は生活安全課だったのだ。

（じゃあ、病気で倒れたわけじゃないのか？）

刑事がここにいるということは、事件か事故に巻き込まれたのか。

「父の筒見芳晃です。あの、沙梨奈に何かあったんですか？」

不安を抑えて訊ねると、澤辺は声のトーンを落とした。

「まだ捜査中ですが、誘拐と監禁未遂の疑いがあります」

「え、誘拐——」

「沙梨奈さんの話では、学校からの帰りに、何者かに拉致されたらしいのです。ただ、気を失ったために、その後どうなったのかわからないようなんですが」

拉致されたのに、どうして病院にいるのだろう。また、どこで発見されたのか。それら

の疑問以上に気に懸かるのは、くだんの拉致犯が愛娘に何をしたのかという一点であった。

(目的を果たして用済みになったから、解放されたっていうのか?)

膝が震え、坐り込みそうになる。絵梨と同じく、沙梨奈も男の毒牙にかかったのだろうか。

(殺してやる!)

そいつを絶対に許さない。湧きあがった激しい怒りが力をもたらし、芳晃はようやく足を踏ん張ることができた。

「沙梨奈はどこにいたんですか?」

「××町のほうです」

そこは市のはずれで、芳晃の家からも遠い。下校中に拉致されて、そんなところまで連れて行かれたのか。

「沙梨奈さんを発見したのは捜索中の警官で、そのときは半昏睡《こんすい》状態でしたので、こちらに救急搬送いたしました」

「あの、沙梨奈に怪我は?」

前のめり気味に確認したことで、澤辺刑事もこちらの心配事を察したようだ。

「その点はご心配なく。先ほど、ウチの女性署員も立ち会って検査をしてもらいましたが、被害を受けた形跡はまったくありませんでした」

「本当ですか？」

「はい。着衣の乱れもなかったので、何もされずに解放されたのは間違いないでしょう」

今度は安心したために、全身から力が抜ける。

「そうですか……よかった」

本音がこぼれ、怒りも引っ込む。無事に返してくれた拉致犯に、感謝の念すら抱いた。

「そうすると、かなり広い範囲で沙梨奈を捜してくださっていたんですか？」

だから発見してもらえたのかと思ったのである。ところが、

「ああ、捜索願を出されていたんですよね」

と、澤辺が取って付けたみたいな言い方をした。

「沙梨奈さんを見つけた警官は、女の子が倒れているという匿名の通報を受けて、その付近を捜索していたんです。それで、発見した際に所持品から氏名がわかり、照会したところ捜索願が出ていたとわかったんです」

ベッドの脇に通学用のバッグがあった。そこには生徒手帳が入っているはずだ。緊急連絡先には、芳晃の携帯番号が書いてある。

「通報……匿名だったんですか？」

「付近の公衆電話からでしたので、たまたま通りかかったひとが通報したのでしょう。あるいは、沙梨奈さんを拉致した者が、良心の呵責《かしゃく》に耐えきれずにそうしたのか」

通報したかはさておき無事だったのだから、犯人に良心があったのは確からしい。単に怖くなって手が出せなかったのかもしれないが。

「じゃあ、沙梨奈はもう帰れるんですね」

被害がないのなら、連れて帰りたかったのである。本人もショックを受けているだろうし、自宅で安心させてやりたかった。

「ええと、もう少し検査が必要なので、今夜はこのまま入院していただきたいのですが」

澤辺が申し訳なさそうに言う。

「検査って、何もされていないんですよね？」

「それはそうなんですが、薬物を使われた可能性がありますので」

「え、薬物？」

「ずっと意識を失っていたのは不自然ですし、沙梨奈さんは目を覚ましてからも、頭がぼんやりするようなことを言っていました。おそらく何か飲まされるなり、嗅がされるなりしたのではないかと。そのせいで、万が一容体が急変するようなことになっても困りますし、とりあえずひと晩は様子を見て、検査のほうも進めさせていただきたいのです」

「そうですか……わかりました」

大事を取るに越したことはない。芳晃は了承した。

「それから、明日もう一度、沙梨奈さんの事情聴取をさせていただきます。そのときは、ご両親のどちらかのご同席をお願いできますか？」

「ええ、かまいません」

「ありがとうございます。退院の目処《めど》がつきましたら、こちらからお電話いたします。そういうことですので、明日は学校を休まれたほうがいいでしょう」

言われて、沙梨奈が見つかったことを連絡しなければならないのを思い出した。

「そうですね。学校に連絡しておきます」

「是非そうしてください。あとは、入院に必要なものがあるかどうかは、ナースステーションのほうで訊ねていただけますか？」

「わかりました」

「何か不明な点がありましたら、私のほうへご連絡ください」

澤辺が携帯番号の入った名刺を差し出す。受け取って、芳晃はふと気になった。

「あの……今夜のことは報道されるんでしょうか？」

関係者に事情を説明するのはやむを得ないとしても、それ以上の騒ぎになることは避けたい。誰よりも沙梨奈のために。

「まあ、中学生の女の子がさらわれて、一時的にせよ行方不明になったのですから、相応に重大な事件です。注意喚起のため、市民に防犯メールで知らせるのはもちろん、特に犯人が明らかになった場合には、事件の概要を出すことになるでしょう」

「そうですか……」

「ただ、いかなる場合でも、沙梨奈さんの名前が出ることはありません」

芳晃は安心した。未遂とは言え、性犯罪だった可能性があるのだ。被害者が世間に晒されることはあるまい。

芳晃はベッドに進んだ。ずっと娘を抱きしめている妻の肩に、そっと手を乗せる。それから、沙梨奈の頭も撫でた。

「無事でよかったな」

声をかけると、娘が涙で濡れた目をこちらに向ける。

「うん……でも怖かった。よく憶えてないけど」

ぎこちない笑みを浮かべたのは、父親を安心させようとしてなのだろう。健気《けなげ》さに、芳晃も泣きそうになった。

「もう怖くないさ。刑事さんもここにいるし、大丈夫だから」

力づけると、沙梨奈が「うん」とうなずく。けれど、今夜ひと晩ここで過ごすのだとわかると、あからさまにがっかりした。

「えー、帰れないの？」

「もう少し検査をして、どこにも悪いところがないってわかったら、家に帰れるよ。それから、明日は学校を休んだほうがいいって」

そう言うと、沙梨奈が少しだけ頬を緩める。だったらいいかと思ったらしい。

「じゃあ、わたしが沙梨奈と一緒にいるわ」

絵梨がこちらを振り仰ぐ。そのぐらいは許されるのかと思えば、

「こちらの病院では、付き添いの泊まりは認められないんだそうです」

澤辺刑事が言った。

「母親でも駄目なんですか？」

「ええ。ただ、沙梨奈さんは事件の被害者ですし、万が一のことがあっては大変なので、ウチの署員が交代で巡回します。ですから、ご心配なさらないでください」

絵梨は渋々というふうに引き下がった。

（万が一……犯人がまた来るかもしれないってことか？）

芳晃は不安に駆られた。けれど、そこまでしつこいやつなら、そもそも解放などしまい。

「刑事さんたちがいてくれるんなら安心だし、ママは家に帰って。わたしはひとりでも平気だから」

沙梨奈が笑顔を見せる。青白かった顔色も、普段と変わらないところまで戻っていた。

これなら大丈夫だろう。

「じゃあ、パパはちょっと用事を済ませてくるから」

芳晃は病室を出た。ロビーで沙梨奈の学校に電話をかけると、応答したのは管理員だっ

た。

「そちらでお世話になっております、筒見沙梨奈の父です」

無事に見つかったことを、一学年主任の屋敷に伝えてほしいと頼むと、

『お嬢さん、どちらにいたんですか？』

と、質問される。しかし、拉致されたなんて物騒な話を電話でしたくない。

「今日の件は明日にでもお伺いして、私からお話ししますので」

『そうですか。わかりました』

「ご心配をおかけして申し訳ありませんでした」

芳晃は宮永巡査にも電話をかけた。すでに情報が回っていたようで、よかったですねと喜んでくれた。

電話を終えるとナースステーションに行き、必要なものがあるかを訊ねる。看護師は、今夜は何も要らないが、明日は必要なら着替えなどを用意してくださいと答えた。

「それから、犯罪や事故など第三者の行為によって必要になった治療費は、相手方が全額を負担するのが原則なんです。ですから、役所なり健康保険組合なりに問い合わせて、そちらに届を提出してください」

その治療費は、健康保険側が立て替えて、あとで加害者に請求するのだという。

（だけど、加害者がわからなかったらどうするんだ？）

疑問が浮かんだものの、そこまでは看護師も答えられないだろう。明日にでも組合に問い合わせてみればいい。また、傷害保険など、他にも請求手続きが必要なら、確認しておいたほうがいいともアドバイスをもらった。

警察が発見して入院させたのだし、こちらは完全なる被害者だ。さまざまな費用は警察のほうで出してくれるのかなと、ぼんやりと考えていた。

しかし、警察の仕事はあくまでも捜査である。被害者の傷病まで面倒を見られるわけがない。

（おれの骨折だって、歯牙《しが》にもかけなかったものな）

港湾警察署で警官たちに押さえつけられ、肋骨にヒビが入ったのを思い出す。そうするとあのときも、第三者によって怪我をしたと健康保険組合に届を出せばよかったのだろうか。そうすれば、組合が港湾署に治療費を請求したのかもしれない。

沙梨奈はひと晩の入院で済みそうだし、検査ぐらいで治療は受けていないようである。仮に自己負担になったとしても、大きな額にはなるまい。

だが、犯罪に巻き込まれて重傷を負ったり、後遺症が見られたりしたら、その費用は誰が出すのだろう。加害者に請求するといっても、本当に回収できるのだろうか。

犯罪被害者は肉体的、精神的にも苦しめられ、金銭的な負担も強いられるのが実情ではないのか。そのあたりのことを、芳晃はこれから調べてみたいと思った。特に性被害者について。

中には望まぬ妊娠をする女性もいるだろう。中絶費用は加害者に請求できるのか。また、堕ろせずに出産した場合、子供の養育費は——。

(だけど、そもそも事件にすらなっていないもののほうが多いんだよな……)

涼子もそうだったし、春香も誰にも言えなかったと告白した。それから、絵梨も。

病室に戻ると、澤辺刑事の姿はなかった。他の署員と交代するために戻ったのだろうか。

ベッドでは、母と娘が寄り添って話をしていた。

「あ、パパ、お帰りなさい」

沙梨奈が能天気に言う。彼女の笑顔に、芳晃は救われる心地がした。

「だいぶ元気になったな」

「うん」

「じゃあ、パパとママは帰るけど、ひとりで大丈夫か？」

問いかけに、少女はわずかに表情を曇らせたものの、すぐさま白い歯をこぼした。

「平気だよ」

「警察のひとが見回ってくれるはずだし、何かあったら看護師さんを呼ぶんだぞ」

「うん。あ、わたし、入院するのって初めてだよね？」

「ああ、そうだな」

「そっかあ。初めての入院だ」

どこかわくわくした表情すら見せる。これなら心配なさそうだ。

「ねえママ、スマホ貸して」

「え？」

「することがなくて退屈だし、動画を見てれば眠くなるから」

いつもの絵梨なら、娘に携帯を貸すことはない。バッグの中に教科書があるのだから、それで勉強すればいいと突き放すところだろう。

けれど、こういう状況では仕方ないと思ったのか、あっさりと渡した。

「バッテリー、半分ぐらいしかないからね」

「うん、わかった」

「それから、寂しくなったらパパに電話をして。ママも一緒にいるから」

娘と話をしたいから、携帯をあずけたようだ。

「うん……そうする」

母親の意図を察したらしく、沙梨奈が神妙な面持ちになる。目が潤んだようにも見えた。

「じゃあね。明日、朝一番で来るから」

「わかった。待ってる」

「早めに寝るのよ」

「うん。バイバイ」

手を振り合う母と娘を、芳晃は胸を熱くして見つめた。病室を出て、近くのエレベータに乗り込む。扉が閉まってから、

「沙梨奈、元気そうだな。よかった」

芳晃は絵梨に声をかけた。

「うん……」

彼女はうなずいたものの、面差しが沈んでいる。中学生の娘をひとりにさせるのが気掛かりなのだろうか。

(あ、そうか)

沙梨奈の身に起こったことを、ちゃんと伝えていなかったのだと思い出した。

「刑事さんが言ってたけど、沙梨奈は何もされてなかったって。誰かがさらって、怖くなって途中で置いていったんじゃないかな」

「うん……聞こえてた」

絵梨が答える。夫と刑事の会話が、耳に届いていたようだ。

「でも、沙梨奈を誘拐した目的って、やっぱり――」

彼女がそこで黙ったのは、おぞましい理由を口にしたくなかったからであろう。

拉致犯の目的が、年端《としは》もいかない少女を凌辱するためであったのは、疑いようもない。

しかし、我が子のことだけに、芳晃もそこから目を背けたかった。考えたくもなかったのだ。

未遂に終わったから安心だなんて、手放しでは喜べない。これからも同じ目に遭う可能性がある。本人がいくら気をつけたところで、避けられない状況はいくらでもあり得るのだ。

父親として、これからどうすべきなのだろうか。考えながら病院を出て、芳晃はタクシー乗り場へ足を進めようとした。

「歩いて帰りましょう」

絵梨の提案に、芳晃は戸惑った。同じ市内でも、家まで距離がある。歩いたら一時間近くかかるであろう。

「どうして？」

「話がしたいの……わたし、あなたにずっと黙っていたことがあるから」

思い詰めた眼差しが向けられる。どんな話なのか、聞かずともわかった気がした。

「絵梨――」

芳晃は息苦しさを覚え、口を開けた。だが、いくら大きく息を吸い込んでも、肺に空気がうまく入らなかった。

家に帰ると、ふたりで遅い夕食をとる。絵梨がこしらえたものはすっかり冷めており、温め直したが食欲が湧かないので、少しだけ食べた。

そのあいだ、会話はほとんどなかった。

「お風呂に入る？」

片付けを終えたあとで、絵梨が訊ねる。彼女は生理中だからシャワーで済ませるというので、芳晃もそうすることにした。湯船に浸かったところで様々な思いが溢れて、少しもゆったりできなかったであろうから。

だが、シャワーを浴びるあいだも膝が力を失い、何度も崩れそうになった。

誰よりもつらく苦しいのは絵梨であると、もちろんわかっている。今の沙梨奈と変わらぬ年でレイプされたのだから。

しかも、四人の少年たちに。

誰がとは聞かされていない。中のひとりが同じ小学校の出身というだけで、絵梨は名前を口にしなかった。

聞かされたところで、芳晃には加害者の見当すらつかない。おそらく、あの切り取られた写真に、そいつが写っていたであろうこと以外は。

友達だったというその少年が、どうして仲間と絵梨を襲ったのか。おそらくはふくれあがる欲望と、邪悪な好奇心、幼さゆえに欠如した倫理観が、非道な行為を可能ならしめたのであろう。ただ、メンバーの総意だったのか、一部の暴走に引きずられたのかまではわからない。

というより、すべてが臆測なのだ。当の絵梨自身が、なぜという疑問をずっと抱いてきたのだから。

今回、秘めていた過去を明かした理由について、彼女は『苦しくなったから』と答えた。

おそらく、沙梨奈がさらわれた件と無縁ではあるまい。けれどそれ以前から、娘があのときの自分と同じ年頃になり、自らを投影することで不安や恐怖に駆られていたのだ。今日の件で心が壊れそうになり、もはや隠しておけないところまで追い詰められたのだろう。

午後に春香が家に来て、事情を説明したとは知らないはずである。春香も絵梨には内緒だと言ったし、帰ってきたときも、絵梨はごく普通に振る舞っていたのだから。

あくまでも自発的な告白ながら、会合の仲間すら知らない事件のあらましまで語るのは、かなりの勇気が必要だったと容易に推察できる。にもかかわらず、打ち明けてくれたのは、

（おれを信頼してくれたってことなんだよな）

それにどう応えればいいのかと、芳晃は懸命に考えた。病室でひとり残された沙梨奈がちゃんと眠れているのか、そのことも心配しながら。

何もされなかったとは言え、まだ中学生なのである。拉致されたときには恐怖で震えあがったに違いないし、その影響が残らないかどうかも気になる。

続いてシャワーを使った絵梨が、寝室へ向かう。仕事は残っていたものの、芳晃は一緒に寝ることにした。彼女をひとりにしてはおけなかった。

先に横になっていると、スキンケアを終えた絵梨がベッドに入ってくる。普段ならすぐに抱きつき、甘えてくるはずなのに、今夜は横臥して背中を向けた。

「……ごめんね」

掠れ声で謝られ、どうしようもなく目が潤む。

それがレイプされたことへの謝罪なのか、あるいは今まで黙っていたことについてなのか、芳晃には判然としなかった。おそらくは、両方の思いが入り交じったものだったのだろう。

けれど、彼女は何も悪くない。謝る必要はないのだ。

「絵梨――」

名前を呼び、肩にそっと手を乗せる。

「おれは絵梨の味方だからな。これまでもそうだったし、これからもずっと」

我ながら安っぽい台詞だと思ったが、紛う方なき本心であった。

「……島本さんは、わたしのこと、何て言ったの？」

間を置いて、顔をこちらに向けないまま、妻が訊ねる。芳晃は狼狽した。

（え、知ってたのか？）

今日の午後、春香が訪問したことを。ところが、

「わたしがいなかったあいだに、島本さんがウチに来たって言ったよね」

次の言葉で、そうではないのだとわかった。

長らく家を空けることになった理由について、家族にはうまく話したと、春香に聞かされていたのではないか。それがどんな説明だったのか、絵梨は気になっていたと見える。

事実、仕事に復帰した日、春香が家に来たことを芳晃が明かしたら、絵梨は軽いパニックに陥った。凌辱された過去を夫に話したかもしれないと気を回し、冷静でいられなくなったのかもしれない。

もっとも、最初の訪問では、芳晃は何も伝えられなかったのだ。すべてを知ったのは、今日になってからである。

「昔、酷い事件に巻き込まれて、トラウマになったって。そのせいで苦しんで、療養が必要になったって言われたよ」

「事件……」

「それが何だったのか、今夜の絵梨の話でようやくわかったんだ」

芳晃は辻褄が合うように話した。春香たちが意図したであろうかたちで。絵梨がいないあいだに何があったのか、実は夫や娘が翻弄されていたことなど、知られるわけにはいかない。これ以上、妻を苦しめたくなかった。

絵梨がゆっくりと寝返りを打つ。向けられた目には、涙が溜まっていた。

「……怒ってないの？」

「何を？」

「わたしが迷惑をかけたことと、昔されたこと――」

言葉で伝える前に、芳晃は柔らかなからだを抱きしめた。

「怒るはずがない。迷惑をかけられたとも思ってないよ」

「でも、またあんなふうになるかも」

過去に苦しめられ、家族のそばにいられなくなるのを恐れているようだ。

「大丈夫。そうならないように、おれが守るから」

「うん……ありがと」

「何かおれにしてほしいことはないか？」

問いかけるなり、不安が脳裏を掠める。犯した男たちがこの世から消えるのを、彼女は望んでいるのではないかと。

けれど、求められたのはずっとたやすく、とても大切なことであった。

「……そばにいて」

涙声のお願いに、芳晃は「わかった」と力強く答えた。

3

それから一週間が過ぎた。

沙梨奈はひと晩入院しただけで自宅に戻り、警察の事情聴取にもはきはきと答えた。もっとも、拉致されてすぐに目隠しをされ、間もなく気を失ったというから、犯人の顔はもちろん、憶えていることは皆無に等しかった。薬物についても、検査では何も出なかったようだ。

かくして手掛かりがほとんどないまま、いちおう捜査は続けられているらしい。

沙梨奈が学校を休んだのは一日だけで、あとは元気に通っている。登下校は友達と一緒だ。それでも物陰が気になると、夕食の席でポツリと打ち明けたことがあった。

また、夜になると恐怖が募るらしく、沙梨奈は母親と一緒に寝たがった。入院したときも、寝つくまで看護師さんにそばにいてもらったと、翌日になって聞かされた。芳晃は夫婦の寝室をふたりに譲り、朝まで仕事をするか、リビングのソファーで仮眠を取った。

絵梨は今のところ落ち着いている。拉致事件の影響で娘をかなり気にかけているが、親子関係が良好なため、いたずらに不安な態度を見せることはなかった。休日以外は仕事——会合にも出かけている。

このまま何事もなく、平穏に毎日が過ごせればいい。芳晃は心から願った。

昨晩は、沙梨奈がようやく自分の部屋で寝たので、芳晃は久しぶりに妻を抱いた。欲望が募っていた部分もあったが、過去を知ったあとも変わらず愛していると伝えるために。年頃の娘に気づかれないよう、静かに事を進める。声を抑えて歓喜にひたる彼女の中に、芳晃は精一杯の情愛を放った。

そのせいか、今朝の絵梨はやけに溌剌《はつらつ》として、どこか色っぽくもあった。妙な男に言い寄られるのではないかと不安を覚えつつ、仕事に出かける彼女を笑顔で見送った。

ひとり残された家で、芳晃は黙々と仕事をした。手が止まると、気晴らしと情報収集のため、パソコンでニュースサイトを眺める。その中に、近い場所での事件があった。

(え、隣の市じゃないか)

それは、アパートの一室で死体が発見されたというものであった。死後何日か経過していたらしく腐敗が進み、その臭《にお》いで通報されたようである。亡くなったのはおそらく部屋の住人で、警察は事件の可能性も視野に入れ、捜査をしているとのことだった。

一読し、ただの孤独死ではないのかと、芳晃は思った。病気か、部屋の中で転ぶかして動けなくなり、独り暮らしのためそのまま亡くなったのではないかと。

しかし、発見された男性が住人に間違いなければ、年齢は三十九歳だ。深刻な持病でもない限り、孤独死をするには若すぎる。だから警察も事件性を疑っているのかもしれない。

ブラウザを閉じ、仕事に戻る。いい調子で原稿を書き進んだところで、携帯に着信があった。登録していない番号からだった。

芳晃はとりあえず電話を受けると、名乗らずに「はい」と返事をした。出鱈目《でたらめ》にかけただけの業者かもしれず、こちらの素性を知られてはならないからだ。

『小柴です。以前、杉並警察署にいた』

先方が簡潔に名乗り、心臓が不穏な高鳴りを示す。例の会合のメンバー。高橋、木内、沼田弁護士と、三人を殺した男なのだ。

「な、何ですか？」

声がどうしようもなく震えたのは、正直、関わりたくなかったからである。

『ちょっと出てきてもらえませんか』

「どこに？」

『駅の近くに喫茶店があるでしょう。そこにいます』

芳晃は怯えずにいられなかった。殺人犯だと見抜いたのを知られ、消されるのではないかと思ったのだ。

だが、お客や従業員のいる店で、凶行に及ぶことはあるまい。そもそも指定された場所は、ひと混みに紛れて逃げられるような立地ではなかった。

「どんなご用件ですか？」

努めて冷静に訊ねると、小柴はひと呼吸置いて述べた。

『お嬢さんをさらった男について、伝えたいことがある』

それが事実だと思えたのは、女子中学生の拉致事件について報道はあったものの、被害者の氏名は出ていなかったからだ。あれが沙梨奈だと知っているのは関係者のみである。すでに警察を辞めている小柴は、報道だけでは芳晃の娘だと見抜けまい。絵梨が春香に話し、そこから伝わったとも考えられるが、だったら尚のこと、情報があっても不思議ではなかった。わいせつ目的の誘拐を図る輩《やから》など、彼が属する組織には敵以外の何ものでもないのだから。

「わかりました。すぐに行きます」

芳晃は返答し、指定された喫茶店に向かった。

店に入ると、小柴は壁際のテーブル席にいた。罪を犯しているのに、顔を隠すことなく堂々としている。世間には何も知られていないのだから当然か。

ただ、警察署で対面したときと比べて、顔つきがやけに険しい。戦場を渡り歩いてきた兵士のようだと、芳晃はさしたる根拠もなく感じた。

「どうも」

短く挨拶をし、向かいに腰をおろす。彼は小さくうなずいた。

すぐにやって来た店員にコーヒーを頼み、「何を知ってるんですか?」と、芳晃は身を乗り出すようにして訊ねた。

小柴がポケットから写真を出し、テーブルに置く。写っていたのは見知らぬ男であった。

(こいつが犯人なのか?)

髪を七三に分け、頬のあたりがむくんでいるように見える。当然ながら知らない顔だ。けれど、こんな特徴の人相について、どこかで見聞きした気がする。

「伍藤辰也《ごとうたつや》だ」

告げられた名前も、つい最近目にしたと思った。そんな内心を察したかのように、

「昨日、死体で見つかったのはこいつだよ」

小柴が言う。隣の市のアパートで発見された住人なのだ。

芳晃は思い出した。沙梨奈が拉致された日に送られてきた、不審者情報のメールを。あそこに書かれていた特徴は、写真の男に合致する。

女子中学生に声をかけていたそいつが犯人ではないかと、芳晃も考えた。また、事情聴取のときに訊ねたところ、警察も関連があると見ているようだった。

では、本当にこの男が犯人で、沙梨奈を解放したあと命を落としたというのか。

「伍藤はこれまで二回、少女への強制わいせつで起訴されている。うち一度は、杉並警察署管内での犯行だ」

言われて、それがただの写真ではないことに気がつく。警察の指名手配ポスターで見るような、逮捕時に撮影されたと思しきものだったのだ。

「起訴が二回……じゃあ、被害者がふたりもいたんですか？」

「起訴されたのは、合計で五人の被害者への行為に関してだ」

「そんなに……」

「あくまでも立証された件数だよ。被害者は他にもいる」

小柴の顔が歪む。男の写真を憎々しげに睨みつけた。彼も捜査に加わり、その過程で表に出ない事件も見聞きしたのではあるまいか。

そのとき、注文したコーヒーが運ばれてくる。小柴はすぐさま写真をしまった。

「そこまで罪を重ねた男が、どうしてのうのうと暮らしていたんですか？」

芳晃は自然と責める口調になった。彼のせいではないと、もちろんわかっていたのに。

「それが現実だ」

突き放す言葉に、何も言えなくなる。性犯罪者への処罰が軽く、再犯を防ぐ手立ても確立されていないのは、芳晃も知っていた。

それこそ、小柴が命を奪った高橋と木内もそうだった。被害者がどれほど傷つき、苦しんでいようとも、加害者は平然と人生を謳歌《おうか》する。次の獲物を狙いながら。

「――じゃあ、この男もあなたが」

不意に浮かんだ考えが、唇からこぼれる。言葉足らずでも何を言いたいのか察したらしく、小柴の眉がピクッと動いた。

「異状死には間違いないが、少なくとも死因については、事件性無しで処理されるだろう。殺された証拠は何もないからな」

そこまで言い切れるのは、殺した当事者のみである。

「……小柴さんが娘を、沙梨奈を救ってくれたんですか？」

質問にも、彼は答えなかった。ただ、事実のみを淡々と話す。

「伍藤の動きが活発になっていたのは摑んでいたし、しばらく見張ってたんだよ。それで、今回は過去とやり口が違っていたから、何をするつもりなのか部屋を調べた。おかげで、少女を拉致監禁するつもりだとわかったんだ。改造したケージや、首輪や鎖《くさり》、おもちゃだが手錠もあったからな」

沙梨奈ぐらいの少女が長きにわたって監禁された事件は、芳晃もふたつほど事例を知っている。愛娘が彼女たちと同じ目に遭ったかもしれないと考えると、全身に震えが生じた。

「もちろん、ただ監禁するだけで済ますはずがない。本来の目的は別にあるんだからな。けれど、こっちは不法侵入だからどうすることもできない。匿名で通報したところで、事件が起きなければ警察は動かないし、仮に調べられたとしても、やつは適当な説明で逃れるだろう。だから、被害者が出る前に処分する必要があった」

処分が私的制裁、それも究極の手段であることなど、確認するまでもなかった。

「待ち構えていたら、伍藤は拉致した少女を車で運んできた。偶然、実行したその日に出くわしたんだ」

小柴がひと息つく。芳晃の顔をじっと見た。

「ただ、その子が筒見さんの娘だっていうのは、身分証を確認するまでわからなかった」

ありがとうございますと、喉まで出かかった言葉を呑み込む。愛娘が救われたのは事実でも、殺人者に礼を述べるのは犯行に荷担したも等しい。

しかしながら非難もできず、

「……殺す必要があったんですか？」

と、疑問を絞り出すのが精一杯だった。

「そのまま何もせず、放っておけばよかったのか？」

「そうじゃなくて、少女を連れ込んだと通報するとか」

「犯行後に警官が容疑者と接触したのに、取り逃がした例はいくらもあるのにか？」

「いや、でも」

「ぐずぐずしていたら、そのあいだに娘さんはレイプされただろうな」

芳晃は何も言えなくなった。

「仮に未遂で逮捕されたとしても、やつは懲りない。出てきたら、また同じことをやる。今度はもっと巧妙にだ。その場におれか、おれみたいな人間がいるとは限らない」

小柴の言葉が、胸に重く響く。沙梨奈が助かったのは、まさに幸運だったのだ。

「あんたは、伍藤に犯された少女たちが、そのあとどんな日々を送ったのかわかるか？」

わからなくても想像はできる。何もされなかった沙梨奈ですら、未だに怯えているのだ。

「監禁を企んでいたとわかる品々は残っているし、前科もある。顔写真を声かけの被害者に見せれば、やつが通報された不審者だったのは明らかになるはずだ。娘さんを拉致した証拠が出れば、誘拐未遂事件を起こしたあと、何らかの理由で死んだと警察は見るだろう。ま、いくら連中が間抜けでも、中学生の女の子が犯人を殺して逃げたとは考えないさ」

小柴が唇の端に笑みを浮かべる。元はそこの一員だったにもかかわらず、警察組織への不信は根強いようだ。姉が殺された事件を、揉み消されたにも等しいのだから。

芳晃が警察に不信感を抱くきっかけとなったのは、他ならぬ小柴である。なのに、その彼が我が子を救うとは皮肉なものだ。

（警察なんて信用ならないと教えるために、わざと粗雑に振る舞っていたのかも）

さすがにそれは考えすぎであろう。ただ、小柴にとっては姉の事件や、会合に関わる任務のほうが重要で、警察の仕事は雑務に成り果てていたのかもしれない。

「そのうち所轄署から連絡があるだろう。娘さんを拉致したと見られる男が死んだと。いろいろと訊かれるかもしれないが、娘さんは何も知らないんだろ？」

「ええ……」

「そうだろうな。おれがあの公園に置いたあとも、ずっと眠っていたから」

小柴がうなずく。通報して警察が来るまで、見守ってくれたようだ。

「伍藤の部屋に、筋弛緩剤《きんしかんざい》系の薬品があった。どうやって手に入れたのかは不明だが、娘さんに飲ませるか吸わせるかしたんだろう。あれは使われても検出されにくいが、少なくとも犯行の裏付けにはなる。あの子は薬の影響で何もできなかったと証明されるはずさ」

伍藤の死体が見つかり、警察が事件も視野に捜査を始めたのは、監禁用の道具など、物騒なものが発見されたためもあるのではないか。

「……詳しいんですね」

「何が？」

「薬のこと。刑事には、そういう知識も必要なんですか？」

ふと思ったことを口にしたのであるが、彼は苛立つように眉をひそめた。

「あれこれ調べてれば、知識も身につくさ。あいつらは、被害者の自由を奪うためになら、手段を選ばないからな」

吐き捨てるように言って、小柴が立ちあがる。芳晃はつられて視線を上げた。

「コーヒー代、おれの分も払ってくれ」

「ああ、はい。あの──」

このまま立ち去るつもりでいる元刑事に、芳晃は言わなければと思った。さっき、喉まで出かかった言葉を。ところが、

「間違っても、礼なんか言うなよ」

彼に釘を刺されてしまう。

「あれが正解だったなんて思っちゃいない。それから、あんたや、あんたの娘さんのためにしたわけじゃない。自分が必要だと思ったから実行した。たとえ間違っていたとしても、するべきことをしたまでだ」

言い置いて、小柴が店を出る。椅子の脇にあった、小さなスーツケースを引いて。あの日、神田駅で目撃した彼の手にあったのと同じものだ。

中に何が入っているのだろう。警察を辞めてから、小柴はどんな日々を送っているのか。

『たとえ間違っていたとしても、するべきことをしたまでだ――』

彼の言葉が、頭の中で反復される。では、自分がするべきことは何なのだろう。芳晃は冷めたコーヒーをすすり、ぼんやりと考えた。

4

病院に着いたとき、芳晃はまだ混乱していた。

(ええと、どこの科だっけ?)

ロビーでうろうろし、院内の表示を眺める。すべての文字が単なる記号にしか見えず、ますます途方に暮れた。

絵梨が交通事故に遭ったと知らされたのは、ほんの三十分前だった。小柴に会ったあと、自宅に戻るなり連絡があったのだ。

救急搬送されたのは、電車で十五分ほどのところにある総合病院だった。

（どこにいるんだ、絵梨――）

怪我の程度や容体についてはわからないと電話で言われた。それだけに不安であり、大丈夫だと自らに言い聞かせつつも、からだの震えが止まらなかった。

そのとき、携帯に着信がある。春香だった。

「ああ、すみません。今、病院に着いたのですが」

『絵梨さんは検査中です。ＣＴの』

春香も動揺しているのがわかる。最初の連絡もそうだったが、声がうわずって息づかいが荒い。常に落ち着いていた印象の彼女が、今は冷静さを失っていた。

そこまで大事になっているのか。不安を募らせ、芳晃は教えられたフロアに向かった。

彼女は検査室の前にいた。ベンチがあるのに坐らず、心細げに立ち尽くして。

「あ――」

芳晃に気がつき、ようやくホッとしたようであった。

「あの、絵梨は？」

「まだ検査中で、もうじき終わると思います」

「いったい何があったんですか？」

　質問に、春香は困ったふうに眉をひそめた。

「わたしはその場にいなかったので、詳しいことはわからないんですけど」

　病院に着いたあとで店に電話をして、一緒に働いていたスタッフに確認したところ、レジにいた絵梨が不意に顔色を変え、店から飛び出したのだという。そこへ通りかかった自転車と接触し、転倒したというのだ。

「自転車をこいでいたのは男性で、スマホを操作していたため、よけきれなかったようです」

　絵梨を追って店を出たスタッフによると、自転車の男は倒れた彼女の救助もせず逃げ去ったとのこと。あとで警察が来て、轢き逃げで捜査されるようである。

「だけど、絵梨はどうして店を飛び出したんですか？」

「笑い声が聞こえたと言ってました」

「笑い声？」

「男性の笑い声です。フロアにいた別のスタッフの話では、男性のふたり組が来店して、何も買わずに出る直前に、ひとりが大きな声を上げて笑ったそうです。それを聞くなり、絵梨さんが蒼ざめて」

　知った声がしたから、その本人なのか確認するために追いかけたというのか。

（誰なんだ、そいつは？）

周囲を見る余裕もなかったようである。どうしても確かめなければならないと、切羽詰まった心境になっていたらしい。

「絵梨はその男性客と対面していないんですね？」

「ええ。ふたりは入ってすぐの棚を見ただけで、出ていったそうです」

「以前に来たことはないんですか？」

「彼らを見たスタッフは、初めてのお客だと言ってました」

たまたま訪れた街でよさそうな店を見つけ、入ったものの期待外れだった。春香の話から浮かんだのは、そういう一見《いちげん》の客である。

ただ、笑い声でもしやと思うぐらいなら、かなり親しい間柄ではないのか。

今も交流がある相手なら、あとで連絡をして、あの店にいたと教えればいい。そうしないで追いかけたのだから、この場を逃したら二度と会えないかもしれないと焦るぐらい、疎遠になっていたわけである。

「ところで、絵梨の容体は？」

最も肝腎なことを思い出して問うと、春香はまた困惑を浮かべた。

「見た感じ、特に大きな怪我はなかったようでした。ただ、頭を打ったみたいで、意識がなかったんです。救急車に乗って、運ばれているあいだも目を覚ましませんでした」

そのため、CTで脳を調べているのか。だとすると楽観はできない。

「大丈夫ですよ。呼吸もしっかりしていましたし、心配ないと思います」

そう言いながら、彼女も気になることがあるらしい。検査室に視線をチラチラと向ける。

「絵梨が跡を追おうとしたお客ですけど、防犯カメラの映像とか残ってないんですか？」

間が持たずに質問しただけなのに、春香が肩をビクッと震わせた。

「いえ……カメラはレジと店内の二箇所のみで、入り口のほうにはないんです」

「そうですか」

「ただ――」

言いかけて、彼女がためらう。何か知っているかのように。

「そのお客に心当たりがあるんですか？」

「心当たりというか、そこまで絵梨さんが取り乱すということは、もしかしたら……」

春香が口ごもる。芳晃にも閃《ひらめ》くものがあった。

「それじゃあ、絵梨を襲った男が――」

すぐさま口をつぐんだのは、こんな場所で話題にすべきことではなかったからだ。

（いや、まさか、そんな）

心臓が嫌な鼓動を鳴らす。違うと否定したかったが、他に思い当たる人物はいなかった。

絵梨の話では、レイプした少年たち四人のうち、少なくともひとりは同郷のはずである。

今は地元を離れているとは言え、同じ関東だ。まして、人間が集中する東京にいれば、そのうちの誰かと遭遇する可能性はゼロではない。

「島本さんも、そう思われるんですか?」

言葉足らずの問いかけでも、春香には伝わったようだ。

「わかりません。ただ、もしもわたしが同じ立場だったら――あのひとがまだ生きていて、身近に現れたとしたら、おそらく足がすくんで動けなくなると思います」

「じゃあ、絵梨も同じはずだと?」

「そうとは言い切れません。加害者に対する心情も、接したときの行動も、それぞれ違いますから。もしも絵梨さんが、過去の事実と正面から向き合うか、何らかの決着をつけるつもりでいたのなら、本当にそいつかどうかを確かめようとするかもしれません」

芳晃は口許を引き締め、病院の味気ない壁を睨みつけた。そこに、妻の顔が浮かぶ。

(絵梨がおれにすべてを話したのは、そいつらと対峙する覚悟を決めたからだとしたら――)

法の裁きを受けさせるのは無理だろう。少年法の壁があるし、時間も経ちすぎている。連中を見つけ出し、卑劣な所業を周囲に暴露したところで、確たる証拠がなかったら、逆に名誉毀損で訴えられる。

ならば、他に何ができる?

(復讐か……)

それは絵梨ではなく、芳晃の思いであった。いつしか彼の中で憎しみがふくれあがり、行き場をなくしていたのである。

二十年以上の月日が経ってもなお、凌辱された過去が妻を苦しめている。今日の事故も、間違いなくそいつらの誰かが原因だったのだ。

(大きな声で笑っていただと?)

犯した連中は今ものうのうと生き、少しも悔いていない。

憎しみが激しい怒りに変わる。絶対に許すわけにはいかない。自分がやるべきことは何か、芳晃はようやくわかった気がした。

「どうしたんですか、怖い顔をして」

春香に声をかけられ、我に返る。怯えた眼差しに、芳晃はようやく自制心を取り戻した。

「ああ、いえ」

胸の内に渦巻く凶悪な感情を、懸命に抑え込む。温厚で人畜無害な人間だったはずなのに、様々な事実に直面したことで、性格が荒々しくなったようだ。

けれど、なりたくてこうなったわけではない。善良なひとびとにとっては害悪でしかないケダモノたちが、穏やかな暮らしを奪うのだ。

夫として、父として、そいつらから妻子を守らねばならない。

「筒見さんは、絵梨さんに何かお聞きになったんですか？」

春香の問いかけに、芳晃は黙って首を横に振った。

ＣＴ検査が終わり、病室に移って間もなく、絵梨は目を覚ました。

芳晃の顔を見るなり、彼女が怪訝な面持ちを見せる。自分がどこにいるのかもわかっていない様子だ。

「え、どうしたの？」

主治医の話では、脳に異常は見つからなかったとのこと。あとは打撲と擦《す》り傷ぐらいで、大したことはなさそうであった。

ただ、事故に遭ったときと、直前の記憶がすっぽりと抜け落ちていた。

とりあえず入院し、もう少し詳しく検査をするというので、芳晃はいったん自宅へ戻った。沙梨奈が帰るのを待ち、ふたりで病院に向かう。

母親が交通事故に遭ったと聞かされて、沙梨奈はかなり心配し、目に涙を浮かべた。それでも、病室で対面したら元気そうだったので、

「道路に出るときは、ちゃんと確認しなくちゃダメでしょ」

安心して、お説教ができるまでになった。

「ごめんね。だけど、どうしてこんなことになったのか、ママも全然わからないのよ」

　絵梨は困った顔を見せながらも、娘に会えて嬉しそうだ。

　事故当時の状況は彼女には話さないでほしいと、芳晃は春香にお願いした。余計なことを思い出して、取り乱したらまずいからだ。

「ひょっとして、万引きをしたお客を追いかけて店を飛び出したとか？」

「んー、そんな悪いお客さんはいないと思うんだけど」

　娘と妻のやり取りを、芳晃はひやひやしながら見守った。何かのきっかけで記憶が蘇ったらまずいと心配したのだ。

　幸いにもそういうことはなく、また明日来るからと言い置いて病室を出る。絵梨はちょっとだけ寂しそうな顔で手を振った。

「途中で何か食べて帰ろう」

　提案すると、沙梨奈は「んー」と考えてから、

「あそこでいいよ。おそば屋さん。家の近くの」

　と、知っているところを選んだ。父親の好みに合わせてくれたらしい。電車に乗り、運よく並んで坐れると、

「パパも大変だね」

　と、ねぎらってくれる。

「え、何が？」

「わたしに続いて、ママも入院だなんて」

「それはしょうがないさ。ていうか、ふたりとも好きで入院したわけじゃないし」

「まあ、そうなんだけど」

不意に何かを思い出したか、沙梨奈が顔を覗き込んでくる。

「そう言えば、わたしを誘拐しようとした犯人って、どうなったんだろ?」

芳晃は動揺した。昼間、小柴がそいつを処理した話を聞かされたからだ。

「さあ。警察が捜査してるんじゃないかな」

平静を装って答えると、彼女は「そっか」とうなずいた。

「早く捕まってほしいだろ」

そんなやつがまだ近辺をうろついているのが、不安でたまらないのだ。娘の内心を慮って共感の言葉を口にしたつもりが、

「まあ、うん。そうかも」

と、曖昧な返答をされる。

「捕まらなくてもいいのか?」

「そういうわけじゃないけど、正直どっちでもいいかなって」

「どうして?」

「だって、悪いことをしたって反省したから、途中でやめたんでしょ? だったら、べつ

に罰を受けなくてもいいような気もするし」

疑うことを知らない澄んだ眼差しを向けられ、芳晃は胸に詰まるものを感じた。ここまでの善意を抱けるのは、本当なら犯されていたと知らないからなのだ。

（そいつが死んだとわかったら、ショックを受けるだろうな）

当然の報いだなんて、小気味よく切り捨てられまい。もしかしたら自分のせいなのかと、思い悩んで胸を痛めるであろう。

あの男が性犯罪者だと暴かれることなく、ただの孤独死として処理されないだろうか。

芳晃はささやかな望みに縋った。

それにしても、加害者たちは命を落としたあとも、被害者を苦しめるのか。妻のために復讐を考えたものの、果たして正しいことなのかわからなくなってきた。

「ねえ、パパ。悪いひとたちって、どうして悪いことをするの？」

沙梨奈の唐突な質問に、芳晃は面喰らった。

「それって、沙梨奈を誘拐したやつのことか？」

「そうじゃなくって、友達に特撮ヒーロー物が好きな子がいるの。女の子なんだけど」

「特撮ヒーローって、ナントカ仮面みたいな？」

「たぶん。わたしは見ないけど、主役がけっこう美形みたいで、女の子のファンもいるみたいなんだ。誰々がカッコいいとか、悪役の声優が誰それだって、その子が話してくれるの」

芳晃も子供のとき、夢中になってテレビにかじりついた。あの頃はヒーローたちも男くさかったが、昨今はずいぶんと様変わりしているのは知っている。

「それで、ああいうのって悪の組織が出るでしょ。世界征服を企むみたいな。そういうひとたちって、最終的にどんな世界を望んでいるのかなと思って」

そんなことを考えたのは、自身が被害者になりかけたことと無関係ではないのだろう。

「さあ、そこまでは考えたことなかったけど。たぶん、みんなを従わせて、好きなことをして暮らすんじゃないか」

「でも、そういうのって楽しいのかな？」

「どうして？」

「だって、他人を好きに操るだけなんて、つまんない気がするもの。勉強とか仕事とかを頑張ったほうが生きがいになるし、あと、みんなが安心して楽しく暮らせるから、自分も楽しくなれるんじゃないの？」

いかにも子供らしい意見が、荒みかけていた気持ちを潤《うるお》す。確かにそうだなと、芳晃は素直にうなずいた。

「きっと、そこまで考えずに悪いことをしてるんだろうね、そういうひとたちは。ただ楽しいってだけで。だから、さんざん悪事をやり尽くして、もうすることがなくなってようやく気づくんじゃないかな。なんて虚しいことをしていたのかって」

「じゃあ、ヒーローは何もしないほうがいいってこと？」

「だけど、苦しんでるひとがいたら放っておけないだろ」

「それはそうだけど」

沙梨奈が眉間にシワを寄せる。テレビのヒーロー物を、単純な善と悪の戦いと捉えるのではなく、その先にある理想の世界を見つけようとしているようだ。

架空の組織に限らず、悪事を働く者は存在する。性暴力の加害者たちもそうだし、他にも犯罪は数多ある。また、目先の利益しか考えない権力者、暴力を唯一の解決方法と見なすテロリスト、無益な争いしか生まない国の指導者など、数えだしたら切りがない。

彼らが己を悪と自覚する可能性は、皆無に等しい。そんな連中がのさばる社会で、どのように生きるべきなのだろう。

「……たぶん、大丈夫なんだよ」

「え、何が？」

沙梨奈がきょとんとした顔を向ける。

「悪いひとは確かにいるけれど、世の中の大多数は善人で、他人の幸せも願えるいいひとたちなんだ。もしも悪い人間ばかりだったら、こんなふうに電車に乗ることだってできないだろ。安心して暮らせるのは、いいひとのほうが断然多いって証拠だよ」

その場凌《しの》ぎの、甘っちょろい見方だとはわかっている。それでも、未来のある我が子には、少しでも光の射すほうを見てもらいたかった。

「ああ、うん……そうだね」

安心したようにほほ笑む彼女に、芳晃は改めて己の為すべきことを考えた。

（たとえ根本的な解決にはならなくても、ヒーローは必要なんだ――）

食事を終えて帰ると、沙梨奈がシャワーを浴びに浴室へ向かう。芳晃は絵梨の実家に電話をかけた。交通事故に遭ったことを、いちおう知らせておくべきだと思ったのだ。

義母はかなり驚き、当然ながら心配した。それでも、怪我もほとんどなく元気だと伝えると、ようやく安心してくれたようだ。

見舞いに行くとも言ったが、すぐに退院できそうだからと、やんわり断る。絵梨も大袈裟にされたくないであろうから。

「まあ、でも、たまにはお義母《かあ》さんたちも遊びに来てください」

社交辞令でもなく告げると、彼女はそうさせてもらうよと答えた。

「あ、それで――」

芳晃は別の用件を切り出した。電話をかけた本当の目的は、そっちだったのである。

「絵梨の小学校のときの友達で、中学は別になった子がいたと聞いたんですけど、名前ってわかりますか？　ええ、男の子です」

5

勤め帰り、独り住まいのアパートへ向かう薄暗い道で、大志《たいし》は背後から呼び止められた。

「福山《ふくやま》大志か」

地を這うような低い声に、全身から力が抜ける。ついに来たのかと悟ったのは、疲れ果てていた証でもあった。

振り返ると、マスクをしてキャップを目深《まぶか》に被った男がいた。顔がはっきり見えなくても、初対面なのはわかった。

「……何ですか？」

高鳴る心音を持て余しながら訊ねると、少し間があって、

「筒——吉岡《よしおか》絵梨を憶えているか」

問いかけに、大志はその場に膝を折った。

（ああ、とうとう……）

目の前がぼやける。頬にも温かなものが伝った。

己の罪を、大志は片時も忘れたことがなかった。忘れようとしてもできなかったのだ。

友達だったはずの少女に酷いことをした。肉体だけでなく、心にも深い傷を負わせたのだ。

それでいて、過去と真正面から向き合えなかったのは、怖かったからである。周囲や世間の非難を浴び、将来を奪われることが。あんな大事になるなんて予想できなかったと、自己弁護を繰り返した。

中学に入って知り合ったクラスメイトに、小学校の卒業アルバムを見せてと言われ、大志はいいよと安請け合いをした。同じ小学校の出身者が他におらず、友達がほしかったのだ。そして、仲の良かった女の子は誰かと訊かれ、是非紹介してくれと頼まれた。

あの日、指定された場所に彼女を呼び出したのは、昔みたいに一緒に遊びたかったからである。ところが、クラスメイトの二つ上の兄と、その友人まで来たものだから、さすがにちょっとおかしいと思った。

不穏な空気を感じ取ったのか、彼女はすぐに帰ろうとしたが、手遅れであった。

クラスメイトの兄が先導し、少女を押さえつける。何の目的で呼び出したのか、大志はようやく理解した。

止めようとしたものの、からだがすくんで動けなかった。年上の少年が怖かったのもあるし、下着を奪われた女友達の、秘められた部分に目を奪われたためもあった。

最初こそひどく抵抗した彼女は、先導者の少年を受け入れて悲鳴を上げたあと、すっかりおとなしくなった。

——あいつだって、最初からわかってたんだよ。ヤリたくてここに来たのさ。

もうひとりの年上の少年に言われ、違うとわかりながらも大志はうなずいた。初めて目の当たりにした男女の行為に、昂奮していたのも確かだ。

だからこそ、お前もやれと命じられ、従ってしまったのである。

あとで大志は、激しく後悔した。きっとみんなに知られて、親や先生たちに叱られる。いや、警察に捕まるのだと、ずっとビクビクしていた。あの子がどうなったのかなんて、気にかけるゆとりもない。どうか誰にも言わないでほしいと、それだけを願った。

──いいか、オレたちは共犯なんだからな。

──だいたい、あの女を連れてきたのはお前なんだぞ。

少年たちに脅され、大志はあの出来事を胸に秘めた。彼らに誘われるまま煙草《たばこ》や酒を口にしたのも、自分の所業をバラされたくなかったからである。

一方、このままでいいはずがないという思いも強くあった。連中と離れることを目標に勉学に励み、大志は遠くの進学校に入った。

悪い仲間と手を切ったあとも、罪悪感と自己嫌悪はついて回った。仲が良かったはずの少女の、涙で濡れた絶望の面差しは、脳裏から決して消えなかった。

大志は、異性と付き合った経験がない。告白してくれた子もいたが断った。自分には女の子と付き合う資格はない。幸せになる権利もないのだ。

謝罪するべきだと、何度も考えた。たとえ許されなくても、土下座して詫びるべきだと。

そこまでする勇気があるのなら、罪から逃げ回るはずがない。たとえ偶然でも彼女と顔を合わせるのが恐ろしくて、こんな田舎町に引っ込んでいるぐらいなのだ。

いつかきっと報いがある。そんな思いがいっそう大きくなったのは、事件の報道を目にしたときからだ。

東京で、通り魔に惨殺された男。彼に性犯罪の過去があり、復讐されたのではないかという週刊誌の記事を読んで、大志は蒼くなった。自身の行く末を見た気がした。

その後、同じく東京のアパートで、男性の死体が発見された。殺されたわけではなかったようだが、そいつも少女への強制わいせつで逮捕された前科者だと知って、いよいよ追い詰められた。

──これが悪事を働いたやつの末路なんだ。

同じ目に遭う覚悟と、どうにかして逃げたいという足掻きの狭間で苦しんでいたとき、見知らぬ男が目の前に現れたのである。

(僕も殺されるのか?)

あの子の名前を出したのだ。男が彼女とどんな関係なのかわからないし、訊いたところで教えてはもらえまい。ただ、その手に握られた鈍く光る刃物が、目的を如実《にょじつ》に示していた。

制裁を加えられて当然のことをしたのである。死ぬまで苦悩し続けるよりは、いっそ楽になりたい。そのくせ、せめて命だけは助けてもらえないかと、この期《ご》に及んで都合のいい望みも抱いていた。

「おれが何をしに来たのかわかるか？」

問いかけに、力なくうなずく。

「……仕方ありません。あんなことをすれば」

「自分がやったと認めるんだな？」

「はい……僕が悪いんです。僕が彼女を、あんなところに呼び出したから――」

気がつけば、大志は涙で声を詰まらせつつ、事の経緯を話していた。弁解にもならないとわかりつつ、伝えずにいられなかったのである。

すべて打ち明けたあと、しばしの間があった。人通りが少なく、人家も疎《まば》らな場所である。時間が遅く、見える範囲にある家の明かりも消えていた。

助けを求めたところで、すぐにひとは出てこないだろう。そもそも、そこまでする気力もなかった。

（僕もこれでおしまいか……）

ここまでの歩みを振り返り、大志は虚しさを覚えた。あんな愚かなことをしなかったら、もっとマシな人生を送れたはずなのに。

でも、それはきっと、彼女も同じなのだ。

パサッ――。

目の前に何かを落とされる。手帳だった。

「お前と一緒に彼女を犯したヤツの名前を書け。それから連絡先も。わかる範囲でいいから」

ボールペンも投げられる。大志はそれを拾い、三人の名前と、当時の住所を書いた。

「どうぞ」

手帳とペンを返したとき、刃物はすでにしまわれていた。

「あの――僕はどうすればいいんでしょうか？」

縋る思いで訊ねると、男がこちらをじっと見る。鍔《つば》の下の目は、鈍い光を放っていた。

「どうすればいいと思う？」

問い返しに、力なくかぶりを振る。

「さあ……」

「どうして償いを、謝罪をしなかったんだ？」

「謝ったら、許してもらえるんでしょうか」

泣きそうなのを堪え、大志は救いを求めた。

「許されると思うのか？」

突き放す言葉に、むしろ安堵する。そう簡単に贖罪《しょくざい》などできるはずがない。一生許されるべきではないのだ。

「いいえ……」

「やるべきことは、自分で考えろ。何もできないのなら、死ぬまで苦しめ」

冷淡に言い置いて、男が踵《きびす》を返す。スーツケースを引き、立ち去ろうとした。

「あの――」

大志が声をかけると、男が立ち止まる。半身だけ振り返った。

「なんだ？」

「その三人をどうするつもりなんですか？」

「……そいつらの出方次第だ」

吐き捨てるように言った男の顔に、大志は背すじが凍りつくのを覚えた。いつの間にか光を失った亡者《もうじゃ》の目。なのに、刺すような力が秘められている。鬼を見たと思った。

男が歩き出す。スーツケースの耳障りな車輪の音と、後ろ姿が闇に消えた。

エピローグ

目を覚ました磯貝誠志郎《いそがいせいしろう》の目に映ったのは、森であった。

(――どこだ、ここは?)

木々が鬱蒼《うっそう》と茂る景色に、見覚えはない。やけに寒いのは山にいるせいかと思えば、いつの間にか全裸にさせられていたためだった。

しかも頭と胸、腹と太腿《ふともも》、膝と足首に何やら巻かれて、どこかにがっちりとからだを固定されている。背中に当たる感触からして、大木《たいぼく》ではないか。

「なんだこりゃ⁉ チクショー」

ジタバタもがいても、まったく動けない。からだに巻かれているのはダクトテープか何かだろうか。

こうなるに至った経緯を、誠志郎は憶えていなかった。今は昼間のようだが昨晩は飲み歩き、どこかの店で居合わせた客に、酒を奢《おご》られた気がする。そのあとの記憶がない。

(てことは、酔わされてこんなところに連れてこられたのか?)

酔い潰れたのではなく、薬でも仕込まれたのではないか。もともと酒は強いのであり、こんな状態にされるまで目を覚まさないなんて、あり得ないからだ。

「フザけるなよ、クソッ」

苛立って歯嚙みし、いったい誰がこんなことをと考え、不意に身がすくむ。

（じゃあ、あれは偶然じゃなかったのか……）

弟の潔《きよし》がバイク事故を起こし、頸椎《けいつい》を折って首から下が麻痺状態になったのは先月のことだ。

さらに、友人の菅谷《すがや》が二週間前、猛犬だかに股間を嚙まれて大怪我をした。生殖器から膀胱《ぼうこう》まで、股間をすべて抉り取られた状態だったという。肉体以上に精神的なショックが大きいらしく、ようやく面会謝絶がとけて見舞ったら、顔が生気を失って死人みたいだった。

走り慣れた道で、どうして潔が事故ったのかわからない。また、菅谷の股間を嚙んだのは、歯形からして大型犬とのことだったが、そんな獰猛《どうもう》な犬が逃げだしたなんて話はどこにもなかったのである。

弟に友人と、知った人間がふたりも不慮の事故に襲われ、誠志郎は嫌な予感に震えた。彼らがさんざん悪さをした仲間だったから、何者かが復讐しているのではないかと思ったのだ。

それが誰なのか、思い当たるフシがありすぎて見当がつかない。ボコボコにした男もマワした女も、両手両足の指では足りない。盗みを働いた家や店も数知れなかった。

そこまでしても一度も捕まらなかったから、三人とも調子づいていた。四十になったらおとなしくするかと笑い合い、我が物顔で街を闊歩《かっぽ》した。

けれど、立て続けにふたりがやられて、誠志郎は次第に何者かの影を恐れるようになった。ただの事故だと思おうとしたが、不可解なことがありすぎる。次は自分なのかと、恐怖を追い払うため酒に溺れた。だから昨晩も飲み歩いたのだ。

「気がついたか」

聞き覚えのない男の声がした。

「だ、誰だ⁉」

そいつの気配がするほうを向こうとしたが、頭が固定されて一ミリも動かせない。黒目だけをそちらにぐいと移動させても、視界の端に人影らしきものの一部が見えただけだった。

「誰なのかは関係ない。というか、お前の知らない人間さ」

「いいから答えろよ」

「そんなことより、お前、先々月東京に行ってたそうだな」

「はあ？　それが何だって言うんだよ」

「楽しかったか？」

小馬鹿にした問いかけにも腹が立つ。とは言え、完全に拘束された状態で逆らっても、何の得もない。加えて、菅谷と東京に行ったことまで知っているのも不気味だ。

「なあ、おれ、あんたに何かしたのか？　だったら謝るよ。金も払う。だから許してくれ」

口先だけの謝罪をしても、縛《いまし》めが解かれる様子はなかった。そのため、またも苛立つ。もともと短気なのだ。

「おい、いい加減にしろよ。こんなことをして、タダで済むと思ってるのか？」

普段なら、こんなふうに脅すだけで、周りの人間を怯ませることができたのである。

「タダで済まないのはお前のほうだ」

冷たい言葉が返されて、恐怖が全身を支配した。怒鳴りつけられたわけでもないのに、身震いせずにいられない迫力を感じたのだ。

「き、潔と菅谷をやったのも、お前なのか？」

問いかけに返事はない。否定しないということは、つまりそうなのだ。

（じゃあ、おれも――）

目の奥がジーンと痺れる。怖すぎて小便を漏らしそうだ。

「心配するな。酷いことはしない。針を一本刺すだけだ」

「ほ、本当か？」

「ああ、この針だ」

目の前に、横から手が突き出される。医療用らしきゴム手袋をはめたそれが握るのは、五本の指でようやく摑めるぐらいの、巨大な釣り針だった。太さが一センチ近くもありそうな上、ふたつの返しが銛《もり》の先みたいに張り出している。結ばれているのも釣り糸ではなく、金属製のワイヤーのようだ。

「じょ、冗談じゃない。そんなものを刺されてたまるか」

痛みを想像してふーふーと鼻息を荒らげつつ、誠志郎は少しだけ安心していた。からだが麻痺して寝たきりの弟や、股間を抉り取られた友人よりはマシな気がしたのだ。

ところが、ペニスを摑まれたのがわかり、全身に鳥肌が立つ。

「おい、どこに刺すつもりなんだよ」

「ここさ」

短い返答のあと、経験したことのない激痛が体幹を貫《つらぬ》いた。

「ぎゃあああああああーっ！」

誠志郎は失禁した。ところが、針が尿道を塞いでいたらしい。熱い液体が陰茎の側面から飛び散る感覚がある。塩気を含んだそれが、ジンジンと痺れる痛みをもたらした。

「うがっ、ガッ、あ、ぐはっ」

動けないまま、喉から痰《たん》交じりの喘ぎを吐き出す。涙と鼻水と涎《よだれ》が、だらだらと流れるのがわかった。

なかなか引かない痛みに、熱が加わる。あの巨大な釣り針が、自身の性器をどんなふうに貫いているのか、感覚だけではよくわからなかった。

(――殺してやる！)

湧きあがる怒りが殺意を呼ぶ。悪趣味なサディスト野郎を、断じて許さない。全身がバラバラになるまで殴り殺してやる。

そのくせ、からだを固定していたテープをすべて切られると、誠志郎はその場にへたり込んだのである。痛みと痺れで、からだにまったく力が入らない。涎か鼻水か、粘っこい体液が胸元まで滴《したた》っていた。

怖々と股間に目を向ければ、釣り針がサオの真ん中を完全に貫いていた。出血は思ったほど多くないが、抜くとなると返しが引っかかり、さらに強烈な痛みを味わうことになろう。いや、へたをすれば刺されたところから千切れるかもしれない。さんざん女を泣かせてきた、自慢のイチモツなのに。

釣り針のワイヤーは、自らが固定されていた大木の根元に、めり込むほどがっちりと括《くく》りつけられていた。つまり、釣り針を抜かない限り、ここから離れられないのだ。

「いいものをやろう」

男の声が背後からして、脇に何かが放り投げられる。刺身を切るときなどに使う、柳《やなぎ》刃包丁《ばぼうちょう》だった。

「よく研《と》いであるから切れ味は抜群だ。お前のムスコもスパッと切れるぞ」

言われて、こんなものを渡した意図を理解する。自分でペニスを切って、この場を逃れろというのだ。

「まあ、試しにワイヤーを切ってみてもいいが、無駄な努力に終わるだろう。柳刃包丁は硬いものを切ることが不得手《ふえて》だし、すぐに刃がボロボロになる。そんな刃でムスコを切ったら、釣り針を刺す以上の痛みを味わうだろうな」

「く、くそ、殺して――」

誠志郎は包丁を掴み、後ろを振り返った。けれど、男はどこかの木の陰にいるのか、姿が見えない。ワイヤーも長くないから、すでに届かない距離にいるのだろう。

「針を抜くかムスコを切るか、自分で選ぶといい。だが、なるべく早く決めたほうがいいぞ。ここらは熊が出るし、襲われるかもしれないからな」

「おい、おれの服は――」

呼びかけに反応はなかった。森か山かも定かではないここから、素っ裸で脱出させるつもりのようだ。

「ふざけるな。おい、出てこい」

もはや声にも力が入らない。からだがガタガタと震えだしたのは寒さのためか、それとも恐怖と痛みのせいなのか。鼻水が止まらないから、早くも風邪《かぜ》の症状が出ているらしい。何もしなければ凍死する。さりとて、針を抜くのもペニスを切るのも、どちらも御免だ。

男のシンボルを無くしたくないし、出血多量で死ぬかもしれない。

（その前に、血の匂いで熊が襲ってくるんじゃないか？）

野生動物の生態に詳しくない誠志郎は、いよいよ追い詰められた。いっそ、この包丁で心臓を突き刺すのが、苦痛を逃れる最も楽な方法ではないだろうか。

究極の選択を迫られた彼の耳に、獣の唸《うな》り声が聞こえた気がした。


その地を離れる前に、芳晃は春香に電話をかけた。

「すべて終わりました」

報告すると、『お疲れ様です』と言葉をかけられる。

『決着はついたんですか？』

「そうですね。どうするかは本人に任せました」

はっきりしない返答に、彼女が戸惑ったふうに『そう？』と返す。芳晃がどんなふうに「処理」するのか、前もって聞かされていなかったのだ。

『でも、また筒見さんらしいやり方なんでしょうね』

「そうですね。生きながら地獄を見せてやりました」

『それって、わたしたちがしてきたことよりも残酷なんじゃないの？』

命を奪うほうがマシではないかと、春香は言いたいらしい。そのあたりは価値観の差だと、芳晃は思っている。

「まあ、でも、お世話になりました。いろいろと助けていただいて」

『そんなことないですよ。わたしたちは、せいぜいワンちゃんを手配したぐらいですし』

菅谷を襲った犬のことだ。ある匂いがするところを咀嚼《そしゃく》するよう教え込まれており、その匂いを、ベランダに干してあった彼のズボンの股間に染み込ませておいたのである。

誠志郎の弟は、バイクに細工して転倒させ、気を失ったところで首を折った。事故でそうなったと検証されるよう、証拠を残さずに。

それらの方法については、会合のメンバーである専門家の助言を受けた。また、必要な物品を揃えるのにも協力してもらった。春香たちには、多くの面で助けられたのである。

そのため、

『ところで、筒見さんにお願いしたいことがあるんですけど』

彼女の依頼を拒めず、芳晃は「何でしょうか」と答えた。


「ただいま」

帰宅した芳晃に、沙梨奈が「お帰り」と声をはずませる。三日も留守にしていた父親をねぎらうことなく、

「ねえ、お土産《みやげ》は？」

と、わくわくした顔を見せた。取材だと言って出かけたにもかかわらず。

「ほら、これ」

手渡したのは、有名なスイーツである。但し、出先で買ったものではない。本来の目的と行き先を隠すため、別に用意しておいたのだ。

「わーい、ありがと」

満面の笑みの愛娘に、芳晃も「どういたしまして」と頬を緩めた。

「あなた、お帰りなさい」

「ただいま」

愛しい妻とも言葉を交わす。ついにやり遂げたことを彼女に伝えたかったが、それはできない。夫が手を汚したと知ったら、悲しむに違いないからだ。

よって、春香に頼まれた「仕事」も、秘密裏に実行しなければならない。

「留守中、変わりはなかったか？」

訊ねると、絵梨が「ええ」とうなずく。それから思い出したように、

「あのね、きのう、手紙をもらったの」

声をひそめて報告した。

「え、誰から？」

「昔のお友達」

そう言った彼女の表情は、戸惑いが半分、嬉しさが半分というふうだ。

(あいつだな)

芳晃はピンときた。一度しか会っていない、福山大志の顔が浮かぶ。

手紙の内容は聞くまでもなかった。それを読んで、絵梨があいつを完全に許したとも思えない。

だが、過去の呪縛を少しでもほどく、きっかけにはなるだろう。

「よかったな」

「……うん」

短いやり取りに続いて、彼女がこそっと耳打ちする。

「ねえ、男の子と女の子、どっちだと思う?」

「え?」

恥じらった微笑を浮かべる妻に、絶句する芳晃。

「ねえ、これ、すごく美味しいよ」

スイーツのひと切れをかじった沙梨奈が、能天気に言った。

双葉文庫

お-45-04

いっそこの手《て》で殺《ころ》せたら

2024年5月18日　第1刷発行
2024年5月30日　第2刷発行

【著者】
小倉日向《おぐらひなた》

【発行者】
島野浩二
【発行所】
株式会社双葉社
〒162-8540 東京都新宿区東五軒町3番28号
［電話］03-5261-4818（営業部）　03-6388-9819（編集部）
www.futabasha.co.jp（双葉社の書籍・コミックが買えます）
【印刷所】
中央精版印刷株式会社
【製本所】
中央精版印刷株式会社

【フォーマット・デザイン】
日下潤一

ISBN978-4-575-52755-1 C0193
Printed in Japan